U0581937

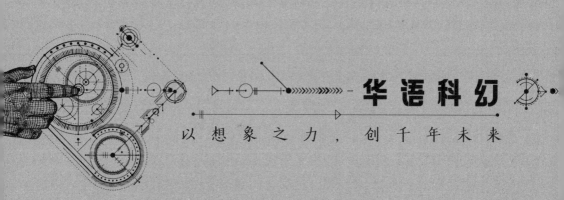

华语科幻

以想象之力，创千年未来

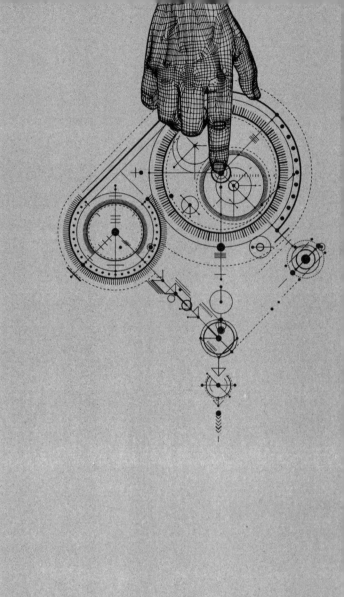

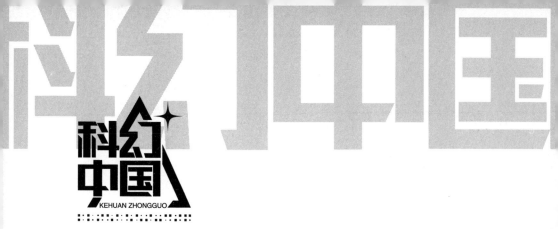

量子之战

赵 华——著

中国科学技术出版社

·北 京·

图书在版编目（CIP）数据

量子之战 / 赵华著 . -- 北京 : 中国科学技术出版
社 , 2024.3
（科幻中国系列）
ISBN 978-7-5236-0393-2

Ⅰ . ①量… Ⅱ . ①赵… Ⅲ . ①幻想小说—中国—当代
Ⅳ . ① I247.5

中国国家版本馆 CIP 数据核字（2023）第 236752 号

策划编辑	王卫英
责任编辑	王卫英
封面设计	书香文雅
正文设计	书香文雅
责任校对	吕传新
责任印制	徐　飞

出　　版	中国科学技术出版社
发　　行	中国科学技术出版社有限公司发行部
地　　址	北京市海淀区中关村南大街 16 号
邮　　编	100081
发行电话	010-62173865
传　　真	010-62173081
网　　址	http://www.cspbooks.com.cn

开　　本	720mm×1000mm　1/16
字　　数	213 千字
印　　张	14
版　　次	2024 年 3 月第 1 版
印　　次	2024 年 3 月第 1 次印刷
印　　刷	天津泰宇印务有限公司
书　　号	ISBN 978-7-5236-0393-2 / I·82
定　　价	42.80 元

（凡购买本社图书，如有缺页、倒页、脱页者，本社发行部负责调换）

科幻中国 编委会

总策划：李继勇

主　编：中国科普作家协会科幻创作研究基地

总统筹：静　芳　曹　璐

编　委：

（按姓名音序排列）

超　侠	陈　玲	董仁威	韩　松	何　夕
金　涛	李继勇	李凌己	凌　晨	刘慈欣
刘嘉麒	刘兴诗	乔世华	任福君	王晋康
王泉根	王　挺	王　威	王卫英	吴　岩
徐世新	徐扬科	颜　实	杨　枫	杨　鹏
	姚海军	尹传红	张之路	周忠和

总　序

"科幻"是科学与幻想的结晶，"中国"是养育我们的这片土地，这套"科幻中国"系列丛书便是在书写我们当代中国的土地上所特有的科幻文学。历史上，许多大国呈现出繁荣景象时都伴有科幻兴盛的现象，中国快速的现代化进程，激发了大众对未来的想象力和好奇心，给科幻文学提供了肥沃土壤，当下我国科学技术繁荣发展、蒸蒸日上，我国的科幻文学也呈现出独有的大国气魄。"科幻中国"系列丛书顺应历史潮流，立足当下，展望未来，鸣响了中国科幻文学在新时代的强音。

随着科幻土壤的拓展，许多科幻作家也开始由中短篇创作转向了更艰难、更宏大、更精彩的科幻长篇的创作，这套由中国科普作家协会科幻创作研究基地主编、中国科学技术出版社出版的"科幻中国"系列丛书，集合了当今中国科幻文坛上的优秀科幻作家，为广大读者带来了足具中国特色的长篇科幻作品。这个系列的故事，题材、内容、视角迥异，但都建立在更高阶、更深邃的现实主义基础上，它们运用了多个科幻的传统题材，在新时代中，为解决新的冲突矛盾而探索不同的方向，寻找新的美好道路，体现了我国科幻创作者们的深刻思考。随着时代与科技的发展，我们迎来了科幻文学的"新浪潮"，科幻文学创作有了不同以往的特色，从当下丰富的科学素材中挖掘故事资源，把它们变成很震撼、很有魅力的故事，这是一件充满想象力和创造力的事情。这些创作者为这些科幻文学题材中的经典话题，以或者惊险，或者悬疑，或者深思的种种方式，再次赋予了全新的表达，用他们各自不同语感、节律的语言，加上新鲜的想象力的折叠，做出了万花筒式的变化。他们把当今社会的种种问题，借用科幻的想象，细致地放大，又用科幻的表达手法进行叙述，形成了更加丰富多彩的科幻文学世界，给了我们多重意外的惊喜。

中国科幻文学有很多潜在力量，不管是历史还是现在，都有很多人在一起努力。我们看到科幻越来越受到大众的关注，从一个比较边缘的、小众的东西，走到大众媒体注意力的中心，越来越多的科幻文学、影像在世界上传播，中国的科幻，正像一匹骏马，向科幻的黄金时代驰骋。科学与人文比翼齐飞的探索与成长，使得科幻之花开始扎根于热爱科学的科幻迷心中，让科幻文学的花园百花齐放。如今的成就也得益于那些孜孜不倦、多年默默耕耘于科幻文学中的科幻作家们的执着坚守。这套"科幻中国"系列丛书是当下中国科幻文学的一个缩影，希望更多的科幻迷和读者能够通过这套书，看到中国科幻作家在全民族甚至全人类所关心的问题上做出的探索。本书系的作品外壳虽各有不同，但是它们内核与精神气质是一脉相承的，它们代表着当下中国科幻的状貌。科幻文学是面向未来的文学，从中能够看到，我们的国家和民族正自强不息，勇毅前行，我们正走向更加美好的明天，探索一个奇伟壮丽的科幻世界。

"科幻中国"系列丛书，正是立足于中国这片土地，讲述独一无二的中国科幻故事。愿中国科幻，健康发展，科幻中国，繁荣昌盛。

目录

CATALOGUE

引　子

　　要不是因为郭栓子，张荣贵无论如何也不会冒这个险的，几十载的风风雨雨告诉他"宁走十步远，不走一步险"，然而眼下他实在是无路可走，寸步难行了。长工的工钱要付，省上的青苗捐、烟捐、人口税、花灯税样样缺不了，还有隔三岔五来打秋风的兵痞要应付。屋漏偏逢连夜雨，这三年旱灾、风灾、蝗灾、雪灾像戏台子上的武生一样轮番登台，佃户没个像样的收成，租子也交不上来。最要命的是，郭栓子狮子大张口，狠狠地敲了笔赎金，这彻底掏空了他的口袋。

　　郭栓子从小就是个心狠手毒的角色，别的碎娃（西北部分地区称"小"为"碎"，"碎娃"就是"小娃娃"的意思）掏鸟窝是为了寻鸟蛋吃，他掏鸟窝却是为了把雏鸟活活摔死，看着雏鸟伸着脖子痛苦万分地咽了气，他就在一旁哈哈大笑。听人说有一回郭栓子从另一个碎娃手中夺来一只刺猬，硬是将它身上的刺一根一根地拔了下来，刺猬疼得浑身颤抖，缩成一团，他却像捡到了银圆似的拍手叫好。"三岁看大，七岁看老"，郭栓子长大后果然成了个强梁霸道的恶人，他伙同两个堂兄弟到贺兰山北段的山头上当了土匪，干一些砸窑绑票、祸害百姓的勾当。

　　贺兰山南北绵延二百余里，郭栓子所占的山头距离这里足有七八十里，因而虽然他的恶名在外，张荣贵和其他地主乡绅并未放在心上。然而他们还是掉以轻心了——将方圆三四十里内的阔家富户挨个敲诈勒索了一遍后，郭栓子终于把目光落在了远处的那些乡村。一个月黑风高的夜里，郭栓子带着十来名手下，提着七八支长枪短炮，将张荣贵的独子张旦旦绑了去，又将村里的另一家大户周生云的小儿子周格娃一同绑走。临走之际，郭栓子撂下狠话："三日之内拿一千大洋来赎人，不然的话就自个儿到山脚下收尸吧！"

张荣贵从十四岁起就跟着父亲走州过府，做小本生意。父亲死后，他继承父业，在宁夏、绥远两地贩卖皮毛。一直到不惑之年，他的手头终于有了笔本钱，再加上他也厌倦了东奔西走、寒暑无歇的日子，就在贺兰山脚下挑了个能浇灌上山泉水的村子，购置了一百亩地安居了下来。

纵然有百亩田地在手，一千大洋对张荣贵来说也是个天文数字，一时半会儿间决计拿不出来，他如坐愁城，一夜白头。到了第二天，从周生云家里传来了呼天抢地的声音——因为没有凑足钱，周格娃果然被心狠手辣的郭栓子撕了票。郭栓子还让一个喽啰来张荣贵家传话："再宽限你一日，如果不能按时奉上赎金的话，张旦旦就跟周格娃一个下场。"这下张荣贵彻底慌了神，为了救独子的性命，他押上全部的家产田地，从附近县城里的钱庄中以高利借来了五百大洋，总算凑足赎金交给了郭栓子。

胆战心寒的张旦旦总算被救了回来，张荣贵也总算是长吁了口气，然而接下来他就得面对一大堆实际问题了，为了防止郭栓子和其他土匪再来绑人，得加高院墙，修筑土堡，还得雇两个家丁，买两杆枪。最叫人头疼的是钱庄的钱得尽快还上，否则的话利滚利下来，用不了多久这用大半生心血换来的房产和良田就要尽归他人了。

旧忧刚去，新愁又来，张荣贵踱来踱去，寝食难安，可就算他绞尽脑汁也想不出在短时间内拿出几百大洋的法子。张荣贵想得头疼，便走出屋子透一口气。来到后院，他抬头瞧了瞧日日可见的贺兰山。他常年在宁绥两地行走，知道贺兰是蒙古语，意为"骏马"，南北绵延、千岩万壑的贺兰山真像是一匹纵横驰骋的骏马呢！那一座座争相耸立的峰峦活脱脱就是颈背上的马鬃。

此时正值晌午，太阳把银子一般锃亮的光焰倾泻下来，贺兰山顶上终年不化的冰雪也在阳光的映照下熠熠闪耀，初来乍到的人会以为它们是遗落在山顶的宝物呢。

若是在平日，这司空见惯的景象并不会令张荣贵有任何触动，但此刻他的头脑仿佛被那冰雪的闪光击中了一般，他蓦地忆起了十多年前的一个傍晚自己目睹的怪事情，并且忆起了当年的那些神乎其神的传言。

"自古天无绝人之路，难道说我的出路就在每日俯仰可见的贺兰山上？"想到此处，张荣贵猛地打了个激灵，心脏也开始像战鼓一样击打着胸膛。在一种难以抗拒的力量的驱使下，他风风火火地跑到附近镇里的崔半仙家中。崔半仙瞎了一只眼睛，他自称是阴阳眼，平日里靠给人测算流年、占卜吉凶、相地堪舆为生。作为走南闯北见过些世面的生意人，张荣贵平日里不大相信崔半仙的这些营生，然而眼下事关重大，他还是决定卜上一卦。

"测流年，批八字，相五行，看风水，断吉凶，不准分文不取。"崔半仙用一只眼睛努力端详着登门的张荣贵，半文半白地说道。

张荣贵稍稍犹豫了下，开口道："我近日想到贺兰山顶上一趟，还请半仙给测个吉凶。"

崔半仙双眉微蹙，轻轻捋着自己的山羊胡子说："那贺兰山顶上冰封雪盖，终年不化，着实危险，莫说是人，就是腿脚伶俐的岩羊也极少登攀，客官到那里有什么要紧事吗？"

张荣贵不便吐露实情，只好搪塞道："家父多年前殁于山顶上，正因山高路险，这些年来未曾上去祭拜，我近日不知何故接连梦见他，因此想上去烧些纸钱。"

这番谎话编撰得过于勉强，张荣贵脸上的表情也就明显不自然。崔半仙虽然只有一只眼睛，但这些年来这只眼见到了太多的因为灾祸、疾病、赌博、吸大烟而走投无路的人，早就练成了火眼金睛，基本上求卦者的所思所想他都能猜个七八分准。从张荣贵的一身穿戴上和满脸愁容中，崔瞎子就猜出了这人就是刚刚被土匪郭栓子绑了独子的张家老财，他也猜出来了对方的真实意图，什么家父殁于山顶多半都是信口胡诌，被郭栓子狠狠敲了一笔，他这会儿定是病急乱投医，逢庙烧香，实在没有别的法子了。

当了半辈子半仙，崔瞎子早就深晓察言观色、顺其心意、投其所好才能赚个仨瓜俩枣，于是他装模作样地推算了天干地支、天德月德和皇历宜忌，又煞有介事地为张荣贵相了面，摸了骨，而后提笔蘸墨写道：

> 贺兰山势压边尘，
> 斗柄横斜坠流星。
> 一朝登上千仞顶，
> 拾得黄金四万斤。

见到崔瞎子写的这几句偈语，张荣贵既惊又喜，他佯装镇定，开口问道："还请半仙给明示其意，我这趟山顶之行到底去得去不得？"

崔瞎子摇晃着脑袋答道："不畏山高，祭奠先人，这是大孝，也是大德啊！大孝之人必得其位，大德之人必得其禄，客官此行必有意外之获，必将得偿所愿啊！"

听到此言，张荣贵激动得险些掉下眼泪，他咬咬牙取出一枚光灿灿的大洋交给崔瞎子，竖起一根大拇指说道："半仙真乃高人啊！"而后迈步走出屋子。

张荣贵马不停蹄地做了准备工作，满心欢喜的他不知道的是，自打他迈进崔瞎子的屋门起，他的性命便开始了倒计时。

第一章

火 流 星

天上的星，

亮晶晶，

掉到山上砸成坑。

山顶顶，

没有人，

大胡子山羊丢了命。

金星星，

银星星，

张家老财动了心，

长工短工各上阵，

要把宝贝抬进门。

树生根，

山藏冰，

跟头乱翻倒栽葱，

老财掉进悬崖中，

从此没人敢贪心。

我学会的第一首童谣就是这首名叫《天上的星》的童谣，它是外奶奶（西北部分地区称外祖母为外奶奶）教给我的。外奶奶偶有闲暇的时候就会放下手中的剪刀和纸样，把我揽在怀里，一句一句地教我哼唱。

　　这首童谣朗朗上口，虽然不大明白它的意思，但日久天长我竟然能一字不落地将它唱下来了。我在院子里和黄狗玩耍的时候唱着它，我在菜地里追逐蝴蝶的时候也唱着它；我跟随父母到苜蓿地里时唱着它，我和伙伴们玩过家家时也唱着它。从春雨潺潺唱到夏日炎炎，从秋风飒飒唱到冬雪绵绵，随着年纪的增长，我越来越渴望知晓每日挂在嘴边的童谣究竟讲述了一件什么样的事情。天上的星星为啥会掉下来？大胡子山羊是被它砸到才丢了命的吗？掉下来的星星真的是颗金星星，是颗银星星吗？这些疑惑像牛虻困扰牛羊一般困扰着我，让年幼的我竟也心事重重。我不止一次地向外奶奶打听，但她总是一边忙着手里的活，用一把被磨得闪闪发亮的剪刀在红纸上剪来裁去，一边这样告诉我："你还太碎，等你再长大些我再告诉你。"

　　外奶奶是村里有名的"巧巧"，也就是心灵手巧的人，她小时候上过两年学，不仅认得不少字，而且还会剪纸。她凭借一把老式的剪刀就能够剪出红双喜、红福字、麦穗、高粱穗、喜鹊登梅、龙凤呈祥、鱼跃龙门、石榴结子等既复杂又好看的图案。逢年过节，村里的人都会请她剪几个福字贴在窗户上，遇到婚丧嫁娶以及祝寿添丁这样的大事，外奶奶更是被奉为座上宾，主家早早提几斤新鲜水果，提两盒酥皮点心，还会揣上点零钱，请她剪些好看的图案讨个吉祥兴旺。吃食能够给我们解馋，酬劳能够补贴家用，外奶奶也就忙得不亦乐乎。除了村子里的人，周遭十里八乡的人也慕名而来请外奶奶剪花纸，他们都说她剪出来的花草最灵秀，她剪出来的鸟兽最生动，她剪出来的福字最喜庆。有的时候，一些针线活稍差些的年轻媳妇还会请外奶奶帮忙剪衣服样、剪鞋样，她同样欣然答应。

　　当然，除了给别人家剪那些喜庆祥和的图案外，外奶奶还专门为我剪了两幅作品，一个是《武松打虎》，另一个是《哪吒闹海》。外奶奶把它们粘贴在我睡的火炕旁的窗户玻璃上，这样我一抬头就能够看见它们。外奶奶真是有一双巧手，右手握拳的武松跃然而出，阔嘴长髯的老虎惟妙惟肖，手持长枪的哪吒活灵活现，张牙舞爪的蛟龙栩栩如生。

我每天都要趴在窗户前仔细端详武松、老虎、哪吒和蛟龙，不明白外奶奶究竟是如何剪出它们的。我曾经用外奶奶的剪刀试了试，但别说是武松和老虎，我就连他们脚下的一根草也剪不出来；别说是哪吒和蛟龙，我就连他们身旁的一朵浪花也剪不出来。

外奶奶看到了我笨手笨脚地比画剪刀的情形，见我感兴趣，她便教我学剪纸。她告诉我剪纸首先要正心诚意，姿势坐正；要左手托纸，右手持剪。一开始我还挺直腰板，信心十足，然而仅仅过了一个钟头我便心灰意冷，败下阵来。我本以为剪纸是同过家家一样轻松好玩的事情，不用费太大的力气就能够学会，然而外奶奶告诉我说剪纸分为阳剪法和阴剪法两个手法，等具体剪起来又分成推剪、游剪、段剪三种技法。除此之外，还要学会镂空和折纸才能剪出那种线条庞杂、形象众多、富有寓意的图案来，仅仅镂空就要分刺孔镂空、开线镂空、刀尖镂空、针尖镂空等七八种法子；仅仅折纸也要分为对开折、四分折、八分折等十几种折法。

见我由欢欣满面变成了愁眉苦脸，外奶奶安慰我说："'书生赶牛——慢慢来'，你先从最简单的手法学，慢慢再学习那些复杂的剪法，不管是啥手艺，都是由易到难的。俗话说得好，'只要功夫深，铁杵磨成针'，只要你爱好剪纸，肯下功夫学，你迟早能跟我剪得一样好的。"

外奶奶的本意是打消我的畏难情绪，让我树立信心，然而她的良苦用心适得其反，我竟然把手中的剪刀丢在一旁，"哇"的一声哭了起来，我没有想到剪纸竟是一件如此纷繁复杂、如此困难重重的事情，它听上去比断字识文，比背乘法口诀表都要难得多。

见此情形，外奶奶只能摇摇头，叹口气说："等你再长大一岁了，我教你剪纸吧。"

霜凋夏绿，冬去春来，转眼间我又长了一岁，不过我并没有因此而对剪纸心醉神迷。窗户上的武松、猛虎、哪吒和蛟龙虽叫我啧啧称叹，但更叫我心心念念的仍是童谣中的星星，于是，在一个繁星若水的夜晚，外奶奶经不住我的软磨硬泡，为我讲述了童谣的来历以及同它相关的故事。

"这是老一辈人编的歌谣，它讲的是发生在解放前的一件事情。"影影绰绰的黄灯下，外奶奶那遍布密密匝匝的皱纹的脸就像是美术课本中的油画人物的脸，充满了明暗对比，也显得庄重神秘。她微微抬起头，望向后窗贺兰山的方向，努力让记忆重回自己的脑海中。

我不清楚外奶奶所说的解放前究竟指的是哪一年，但我猜它距离现在一定非常遥远了。果然，外奶奶吧嗒着嘴巴说："年代太久远了，具体是哪一年我也记不清了，毕竟那个时候我只同你差不多大。"

连外奶奶都还是个孩童的年代，它已经超出了我的想象，我猜那个时候连电都没有。

"那年夏天，有一颗星星掉在了贺兰山顶上……"外奶奶娓娓道来。

心急的我打断了外奶奶的讲述："真的有一颗星星掉下来了吗？是火流星吗？"

村庄顶上的星星成片成簇，繁密清亮，我数过多次也未能数清它们究竟有多少颗，不过绝大多数的星星都像是被钉在了青石板中一样，既不会动弹也不会掉下来，最有可能掉下来的就是那种飞驰而过的火流星。

我没有想到的是，外奶奶摇了摇头，"它有些像火流星，因为它是急吼吼地从天上飞过来的，它飞来的时候太阳刚落山，天刚麻麻黑，所以村里的好多人都看见了。不过它又不大像是火流星，一般的火流星就像是擦火柴时擦出的火星子，转眼就没了影，但它比火流星要大得多，也要亮得多，它就像是天上的神仙丢下来的火把，小半个天都被它映得明晃晃的。再一个，一般的火流星没有声音，而它掉下来时就像打雷一样轰隆轰隆响个不停。它落到贺兰山顶以后也发出了不小的动静，贺兰山抖了三抖，我们脚下的地皮也抖了好一会儿，像是被筛子筛一样，好多人都以为地震了，慌里慌张地从家里跑了出来。"

从天上掉下来的这颗星星到底是不是火流星，外奶奶没有说清楚。我想了想问道："能有这么大的动静，能让贺兰山都抖三抖，它的个头一定不小吧？"

外奶奶又摇摇头说："天上的星星不是掉在山脚下，也不是掉在半山坡上，而是掉在山顶上的，所以它到底有多大没有人知道。不过大家都说幸亏它掉在山顶上了，要是恰好掉在山脚下，砸中了村子，那我们可就要遭殃了。"

外奶奶言之有理，我点了点头。她又心有余悸地说道："贺兰山山高坡陡，气候寒冷，山顶上一直没有人住，要是有人住的话多半就让这颗火流星给砸死了，不过听人说贺兰山顶上有不少野山羊，这些野山羊中的一些肯定丢了性命。"

我见过野山羊，也有人把它们称作"岩羊"。野山羊通常都在鲜有人至的山坳间活动和觅食，不过在山上大旱之时或是在被雪豹追赶得走投无路时，它们也会壮着胆子跑到山脚下。家山羊有白色的，有黑色的，也有黑白相间的，但野山羊清一色都是灰褐色的，这种毛色同贺兰山上的岩石的颜色很相近，能够让它们很好地融进环境中，保障它们的安全。另外，野山羊的个头虽然同家山羊的个头相差无几，但它们的四肢更粗壮些，毕竟它们整日生活在峥嵘险峻的山崖间，需要更强的攀登能力。野山羊不像家山羊一样大大咧咧，它们格外机警，稍有风吹草动就疾步如飞地奔至半山腰中，瞬时便没了踪影。

从小唱到大的童谣的前半部分我终于明白是怎么一回事了，接下来我仔细打听它的后半部分："外奶奶，掉在贺兰山顶上，又砸死了几只大胡子野山羊的这颗火流星，真的是颗金子做成的星星，银子做成的星星吗？张家老财是过去的地主吗？"

这下外奶奶点点头："火流星掉到贺兰山顶上后，不知道是谁传谣说它多半是个金疙瘩，不然的话咋能那么明晃晃呢？'谣言像雪球，越滚个越大'，后来又有人添油加醋地说金子和银子的分量重，只有沉甸甸的金疙瘩和银疙瘩落到山上才能够引起那么大的动静。这些话越传越真，越传越神，后来就传到了邻村的张家老财的耳朵里，张家老财有上百亩地，家里还雇着十来个长工，是人人知晓的地主。这些有鼻子有眼的传言让爱财如命的张家老财动了心，他打算带人到贺兰山顶上一探究竟，落下来的那颗火流星真的是块金疙瘩或者银疙瘩的话，他可就富甲一方了，就算再买一千亩地，再盖一千间房子也不成问题。"

"张家老财寻到火流星了吗？它到底是个金疙瘩还是个银疙瘩？"我迫不及待地问。

外奶奶的嘴角闪过一丝笑意，她伸出手来，轻轻摸了摸我的脑袋说："你从小到大唱了那么多遍还没有猜出结果吗？到贺兰山上寻宝可不是件容易的事情，贺兰山是座石头山，山上见不到一棵树，却到处能见到悬崖绝壁。再一个，贺兰山顶上无论冬夏都有积雪，长年不化，山上湿滑难行。"

我点了点头，外奶奶说的是实话，贺兰山就在村子的西边，距离村子只有几里路，它危峰兀立，挺拔险峻，就像一头性情凶猛的巨兽静卧在大地上。由于山势高，山顶上终年都有大片的冰雪，像白砂糖一样散发着雪白炽亮的光芒。远远望去，积雪覆盖的贺兰山既像是位白发的老者，又像是位头戴孝帽的中年人。正是因为山顶上有冰雪堆积，听我大（西北部分地区称"爸"为"大"）和我妈说虽然村子就坐落在贺兰山脚下，但很少有人敢爬到贺兰山巅，大家最多在夏天暴雨过后的那几天到半山腰上捡拾些发菜和地软（一种片状藻类，常在雨后出现，富含蛋白质，可食用），或者在秋风渐起的时候从山坳中的酸枣树上打些野酸枣生津止渴。

外奶奶接着说："张家老财把所有的长工短工都召集起来，备好绳索铁钎，带上干粮衣物，到山顶上寻找火流星。都说利令智昏，张家老财这一次打错了如意算盘，快到山顶上时，他的脚下打滑，掉进了悬崖里，他带去的十多个长工和短工也摔死了一多半。剩下的两三个人失魂落魄地跑了回来，从此以后再没有人敢惦记贺兰山顶上的火流星了，不管它是块金疙瘩还是块银疙瘩，都没人敢去一探究竟了。"

困扰我多年的疑团终于解开了，我终于知晓了挂在嘴边的这首童谣竟然是在讲述一件真实的事情。同童谣中的张家老财一样，我也渴望知晓多年之前掉在贺兰山顶上的火流星究竟是不是块金疙瘩银疙瘩，然而年幼的我既没法子也没胆量爬到高耸入云的贺兰山顶上，我只能站在屋顶上，一边哼唱着熟悉的童谣，一边踮起脚尖朝贺兰山顶上张望。我自然望不见那颗荧荧煌煌、引发了地动山摇的火流星，时隔这么多年，它早就被重重的积雪所覆盖。

按理说有张家老财和他的长工们做前车之鉴，我应该忘记贺兰山顶上的这颗火流星才对，但我就是没法让自己忘掉它。我的心间仿佛潜入了一条蛟龙，它不时拱起身来，昂起头来，迫使我也接二连三地朝山顶上张望。这一情形持续了很长时间，直到我又识了更多的字，并且从学校图书馆里查阅了更多的资料后才渐渐平息下来。

从借来的科普书籍上我了解到了很多同流星和陨石相关的知识，我逐渐知晓天上并没有传说中的价值连城的纯金疙瘩和纯银疙瘩，外奶奶和村民们当初目睹的不过是一次陨石坠落事件而已。书上说每天都会有总计几万吨重的陨石被地球的引力所捕获，从太空中冲入地球大气层，它们当中的大多数都在同空气的摩擦中燃烧殆尽了，只有极少数尚未燃烧完的坠至地表，要么落入茫茫大海里，要么坠入荒山野岭中。另外，我还了解到陨石分为石陨石、铁陨石和石铁陨石三种，主要由铁、镍等金属构成的铁陨石和同时含有铁、镍与硅酸盐矿物的石铁陨石都少之又少，我们通常能见到的大都是普通的石陨石。正基于此，我判断坠在贺兰山顶上的火流星多半只是一颗没有在大气层中燃烧殆尽的普通石陨石，就算当年的张家老财和长工们找见了它，也一定会大失所望的，毕竟它只是从天而降的石头，而不是价值连城的金疙瘩和银疙瘩。

我将自己在书本上看到的知识以及自己的所猜所想告诉外奶奶后，她先是夸我聪明好学，接着又若有所思地点点头说："石头好，掉在贺兰山顶上的是大石头最好了，这样就不会有人再惦记它，再打它的主意。假如落在山顶上的真是金疙瘩银疙瘩的话，谁知道又有多少人像张家老财一样冒险上山，又有多少条性命会葬身悬崖？"

随着年龄的增长，我不再整日把这首名为《天上的星》的童谣挂在嘴边了，不过它就像当初从长辈那里传到我这里一样，接下来又传到了更碎的娃娃那里，他们咿咿呀呀地唱着，还用细嫩的手指指着远处的贺兰山。个别懂事稍早些的碎娃娃也渴望知晓这首与众不同的童谣究竟讲述了什么事情，又有什么具体含义，我把外奶奶讲给我的一切转述给他们听，并且告诉他们掉在贺兰山顶上的多半是一块普普通通的石陨石。

　　这世间的一些事情总是出人意料，让我啼笑皆非的是，碎娃娃们竟把我口中的石陨石传成了扫帚星。"扫帚星，动刀兵，又传疾病又传瘟"，他们唱完《天上的星》之后又会唱这首顺口溜，时间久了，就连那些目睹过火流星坠在贺兰山顶上的老人们也糊里糊涂地认为，当初真的是一颗扫帚星扫过了贺兰山。

第二章

黑　煞　星

　　扫帚星扫过贺兰山顶的事情只是以讹传讹，实际上这种传说中的能带来疾病、瘟疫和战争的灾星极少出现过，就连我外奶奶和我大我妈也只见过一次，而我们这些乳臭未干的碎娃娃只在书本上和电视上见过它们。

　　通过学校图书馆里的书籍，我知晓了所谓的扫帚星其实是彗星，至于它们能带来灾祸的说法都是空穴来风，而且它们也不会随随便便地飞进大气层，撞到山顶上。

　　贺兰山顶上没有扫帚星，不过贺兰山脚下有一个货真价实的"黑煞星"。"黑煞星"是个古老的俗语，它用来形容那种为非作歹、无赖透顶的人。泉子就是这样一个人见人厌、人见人躲的"黑煞星"，他就住在我们村子里。泉子比我大十岁，今年已经二十一岁了，他长得人高马大，黑黑壮壮，一双眼睛瞪起来像铜铃。泉子的脸庞不但黝黑，而且总泛着青，看起来有些吓人，我们私下里都说他活像是连环画上的夜叉和混世魔王。

　　村子里的老人们总是说"青脸人，三眼狗，无事把人咬一口"，脸青面恶的泉子果然既蛮横无理又逞性妄为，偷鸡摸狗、摘瓜扒菜都是他的拿手好戏，除此之外，他还凌弱暴寡，以大欺小，碎娃娃手里的面包和糖果会被他一把夺去，老人们压在枕头下的零花钱也会被他悄悄摸走。有一回他用弹弓打死了村民陈生云家的一只老母鸡，被陈生云当场抓住。换作是别人，把鸡还给主家再赔个礼道个歉是天经地义的事情，但泉子非但没这么做，反而当着陈生云的面，用碎柴生起一堆火烤起老母鸡来，嘴里还满不在乎地说道："好久没有吃肉了，嘴里都能淡出个鸟来。这只老母鸡真是善解人意，径直就朝我走来，它知道我想吃肉了，主动来献出自己。"陈生云气不过，上前去夺火堆里的鸡，但身体瘦削的他非但没夺回鸡，反倒被泉子狠狠摔倒在地上。

还有一回，泉子偷金少平家的青储（青绿饲料经控制发酵而制成的饲料，有"草罐头"的美誉，多汁适口、气味酸香，是饲喂牛羊等家畜的上等饲料）时，被逮了个现行，金少平训了他几句也就放他走了，谁承想，记恨在心的泉子当晚就一把火将金少平家的青储烧了个精光。因为诸如此类的纠纷，泉子已经被派出所拘留过好几次了，但他出来之后丝毫不知悔改，依旧是我行我素，惹是生非，整个村子都被他搅得鸡犬不宁。久而久之，所有人都知道泉子是个既蛮不讲理又不知羞耻的"煞星"，因为他的面庞青黑，大家便称他是"黑煞星"，并且尽可能地躲开他。

我手里的零食也被泉子抢过，还有几回我兜里的零钱被他强行掏个精光，他就是靠偷抢来抽烟喝酒、潇洒快活的。我问外奶奶："泉子为啥这么坏？他的爹妈咋不管他？"外奶奶摇摇头说："泉子的爹妈你见过，他们并不是那种蛮横无理的人，他们同你大你妈一样都是老实巴交、从地里刨食的庄稼人。泉子也并非生来就是个坏种，他之所以变成今天这个德行完全是因为缺乏管教，过度溺爱。其实一开始泉子的爹妈还是管教他的，但自从他的脑袋被撞了个窟窿后，情况就变了。"

"泉子的脑袋还曾被撞出来了窟窿？"我第一次听说这件事情。

外奶奶点点头："这是十几年前的事情了，那个时候泉子才四五岁，'麦熟不等人，迟了减收成'，当时正值七月上旬，麦粒都已经全熟了，就等着被收割归仓。那时没有收割机，麦子全靠人来割，泉子的爹妈忙着抢收，就让他自己在家玩耍。泉子在屋里待得无聊，便跑出去抓蝴蝶抓蜻蜓，他不小心绊倒在地，脑袋磕在了一块棱角分明的石头上，磕出了一个血窟窿，当场就昏死了过去。幸亏村里的郭梅英给丈夫送饭时，恰巧路过这里，发现了血流如注的泉子，不然的话他肯定性命不保了。

"泉子被送到了城里的医院，抢救了几天几夜才抢救过来。泉子的爹妈觉得对不住泉子，打这以后就对他百依百顺，万般溺爱了，他们都觉得泉子遭了那么大的罪，好不容易才从鬼门关闯出来，以后不能再受一点儿委屈。哪怕泉子干了坏事犯了错，他们也不舍得骂泉子一句，戳泉子一指头，久而久之，泉子也就变得越来越任性妄为，越来越肆无忌惮，他甚至对自己的爹妈都出言不逊。这个时候泉子的爹妈虽然有些后悔了，但木已成舟，苦果已经结下，他们再也管不住他，只能对他听之任之，眼睁睁地看着他胡作非为。"

我终于知晓了泉子的经历，也终于知晓了他成为人见人烦、鬼见鬼愁的"黑煞星"的原因。虽然他童年的不幸遭遇很叫人同情，但眼下的他实在叫人唯恐避之不及。听外奶奶和我大我妈说泉子现在变本加厉，对自己的亲爹亲娘都敢动手，他真的是无可救药了，而我们能做的也只有尽量躲着他。

"贺兰西望蟊长空，天界华夷势更雄。岩际云开青益显，峰头寒重雪难融。"升入小学四年级后，语文老师教给我们一首古诗，它不是课本上的古诗，而是老师从别处摘抄来的。老师告诉我们说它出自明代的一位名叫王逊的文士之手，描写的就是贺兰山的雄伟气势以及贺兰山上终年积雪的奇景。

外奶奶说得没错，贺兰山顶上几千年来一直有冰雪覆盖，直到今天这一情形都没有改变。按照语文老师的要求，我把这首专门描写贺兰山的古诗背得滚瓜烂熟，黄昏时分，我总是站在自家屋顶上，遥望着冰凝雪积的贺兰山，像古时的诗人一样有模有样地吟诵它。有的时候，我默默猜想：或许几百年前的王逊看到的贺兰山同我看到的贺兰山一模一样，甚至几千年前的古人看到的贺兰山同我看到的贺兰山也所差无几。

"处处山依旧，年年事不同"，虽然贺兰山上的积雪终年不化，虽然贺兰山亘古不变，但它脚下的滩野和村庄却时常发生着变化。听外奶奶说，我们居住的村子最初是一片布满白花花的盐碱的荒滩，后来她和最早一批到来的移民们挖沟凿渠，垦荒屯田，才将只能生长红柳和碱蒿的野滩地变成了一片片的麦地和高粱地。外奶奶这一辈人渐渐衰老后，我大和我妈继续种植小麦和高粱，但他们始终被一件事所困扰，那就是每年的收成寥寥无几，不论他们如何晨炊星饭，如何寒耕热耘，一年到头下来也仅仅是聊以果腹。小麦和高粱如此低产的原因很简单：村子地处大西北，常年干旱少雨，所有的田地都靠从贺兰山的一条峡谷中流淌出来的山泉水来浇灌。一开始的那些年里，山泉水还能勉强浇灌所有田地，但随着人口的增添和田地的增多，铮铮淙淙的山泉水就变得捉襟见肘了。村子里为了浇水而发生的矛盾数不胜数，可就算大家吵架也吵不出更多的泉水来，就算有人大打出手也打不出像样的收成来。得不到充足浇灌的庄稼显得蔫头耷脑，半死不活，它们用尽全力也只能结出一些半饱半瘪的谷物来。

都说"山重水复疑无路，柳暗花明又一村"，就在大人们为水的问题而焦头烂额时，县里派来了一位孙姓的技术员，谁也没有想到的是，他竟然为村子里带来了最大的变化。听人说孙技术员是从农业大学毕业的高才生，他来到村子里后，一会儿趴到田地里用卷尺测量行距和株距，一会儿用小铲子挖出一尺深的土来测量墒情，一会儿又跑到峡谷里查看水量，用小瓶子装水回去测量水质。就这样来来回回忙碌了一个星期后，孙技术员带着土壤样本和山泉水样本返回了县里。

两个星期后他又回来了，他对村长和其他两名村干部说："我对你们这里的土质和水质都进行了仔细的测量，你们这里的土壤比较贫瘠，有机质含量和营养元素含量都有所亏缺，而且碱化的程度比较高，但我发现你们这里的山泉水富含硒元素，硒是一种微量元素，具有抗氧化的作用，还能够增强免疫力，被视为天然的抗癌药。通常情况下水中的硒含量达到每升0.01毫克到0.05毫克就可以被认为是富硒水，而你们这里的山泉水中每升的硒含量达到了0.25毫克，它可是富硒水中的富硒水啊！

"现在城里的人都比较注重养生，都喜欢吃富硒的水果蔬菜，你们完全可以不种小麦高粱，改种价格更高的富硒瓜果啊！贺兰山脚下的昼夜温差大，日照时间长，最适合西瓜和香瓜的生长，你们可以种植富硒的香瓜，它的汲水量没有西瓜那么大，而且在市场上更受欢迎。最重要的是，富硒香瓜的附加值高，种一亩富硒香瓜的收益顶得上种十亩小麦高粱的收益，这样的话你们就不必开那么多荒，种那么多地，用那么多水，地多水少的问题也就解决了。"

村里的人个个都是种小麦种高粱的行家里手，但在种香瓜上却是外行和生手。热心的孙技术员带来了两位农业技术员，手把手地教大家种植香瓜，见大家都去学习，我大和我妈也忙里偷闲去学技术。

孙技术员果真是见多识广，独具慧眼，用山泉水浇灌出来的富硒香瓜果然鲜甜甘冽，口味独特。虽然第一年的产量不高，但拉到城里后还是被抢购一空。见种富硒香瓜真的能挣上钱，第二年，包括我大和我妈在内，村里家家户户都不再种植高粱小麦，改种富硒香瓜了。孙技术员还帮忙给香瓜注册了商标，它的名字是"贺兰山香瓜"。

我大和我妈之前种了十亩小麦，这下他们精心栽种了两亩香瓜。一切正如孙技术员所言，大家不用再为用水的问题而发生争吵，只要用心把自家的两三亩富硒香瓜照看好就能够有个像样的收成。

春生夏长，秋收冬藏。七八月份，像满月一般金黄的香瓜铺满家家户户的瓜地，它们吸收了足够的阳光雨露和泉水养分，也吸收了足够的汗水辛劳和星月风霜，个个都呈现出富足、充实、成熟又安详的状态，有的还在表皮上裂出了一道道歪歪扭扭的细小的口子，这些裂口很像是数九寒天时我们手背上的皲裂，但只有种瓜人知道它们同老人脸上的皱纹一样，是成熟和阅历的标志，这种表皮有细小裂口的香瓜才是最甘甜可口的。

放学之后，我喜欢到自家的瓜地里玩耍一番，一直到天色全黑后我都流连忘返。我仔细端详每一颗静卧在地上的翡翠一般的香瓜，用尺子丈量它们的直径，看它们一天天地变大，并且变得金黄而诱人。有的时候，当月亮像金色的鲤鱼一般浮上树梢时，瓜地里显得半明不暗而充满神秘，一颗颗香瓜就像是被谁遗忘的珍宝，反射着圆滑又奇异的光亮。每逢此时，我也总会想起背诵过的课文《少年闰土》，并且情不自禁地朗诵起来："我的脑里忽然闪出一幅神异的图画来：深蓝的天空中挂着一轮金黄的圆月，下面是海边的沙地，都种着一望无际的碧绿的西瓜，其间有一个十一二岁的少年，项带银圈，手捏一柄钢叉，向一匹猹尽力地刺去……"

随着暑热褪尽，初秋的太阳在布满了粼粼微波般的白云的天空中飘移，它将最后的金灿与温煦赐给了地里的香瓜，让它们的表皮也镀上了一层金亮，并且散发着若有若无的甜丝丝的味道。

这是一个充满收获和宽慰，充满希冀和美梦的季节，我大、我妈以及其他瓜农都等待着再过十天半月将香瓜拉到城里出售，让一整年的辛劳有个交代。天有不测风云，谁都没有想到的是，就在这个众人满怀期待的时节，村里接连发生了几件让人既感恼怒又感骇然的事情。先是村民赵虎家的香瓜被人用镰刀全都砍伤，紧接着村民周富仓家的香瓜也遭受了同样的厄运。瓜被砍伤后过不了一天一夜就会坏掉，而且就算第一时间把它们拉到城里也没人会买。望着遍地伤痕累累的香瓜，赵虎和周富仓简直欲哭无泪。村里的人到瓜地里亲眼瞧过一番后都会摇着头痛心地说："真是造孽啊！不知道是哪个坏了良心的人干的缺德事。""是啊，你偷几个瓜吃了也就罢了，把这么多瓜都砍伤，白白糟蹋东西，没人会买这种开膛破肚的瓜啊！""这让赵虎和周富仓白白忙活了大半年啊！他们家中都有老有小，都等着吃饭呢。"

吸取了赵虎家和周富仓家的教训，村里的人都在瓜地里搭了草棚子，住在里面看瓜，昼夜不敢离开。我大也用旧椽子和旧草席搭了个简陋的棚子，白天由我妈住在里面看守，晚上则由我大来值更。瓜地里的蚊子很多，天一黑它们就从各个角落里钻出来，像层纱幕一样围住我们，拼命地往我们的耳朵眼和鼻孔里钻。我本打算陪我大看瓜，体验一下睡在田地中的感觉，但只睡了一个晚上我就仓皇而逃了，小恶魔一样的蚊子在我的脸上、胳膊上和身上叮出了密密匝匝的红疙瘩，叫我痛痒难忍，我抹了一整盒清凉油，又涂擦了好几瓣大蒜汁都无济于事，看护香瓜的重任只能落在我大一个人的身上了。

接下来的几天里，砍瓜的事情总算没有再发生，大家都稍稍松了口气。然而，还不到一个星期，砍瓜事件再次上演，这次倒霉的竟然是村长曹元春家。那天夜里，曹村长的小儿子曹皮皮发高烧，他在家用湿毛巾给曹皮皮擦拭身体物理降温，便没有像之前一样守在瓜地里，这让恶意砍瓜的坏人有了空子可钻。曹村长第二天清早来到瓜地中，发现眼前已经是一片狼藉，整块瓜地里找不出一颗完整的香瓜来，它们都被砍出了又深又长的口子，像是咧着嘴巴在号哭。

曹村长大发雷霆："居然欺负到我的头上来了，不把这个伤天害理的砍瓜贼抓住，村子就永无宁日。"

作为村长，曹元春知道要想抓住砍瓜贼得靠智取，他把村里最年富力强的村民王存华、周志有和安建成找来，对他们说："我们要计擒砍瓜贼，我们故意留一块无人看守的瓜田，然后埋伏在周围，等看瓜贼出来作恶时抓他个现行，这叫作瓮中捉鳖。"

三人点点头，经过商量后决定用王存华家的瓜地做诱饵。王存华故意四处放话说要回老家探望一个病入膏肓的哥哥，并且接连两天都没有到瓜棚看瓜。村里的人都以为他真的坐班车回老家了，实际上他和周志有、安建成两人已经按照曹村长的叮嘱，备好了渔网、绳索和木棍，潜伏在瓜地旁的半人高的野蓖麻丛里。

第三天夜里，漆黑的天空像个塌陷的大坑，大大小小的星星像掉落其中的弹珠，煌煌荧荧地闪耀着，而朦胧又飘忽的夜雾则像鹰一样在田野里徘徊，搜寻着有可能出现的猎物。

就在这半明半昧的时刻，一个身影鬼鬼祟祟地出现在王存华家的瓜地里，他的手里还提着把镰刀。四下张望一番后，这位不速之客便开始弯腰砍地上的香瓜，就仿佛它们是他的仇人似的。

这时候，早已守候多时的王存华、周志有和安建成从野蓖麻丛后奔了出来。砍瓜贼见势不妙撒腿就跑，但他没跑出去多远便被周志有抛出的渔网缚住，紧接着又被扑倒在地。当三人把三只手电筒齐刷刷地打到砍瓜贼的脸上时，他们都吃了一惊，他正是村里的"鬼见愁"和"黑煞星"泉子啊！

曹村长和派出所的民警问泉子："你为啥要砍别人家地里的香瓜？"

泉子的回答让他们既哭笑不得又火冒三丈，他说道："'贺兰山香瓜'现在很受城里人欢迎，价格也很高，但俗话说'物以稀为贵'，如果它的上市量再小些的话，价格就会更高。把村子里其他人家的香瓜都砍伤后，我家的香瓜就成了香饽饽，就能卖出好几倍的价钱了。"

因为给村民们造成的损失太大，泉子最终付出了代价。他因盗窃罪和毁坏他人财物罪被法院判了一年半的刑期。应曹村长的请求，县法院流动法庭的法官在村里开了个现场宣判会，以警示其他人不要再干类似的事情。

泉子被判了刑，瘟神终于要被送走，村里的人都像是除了三害一般，喜笑颜开，拍手称快。不过，睚眦必报的泉子并没有真心悔过，在被法警押上警车前，他恶狠狠地瞪着王存华、周志有、安建成和曹村长，朝地上啐了口吐沫，而后蹦出了八个字："君子报仇，十年不晚。"

泉子被关起来的这一年半里，村里再没有发生过偷鸡摸狗、砍瓜放火的事情，大家难得地过了段安静平和的日子。所有的人都不希望泉子回来，然而乌飞兔走，流光易逝，转眼间泉子就服满了刑期，回到了村里。不知道是不是错觉，自从泉子回来后，我觉得空气中似乎隐隐弥散着一股令人不安的气息。

第三章

王 存 华

听人说，泉子回到家里后，他的爹妈抱着他又是哭又是笑的，并且还马不停蹄地杀鸡宰鹅，给他做了一满桌丰盛的饭食。泉子就是因为被过度溺爱才变得无法无天，最终走进监狱的，但是老两口还是爱子心切。

泉子回来后，大家都撵出去看稀罕，就仿佛他是要猴人牵来的猴子。泉子并没有像大家所想的一样变瘦变黑，相反，他明显比一年半前要高大结实，脸也比之前要白一些。大家不明所以，议论纷纷，曹村长见多识广，阅历丰富，他给众人解疑释惑："现在的监狱可不比当年的监狱，现在的监狱都讲究人性化管理，伙食只怕是比我们的伙食还好，不说顿顿有肉，起码天天有肉。"

好几个曾经被泉子欺负过的人都摇了摇头，撇了撇嘴，很显然他们更愿意让泉子在监狱里多遭些罪，多吃些苦头。

我和曹村长的小儿子曹皮皮是同班同学，也是形影不离的好朋友，那天我们也跑出去看泉子了。泉子除了个头、体重和肤色的变化外，似乎还有神态和性格的变化，他走路时不再贼眉鼠眼地到处张望，而是半低着头，显得一脸阴鸷。在入狱前他遇见熟人会嬉皮笑脸地打招呼，但现在他一言不发。有一回，我和曹皮皮迎面碰见了泉子，他直勾勾地盯着我们，眼睛里仿佛藏着一把冰冷的匕首，吓得我们急忙躲开。

"一朝被蛇咬，十年怕井绳"，泉子回来后，大家害怕他旧念复萌，再次砍瓜，于是纷纷又在瓜地里搭起了棚子，不分昼夜地守在那里。不过这一回村里的人多虑了，砍瓜偷瓜的事情再没有发生过，哪怕有两三户人家因为孩子生病或者老人住院的事情无暇看守瓜地，他们的香瓜也毫发无损，一个没丢。看起来监狱里的改造还是起了作用，泉子再也不敢胡作非为了。

泉子的爹妈也种香瓜，泉子出狱后得有个生计，他们便手把手地教他种瓜，从头给他讲如何选种，如何整地，如何接穗，如何定植以及后期的肥水管理、植株调整和虫害防治等。一开始泉子还像模像样地在地里学了几天，但没过多久他便执意不学了。大家问泉子的爹妈个中缘由，他们抹着眼泪说："泉子说他不论走到哪里都有人指指点点，他要离开村子去打工。"

接下来，泉子果然不顾自己爹娘的苦苦哀求，只身到外面打工去了。然而仅仅过了半个月他便又灰头土脸地回来了，原来城里现在不论是饭馆还是工厂都要求职者提供身份证，当餐馆老板和工厂老板获悉泉子有过服刑经历后无一例外地婉拒了他。最后，走投无路的泉子到一个建筑工地上打黑工，但高强度的体力活让从小游手好闲惯了的他根本吃不消，他只好打道回府。

虽说在城里碰了壁，可泉子还是不太情愿在瓜地里劳动，他干脆带上水壶和干粮，每天爬到西边的贺兰山上散心。泉子的爹娘拿他毫无办法，只能听之任之，他们唯一的心愿就是他千万不要再惹是生非，再度被关进监狱中。

泉子早出晚归去爬山，这对村里的人来说是件求之不得的事情，俗话说"眼不见，心不烦"，没有泉子在村里晃悠，大家的生活就能一如既往地平静、祥和。

由于很少能够在正常时间里见到泉子，大家渐渐忘记了他的存在，每个人津津乐道的话题也不再是他了。与此同时，大家也陆陆续续地从瓜棚回到了家中，既然泉子不再干坏事，忍着蚊叮虫咬守在那里就没有什么意义了。

生活恢复如初，家家户户都继续着自己的喜怒哀乐和希望憧憬。我大和我妈整天都在瓜地里忙活，"人误地一时，地误人一年""人不亏地皮，地不亏肚皮"，这是他们深铭于心的信条。我在小学里当上了小组长，还佩戴了"两道杠"，这令我大和我妈甚为欣慰，唯一叫我有些忧伤的是外奶奶年事愈高，她行走起来越来越困难，不得不拄上了拐杖，另外，她的眼睛越来越花，双手也不再灵活轻盈，再剪起纸来竟然颤颤巍巍的。

贺兰山上仍旧是覆雪漫漫，银光四射，那些冰雪恐怕再过一百年、一千年也难以融化。刚刚会跑的碎娃娃们像我当初一样一遍遍地传唱着那首名为《天上的星》的童谣，他们显得兴高采烈，不知道他们的爷爷奶奶、外爷爷外奶奶有没有给他们讲过天上掉下来颗火流星的事情以及张家老财上山寻宝坠入悬崖的故事。

一分汗水，一分收获，随着香瓜像蚌壳中的珍珠一样渐渐成形，散发光芒，大人们终于可以稍稍松口气，并且可以挤出点空来到周边的乡镇赶场集，购置点生活必需品和生产必需品。

距离我们村子最近的乡村大集是黄渠桥镇的集，它每逢农历的三六九开一次。黄渠桥镇是一个有百年历史的镇子，它因一条穿镇而过的古渠得名，古渠中流淌着的是引来的黄河水，而黄河水向来多有泥沙，浑浊泛黄。黄渠桥镇的集市很热闹，既有卖家畜家禽的，也有卖布料衣服的；既有卖瓜果蔬菜的，也有卖农资建材的。集上还有很多临时搭起的卖凉粉、刀削面和炒羊羔肉的棚子。而我最心心念念的是糖麻丫，糖麻丫是用胡麻油炸出来的面食，上面还浇着用冰糖、红糖和蜂蜜熬成的糖汁，看上去金黄诱人，吃起来也是香甜难忘。

这一天，又到了黄渠桥镇开集的日子，一大早曹皮皮就来到我家，约我一切去赶集，他兴冲冲地说道："我爸要骑电动车带我去黄渠桥，我妈还给了我十块钱，十块钱够买两个大号的糖麻丫了，我们一人一个吃个痛快！你大今天肯定也要去赶集，对吧？今天村里好些人都要去赶集。"

让我深感懊恼的是，我大今天恰好要去我大爹家吃席，而我妈让我帮忙收拾伙房，我只能一脸沮丧地向曹皮皮道出实情。曹皮皮多少有些失望，但他宽慰我说："我会把糖麻丫给你带回来的，凉透了的糖麻丫虽然不如刚炸出来的那么好吃，但它仍旧是美味呢。"

我点点头，挥挥手同曹皮皮道别，心间充满了小小的失落。挥汗如雨地帮我妈把小伙房收拾干净后已是艳阳高照的中午时分了，吃过午饭又小睡一会儿后，我坐在空荡荡的院子里，百无聊赖地望着湛蓝而高远的天空，无论我怎么使劲看都看不到它的顶。偶尔有几朵孤零零的云彩飘来，像是慢慢吞吞的家鹅，又像是四处漂泊的异乡人。我还看见一只野雁在高空中盘旋，现在还不是南迁的季节，我不知道它究竟在做什么，也许它在寻找着走失的伙伴，也许它在为自己的孩子觅食。它的羽毛不时在琉璃般明净的阳光中闪耀一下，最后消失在了深不可测的苍穹间。

下午又帮我妈干了两个钟头的家务活后，炽亮炙人的阳光终于变得和煦轻柔，天穹中也呈现出暮色将至时的淡淡的金黄。我惦记着甘甜耐嚼的糖麻丫，不时地朝大门口张望，盼望着曹皮皮早点从黄渠桥镇回来。

就在夕阳快要坠下西面的贺兰山时，外面突然传来一阵嘈杂声，间或还有人在哭叫。我大还没有回来，我和我妈出去打探，哭鼻子的人似乎是村民王存华的媳妇，她已经坐上邻居家的摩托车朝村外走了。正当我们疑惑发生了什么事情时，曹皮皮抱着一个装糖麻丫的牛皮纸袋子匆匆忙忙地过来了。我顾不上接糖麻丫，而是指着远处摩托车扬起的尘土问："你知道发生了啥事吗？"

曹皮皮的脸色有些苍白，就像是受到了什么惊吓，他缓了口气才结结巴巴地对我说："王存华……村里的王存华死了……他也到黄渠桥镇赶集……他被车撞死了……"

"啥？"我和我妈都吃了一惊，我们七嘴八舌地询问他事情的前因后果，他一时半会儿也说不清楚。

在仅有几十户人家的村子里，婚丧嫁娶都是大事，接下来的几天里我们便从众人口中了解到了事情的详细经过。

黄渠桥镇不仅有古渠穿镇而过，还有一条国道纵贯全镇。国道上南来北往的车辆很多，许多司机路过这里时都会停下来吃碗特色的拌凉粉、烩刀削面和炒羊羔肉。实际上黄渠桥镇的集市就是开在国道两旁的，每逢开集，路两边便摆满了摊位，搭满了棚子，而往来的车辆也会降低速度，慢慢悠悠地从中通过。

王存华也去赶集，听人说鹅也能够看家护院，而且不像狗那么能吃，他便打算买两只鹅回来，把它们带到瓜地里看瓜。集上有两个卖家鹅的摊位，它们都摆在国道边。比较了一番后王存华蹲在其中的一个摊子前同摊主讨价还价，他好不容易才谈妥了价格，挽起袖子在鹅笼里挑鹅。见到生人，家鹅们一边仰起脖子叫唤个不停一边你推我挤地躲避，王存华不得不专心致志地对付这些躁动不安的鹅，想法子捏住它们的脖子，一只一只地仔细挑拣，为此他的胳膊上和身上都被鹅嘴拧了好多下。

王存华只顾着挑鹅，他没有留意到就在他身后的二三十米处，有一只待售的家猫突然从笼子里钻了出来。家禽家畜都在一个区域售卖，这只猛然间蹿出来的家猫引得跟前几只待售的土狗发了狂，它们原本都被拴在树上，这下全都伸长脖子，用力地拽着链绳，大声地吠叫着。其中的一只不顾主人的阻拦，硬生生地挣断了绳子，连蹦带跳地去追猫。集市上人畜众多，场面杂乱，气势汹汹的家犬没有追到七拐八拐的花猫，反而不小心扑到了一匹待售的黑毛骡子的身上。骡子瞬时受了惊，竟也挣断了缰绳，朝国道上奔去。骡子猛地奔到了国道中央，而此时恰好有一辆重型卡车驶来，虽然车速并不快，但这突如其来的情形还是让司机慌了神。由于距离太近，卡车自重过大，根本来不及制动，他只好一边拼命鸣笛一边向右打方向，因为比起左边，马路右边的人流要少一些，两害相权，他只能取其轻。听见急切又犀利的鸣笛声后，禽畜摊位上的人大都及时跑开了，但低头认真挑鹅的王存华慢了半拍，来不及跑开，同那堆家鹅一起丢了性命。

事故发生后，交警调取了国道上的监控，又走访了集市上的多名摊贩和群众，最后认定这是一桩由骡马意外受惊而引起的交通事故，卡车司机负有主要责任，卡车司机所投保的保险公司依照责任认定也准备对王存华的家人进行相应的经济赔偿。

本来这件事也就画上了句号，村里的人一方面帮忙料理王存华的后事，将他葬在了贺兰山脚下，另一方面也深为他的遭遇而感到惋惜，毕竟他正值壮年，娃娃还没有成年。然而，过了没多久，事情似乎又变得蹊跷复杂，原因是有几个本村人都看到泉子那天也去赶集，而且他也在售卖家禽家畜的区域，距离王存华不是太远，村里的郭梅英甚至还看见泉子在笼子前逗猫。联想到泉子入狱前所说的要报仇雪恨的话，郭梅英和另外几个村民都不约而同地对王存华的媳妇说："俗话说得好，'害人之心不可有，防人之心不可无'，泉子同你家老王之前有过过节，不知道老王出事同他有没有关系？""不管怎么样，应该调查一下才对，没有关系了，你和娃娃也就安心了；要是万一有关系，那老王就走得不明不白了。""凡事还是调查个水落石出为好，这样对老王也有个交代。"

这些话最终让王存华的媳妇下定决心调查一番，她再次找到了交警，把泉子同自己丈夫结过梁子的事情告诉他们，央求他们能够再做一番调查。见王存华的媳妇哭肿了眼睛，本着认真负责的态度，负责这起事故的交警再次对泉子进行了询问，并且再次到集市上对当时正售卖猫狗鹅骡的几位摊贩进行了询问。交警们了解到泉子当时的确在集市上挑选家猫，而且时间同王存华挑鹅的时间基本重合。卖猫的摊贩说泉子从兜里掏出来一颗拇指大小的红色弹珠放在了猫笼旁，果然有一只花狸猫被圆溜溜的弹珠所吸引，伸出毛茸茸的小爪来拨弄玩耍。弹珠被拨开后，笼子里的花猫再也够不着，它有些焦急，便使劲从笼盖缝中挤了出来。花猫只顾着去找弹珠，没想到无意间跑到了待售的土狗跟前，惹恼了它们，就此引发了一系列的连锁反应，最终导致了一场可怕的交通事故的发生。

交警向泉子询问红色弹珠的事情时，他直言不讳地说自己的确用一颗红色弹珠去逗笼里的猫了，目的是看哪只猫更活泼好动些，至于花猫挤出笼子以及后来发生的一系列事情都是他意想不到的。

尽管整件事的源头是泉子用红色弹珠逗花猫，但弹珠既不是什么凶器也不是什么违禁的物品，另外泉子距离王存华足足有二三十米远，而且并没有直接将人推至车轮下的举动，因此交警最终还是认定他在这起交通事故中无须承担刑事责任。

尽管心中多少有些不甘，但王存华的家人也只能够接受这个事实。王存华下葬后，村里的人人时不时谈论这件事情，我和死党曹皮皮也不止一次地讨论过，我们也都觉得王存华死得有些冤屈。

"那天泉子要是没有用一颗弹珠去逗猫，没有将花猫招惹出来的话，就不会有后面的事情，王存华也就不会死了。"每一回我都是这么感慨道。

曹皮皮点点头，"我大和我妈也说这件事多少有些邪乎，偏偏是泉子逗猫惹出的事故，这让人多少都会起疑心。可是就算泉子再坏再能，他也没法子预测后面发生的事情，他又不是个神仙。我大和我妈说这都怪王存华的命不好，遇上这么倒霉的事情。他们还说泉子看起来的确是个黑煞星，能给人带来霉运和灾祸，以后要离他远一些。"

说来奇怪，自从王存华遭遇车祸之后，泉子不再像从前一样早出晚归爬贺兰山了，他又开始在村子里晃悠，手里不是夹着根烟就是提着个酒瓶子。有一回我和曹皮皮听见喝得醉醺醺的他给两个年轻人吹嘘道："村里的人都怕我，他们都说我是煞星，没错，我就是煞星，而且还不是一般的煞星，我有金刚护体，有天王罩着，我的命可不是一般的硬，谁害过我，我就克谁；谁得罪我，就保证没有好下场。王存华的死你们都看在眼里了吧？他当年害过我，所以现在就遭了报应，遇到了车祸。"

两个年轻人连连点头，而我和曹皮皮充满厌弃地离开了。泉子一身戾气，我得依大人所言，尽量离他远一些。于是，无论是我单独行走时还是和伙伴们一同玩耍时，只要看见泉子就远远地跑开。我以为远离泉子就能够远离霉运，我万万没想到的是，一场横祸正在等待着我。

第四章

越　野　车

　　贺兰山香瓜越来越有名气，除了夏天在大地里种植外，孙技术员和县里派来的其他技术员还帮我们建起了暖棚，让我们发展设施农业，这样的话即便是在寒风凛冽的冬天也能保障香瓜的供应。

　　夏天每逢周末会有许多人慕名来买贺兰山香瓜，客人们都对它赞不绝口，说它比新疆的哈密瓜，比兰州的白兰瓜还要鲜脆甘甜。通常情况下，这些来自附近城里的游客在田间地头或在暖棚边上吃完刚刚摘下来的最新鲜的香瓜后，还会意犹未尽地到附近转一转，要么教孩子辨识在城里难得一见的野花野草，要么带他们往峡谷里走一走，观看崖壁上蒙络摇缀、参差披拂的青树翠蔓和谷底斗折蛇行、明灭可见的清澈泉水。

　　有一位前来买香瓜的游客在城里的文旅部门工作，他远望着堆琼积玉、银光皎洁的贺兰山顶对曹村长说："贺兰山在几百年前曾经是西夏国的地盘，直到元明两代它仍是据险固守的要地和雄奇峻峭的壮景。明代的文士王逊有一组名为《旧西夏八景》的诗，记录了明代宁夏的八大著名景致，它们分别是夏宫秋草、汉渠春水、贺兰晴雪、良田晚照、长塔钟声、官桥柳色、黑水古城和黄沙古渡，贺兰晴雪正是八景之一啊！无论冬夏，无论阴晴，都能够看见山顶上的积雪，这的确是个不可多得的自然景观呢。你们可以以贺兰山香瓜为依托，发展乡村旅游，游客们一边品尝着'午梦初回微渴后，嚼来真似水晶寒'的贺兰山香瓜，一边欣赏'满眼但知银世界，举头都是玉江山'的贺兰晴雪美景。"

这个建议很有价值，曹村长点了点头。游客又指着半山腰说："贺兰山山高路险，对普通人来说，到山顶上近距离地观赏贺兰晴雪是不大现实的事情，不过山腰处有岩画，还有郭栓子曾经藏身的山洞，你们可以把它们开辟为景点，修一条简易的盘山公路上去，让人到那里参观。"

这位在文旅部门工作的游客一定到贺兰山上实地考察过，他说的都是实情。我和曹皮皮曾经在雨后的几天里到半山腰拣拾地软和发菜，发现了许多雕凿在石头上和崖壁上的岩画，它们有大有小，有密有疏，有的仍旧十分清晰，有的已经因风化而变模糊，形象大都是奔跑的动物、狩猎的人和跳舞的人，除此之外，还有人手印以及一些我们看不大懂的抽象的符号。这些不知凿刻于何时的岩画足足有好几百幅，我和曹皮皮逐一打量过它们，我们识出了岩羊、鹿、骆驼、狗，还识出了狼、老鹰和老虎，我们猜测很多年以前贺兰山上曾经有过老虎，不然的话，那些凿刻岩画的先民们也无法凭空想象出它们。

距离岩画群不远的地方的确也有一个硕大无比的山洞，说是山洞，其实它更像是一个巨大的天然宫殿，它足足有二十几米高，五六十米深，三四十米宽，就连洞口也足有十几米高。走进洞里，还能够看见从洞顶的若干个巨大的孔隙中投射进来的一束束长剑一般的光柱。我和曹皮皮到这个巨型山洞里玩耍过很多次，村子里的大大小小的娃娃们大都也进去过，由于洞口宽敞，空间阔大，洞内有亮光，所以它不显得昏暗可怕，也没有乱七八糟的蛇虫野兽居住在其中。之前外奶奶以及我大和我妈都给我讲过郭栓子的故事，郭栓子是解放前家喻户晓的土匪头子，他带领了几十人跑到贺兰山上占山为王，时不时地下山来抢劫粮食和财物。解放之后，臭名昭著的郭栓子终于被解放军剿灭了，据说剿匪的过程十分艰难，由于郭栓子熟悉山势地形，解放军战士足足花费了一个多月才将他活捉。我大也见过半山腰的那个山洞，他说它是当年郭栓子避暑的地方，眼下既然连文旅局的人都这么说，那多半就不假了。

曹村长征求了大家的意见，接连开了几次村民大会后，决定依文旅部门的那位游客所言，大力发展乡村旅游。通过集资，村民们总共凑了一百多万元，经过好几个月的施工，一条九曲蜿蜒的盘山公路终于从山脚下通到了半山腰处，从城里来的游客们可以搭乘村里专门安排的越野车到达岩画跟前和山洞跟前。那些栉风沐雨的岩画前都立上了专门的铭牌，以便让游客们知晓它们的年代与含义。山洞里拉上了电灯，还摆放了塑料桌椅，方便游客们坐在里面吃香瓜，喝饮料。曹村长还请人为山洞取了个威风凛凛的名字——白虎洞。说实话，暑气熏蒸的三伏天里，在阴凉宜人的山洞里吃一口用甘冽恬澹的山泉水冰镇过的贺兰山香瓜，那种清爽与舒适真是无以形容。

曹皮皮的堂哥曹新华就负责开越野车接送游客上下山，他二十出头，反应敏捷，车技也是顶呱呱。考虑到山路迂回盘旋，比较危险，而初来乍到的游客又不熟悉山路，曹村长就从村里挑选了几名身强体健、车技一流的年轻人来专职开车，来回接送客人。周末两天曹皮皮的堂哥比较繁忙，平时相对清闲时他会把我们拉到半山腰上，和我们一起吃香瓜。

泉子也时常出现在半山腰上。他的爹娘央求曹村长给他安排个活干，但一来他自己不愿意从事服务行业，二来曹村长也担心脾气乖戾的他会同游客发生冲突，影响村里的乡村旅游事业，这件事最终不了了之了。不过，见周末前来玩耍的游客越来越多，泉子自然也不会放过挣钱的机会，他从外面批发了些钥匙扣和小奇石之类的东西，见有人来就上去兜售，一天下来也能挣个仨瓜俩枣。虽然泉子卖的东西质次价高，但毕竟这是一个愿打一个愿挨的事情，曹村长和大家就睁一只眼闭一只眼。

周五的下午，天空中晴光和煦，一团团沉甸甸的云彩像水面上的天鹅一般慢悠悠地飘来，我和曹皮皮放学后坐着曹新华开的越野车来到了白虎洞前，像模像样地俯瞰着山下的村庄和田地，并且还卖弄般地齐声朗诵道："荡胸生层云，决眦入归鸟。会当凌绝顶，一览众山小。"

有两只高山鹫在我们的头顶展翅盘旋着，不知道究竟发现了什么猎物。这鹰击长空的景象竟令曹新华心生豪迈之情，他虽然连初中都没毕业，但也比画着念了两句诗词："一代天骄，成吉思汗，只识弯弓射大雕……"

诵完之后，曹新华突发奇想说："我每天上山下山，可是还从来没有在贺兰山上住过呢。我们三个今天晚上干脆住在山上，住在白虎洞里，体验一下当年郭栓子的生活，再一个也能好好看看星星，我听人说在山上能看见更多的星星，毕竟山上离星星更近一些。"

曹新华的提议令我们有些心动，曹皮皮和我都喜欢看星星，我们还合计着共同攒钱买一架小型的天文望远镜观察月亮上的环形山呢。见我们答应后，曹新华说："我的车上有香瓜还有矿泉水，但是没有厚点的衣服，山上的昼夜温差大，我们得带几件厚衣服，带几条毯子过来。另外，我还要买点啤酒花生啥的，在山上喝啤酒肯定别有风味。"

曹新华建议我跟他一同下山取衣服被褥，让曹皮皮留在山上捡些枯草树枝啥的，晚上可以生堆火驱寒。此时太阳虽然已缓缓西坠，但还是暑热蒸腾。曹新华抬头望了望赫赫炎炎的太阳说："天色还早，我先睡上半个钟头再下山吧！拿衣物买啤酒花不了多长时间，赶天黑前我就能打个来回，毕竟上下山的路我都熟悉得不能再熟悉了。"

于是曹新华就来到白虎洞里将三把椅子拼在一起呼呼大睡了起来，而我和曹皮皮用捡来的碎石子在一旁玩起了"箍和尚"的游戏。我们俩杀得难解难分，曹新华睡得鼾声如雷，彼此之间竟然都无影响，不知不觉间四十分钟过去了。曹皮皮看了下手表后，急忙去唤醒曹新华，我也舒展了下筋骨，做好了出发的准备。

曹新华翻起身来，擦了擦嘴角的涎水，带我到洞外的停车场，而曹皮皮则到附近的山梁上捡些干柴草。因为明天才是周末，停车场里只有曹新华的那一辆车，山腰上也几乎再无他人。我坐在副驾的位置，系好了安全带，曹新华打火发动汽车，朝山下驶去。此时的他和我都没有想到随着车辆的缓缓行驶，厄运也迈开脚步朝我们走来。

越野车驶出去一百来米后就需要拐弯驶入迂回的螺旋式公路了，曹新华像往常一样气定神闲地操控着方向盘，身下的这辆半新不旧的越野车就像是被他驯服的马匹。然而，就在此时，一向胸有成竹的他突然间慌乱起来，他脸上的肌肉变得紧张，脸色变得煞白，右脚不停地踩着刹车，但车辆丝毫没有减速的意思。我一下子也慌了起来，不明白究竟发生了什么事情，只好用右手紧紧抓住车顶上的把手。

眼见越野车无法拐弯就要径直冲出去，曹新华大声对我说："糟糕，刹车失灵了！车辆来不及转弯了！它就要冲下去了！你学着我的样子解开安全带，然后拉开车门往外跳。跳出去最多摔伤，不跳的话我们可就真没命了！"

喊话间曹新华已经动作熟练地解开了安全带并且用一只手推开车门，他紧接着喊："一、二、三，跳！"话音刚落他便蜷着身子跳了下去，而毫无准备的我连安全带都还没有解开，像个呆头鹅一样惊慌失措地左右张望着。这个时候，就算是我鼓足勇气下定决心跳也来不及了，我感到身子蓦地一轻，紧接着眼前的一切便翻滚起来。我随着车辆坠下山崖，来回不停地滚落着。车体和岩石相互用力地冲撞个不停，被束缚在座位上的我也片刻不歇地遭受着挤压和撞击，我感觉自己的胸腔仿佛被谁用巨石砸了一下，又感觉自己的肋骨和腰部接连遭到了重创。巨大的恐惧和死亡的阴影紧紧攥住了我，我惊恐万分地叫喊着，可在这接连不断的翻滚和冲撞中根本喊不出什么声音来。

后来，我的脑袋也被碰撞了一下，我的眼睛猛地一黑，与此同时，我的喉咙里终于发出一种既像是咳嗽又像是抽泣的奇怪的声音。我不清楚自己究竟想要喊些什么，我只记得自己最后的动作是用尽全力在面前拂了一下，仿佛那里有一张看不见的蛛网。在这之后我便像是被断了电的机器一般失去了所有的视觉、听觉与触觉。

我醒来时已经是三天之后了。一开始我的大脑就像是一片昏暗而混沌的沼泽地，后来有一只小小的萤火虫闪着微光颤颤巍巍地飞来，它努力地扑扇着翅膀，耸动着身躯，好让尾巴上的灯光更亮一些。终于，四下里变得影影绰绰，半明不暗，树木、花草和远处的野花的轮廓都浮现了出来，在更远的地方甚至还能够看见七零八落的星星。有好一会儿，我分不清这一切究竟是我大脑中的幻想还是眼前的真实场景，我绞尽脑汁也得不到一个确切的答案。后来，我的面前突然出现了一张若隐若现的蛛网，它们时而闪耀一下，时而又全无影踪，扰得我心烦意乱。我想伸手去拂蛛网，却感觉无论是两臂还是十指都酸软无力，就仿佛它们不属于我一样。这样的四肢无法动弹的情形只在那种最深的梦魇中才出现过，我知道唯一的法子就是用尽全力去挣扎、挣脱，于是我张大嘴巴，用力地叫喊着，拼命地挪动手指，而后抬起右臂朝偶尔间闪现着银光的蛛网挥去。

恼人的蛛网终于不见了，那些暗影中的树木、杂草和野花也瞬时没了踪影，我的眼前出现了大团大团的明亮的光线，这叫我困惑不解。稍稍适应些后，我终于能看清面前的东西，它们是明亮的日光灯管和雪白的屋顶。就在我猜测自己究竟身处何地时，两张熟悉的面孔探了过来，我大和我妈泪光点点地望着我，嘴里还唤着我的名字。接下来我又看到了匆匆赶来的医生和护士的面孔。

在我大和我妈零零星星的讲述中，我的记忆渐渐恢复了，我也终于知晓了一切。曹皮皮的表哥曹新华跳车之后，我连同越野车滚落至山崖下。曹新华的小腿骨折了，现在正打着石膏在骨科接受治疗，而我昏迷在车中，最终被闻讯赶来的消防员送到了医院。经过两天三夜的抢救，我终于捡了条命，醒了过来。果然，我看到我的身上插满了管子，肋骨处、胸腔处和腰背处的痛感又慢慢回来，重新开始折磨我。

我大和我妈一边掉着眼泪一边安慰我，他们说我能从鬼门关里出来就是不幸中的万幸，毕竟我是从那么高的地方滚落下来的，发现我的时候越野车基本已经散架，只剩下了一个空壳子。他们还说大难不死必有后福，说我以后肯定会大福大贵。

我并没有因此而感到宽心，因为我能感觉到他们说这番话的时候充满了苦涩与言不由衷，他们似乎在尽力抑制着自己的担忧和愁苦。我想动一动右腿，可发觉它根本动弹不了，我又打算动左腿，但它同样不听使唤。最后，我打算挪动一下屁股，可它就像是不存在似的，对我发出的指令不理不睬。我妈宽慰我说："你刚醒过来，你的腿脚还麻木着呢，得好好缓一阵子它们才会有知觉。"尽管如此，一股强烈的隐忧和一团浓重的阴影还是袭上了我的心头。

我大和我妈说我的两根肋骨骨折了，接下来还得做几场手术才能慢慢站起来。医生也仔细询问了我的情况并为我做了各种检查，手术定在三天后，据说主刀的医生是专门从北京请过来的。这三天里我的双腿并没有恢复正常，我吃惊地发现我的腰部以下完全失去了知觉，既感觉不到痛痒也感觉不到冷热，我的不祥之感更加强烈了，但我大我妈安慰我说等北京的专家做完手术，我的腿脚就会好起来。

手术是在全麻的状态下进行的，这一次我没有看到什么蛛网，我感觉自己像是跳进了乍暖还寒时节的山泉水中，浑身上下冷得要命，之后我就渐渐失去知觉了。

手术结束，麻药的效力渐渐消失后，我看到我大和我妈的脸上仍旧笼罩着一层忧悒，就像是秋后的荒凉田野。他们仍旧宽慰我说："再休养治疗一段时间，你就能够坐起来、站起来了。"但过了好几天我的情况还是丝毫没有好转，而且我从他们和医生护士之间的只言片语中了解到自己的情况并不容乐观。

最终还是医生同我大我妈认真商量后决定把真相告诉我，因为唯有如此我才能够正视现实，力所能及地进行相应的康复训练，在最大限度上追回活动的能力。于是，在那个屋外火伞高张、屋内闷热异常的下午，佩戴着副近视眼镜的主治医生当着我大我妈的面将残酷的事实一五一十地告诉了我——我的两截脊椎骨在车祸中受损严重，这导致我的第三胸椎以下，也就是下半身，丧失了大部分知觉和功能，从此以后我只能坐在轮椅上了。

一开始我还没有意识到问题的严重性，当曹皮皮来看望我的时候我才突然明白，自己从今以后再也站不起来了，更不要说奔跑、玩耍和登山了。兴许我连学也上不成了，而且就连生活也难以自理。我"哇"的一声哭了出来，我没有想到自己会这么倒霉，一次意外的事故就让我的人生彻底改变了，我将成为终生坐在轮椅上的残疾人。我哭得如此伤心，我大和我妈吧嗒吧嗒地掉眼泪，就连曹皮皮也陪着我哭鼻子。

事故的原因也调查出来了，曹新华的那辆越野车的刹车出了问题，车辆刹不住，他只能选择弃车。我妈抱怨说："曹新华是司机，经验丰富，他应该及早检查车辆的状况。再一个，就算他迫不得已跳车也应该先帮乘客跳下去。"

在及时检查车况这件事上我妈说得很在理，假如曹新华早早查出问题，排除故障，也就没有后面的灾祸发生了。不过在跳车这件事上，我猜他也不是完全因为自私才置我于不顾自行跳下车去的，当时的情况万分紧急，车辆距离山崖只有咫尺之遥，如果他先帮我解开安全扣，再推我下去的话，恐怕他就要被困在车上，随同车辆翻下山，那摔成半身不遂的就是他了。

从医院回到家中后，外奶奶也抱着我泪眼潸然，她早就想到医院中探望我了，我大和我妈怕她过度受刺激才没让她去。她用因长期握剪而磨出硬茧的右手抚摩着我的脑袋摇着头说："你是个好娃娃，你不像村里的泉子一样欺负人干坏事，可你咋就遇到了灾祸？老天爷啊，你应该睁开眼睛好好看看我的外孙子。"

虽然我大和我妈尽其所能照看我，但他们毕竟还要在瓜地里忙活；虽然曹皮皮一放学就来给我讲学校里的新鲜事并且陪我下棋，但他毕竟不能全天陪着我。每天推着我出去散心并且照顾我的饮食起居的担子只能落在年迈的外奶奶身上，虽然她自己也拄着拐杖，但她还是颤颤巍巍地将我推到院子里，让我晒太阳，有的时候还会将我推到村子里，让我见见人。她知道我心烦，就耐心地给我讲土匪头子郭栓子的故事，讲传说中的毛野人的故事，讲她小时候的所见所闻，她甚至又教我吟唱儿时的那些歌谣，其中就包括那首无比熟悉的《天上的星》。

外奶奶煞费苦心所做的这些收效甚微，瘫痪在轮椅上这件事对我的打击实在是太大，我正值像风一样自由、像兽儿一样精力旺盛的年纪，我恨不得能爬到贺兰山顶上，恨不得能跑到天之尽头，然而眼下我却被钉死在轮椅上。

见我每天仍旧是愁眉不展，外奶奶最后叹了口气说："既然你现在暂时去不了学校，你干脆定下心来跟我学剪纸吧！人得有个啥事做才能忘记烦恼和哀愁，你要是整天忙着剪纸，忘记了自己不能行走这回事，就没有那么痛苦了。剪纸只需要手能动弹就行，它最适合你了，再一个，剪纸也是门手艺，你现在还小，还有爹妈养活，将来你总得靠个一技之长来谋生，要我说剪纸也算是一技之长呢！虽然现在爱好它的人不太多了，但只要你把它学精学活，剪出花样，肯定能派上用场并且靠它吃饭的。"

外奶奶的这番苦口婆心的劝说总算是打动了我，我在轮椅上思考了一整天，又在木床上思考了一整夜，决定依她所言认认真真地学习剪纸。毕竟眼下我无事可做，与其自怨自艾不如找点事干。外奶奶教得格外用心，她把看家底的本领都拿了出来，不厌其烦地教我折剪镂空，教我冒铰画形。她恨不得在一夜之间把自己的技艺都传授给我，她总是说："我的年纪大了，身体也越来越差，我得赶在我入土前把本事都教给你。"

终日忙碌于剪纸学艺中真的让我忘却了苦痛与忧愁，我的脸上又有了久违的笑容，我的生活也渐渐恢复了正常。听曹皮皮说，自从我出事之后，村里便暂停了岩画和白虎洞的旅游项目，不允许任何车辆再随意上山，村里的那几辆上下接送游客的越野车也被封存了起来。

村里恢复了往昔的宁静与祥和，城里的居民们仍会趁周末来购买香瓜，但他们仅是在瓜地里和暖棚中采摘而已，不再像之前那般上山下山，喧闹不歇。我本以为这样的情形会一直持续下去，没想到的是，村子里又发生了一件骇人听闻的事情。

第五章

周 志 有

　　村子里又传来哭天抢地的声音，这声音是如此凄怆又是如此熟悉，之前王存华的妻儿老小发出的就是这种声音。难道说村里又有哪家人遭遇了不幸？我的心头一紧，外奶奶的脸上也露出忧容，她推着我到院子外面一探究竟。

　　村子里已经有很多人在打探情况，从他们的七嘴八舌的交谈中我们获悉，村民周志有去世了。周志有正值壮年，我们也从未听说他害过啥病，他怎么会突然间一命归西呢？接下来我们又听到更多的传言——周志有居然是被高压电电死的。

　　一直到黄昏时分我大和我妈从瓜地里回来，我和外奶奶终于了解到了事情的详细经过。周志有正如众人所言，的确是在高压线下被电死的，他的死充满了蹊跷与诡谲，听我大讲前因后果时，我的脊背阵阵发凉，就像是爬上去了一条即将进入冬眠的蛇，而外奶奶也紧紧皱着眉头，仿佛在听一件既荒诞无稽又不可思议的事情。

　　我从半山腰上翻滚下来后，村里赔付了不小的一笔医疗费用，担心类似的危险再次发生，村里叫停了岩画旅游和白虎洞旅游，它们经历了短暂的热闹与风光后再次陷入了沉寂与荒芜。为了继续振兴乡村经济，曹村长和其他村干部又恳请孙技术员出谋划策。孙技术员建议村里化整为零，变集中式的旅游观光为家庭式的采摘烧烤，让每位瓜农在自家的瓜地或瓜棚前开辟出一小块地方摆上藤椅藤桌，架好烧烤炉，架起遮阳伞，方便城里的游客在此自助烧烤，享用瓜果。孙技术员还建议有条件的瓜农再开辟出一小块地来供城里的居民搭帐篷，他们可以在此午休，也可以在此过夜，相比起城里来，乡村的光污染和大气污染要少很多，野营于田野中可以让孩子看到难得一见的星空。

孙技术员的这个主意果然行之有效，虽然不能再到半山腰上观看古老拙朴的岩画，探索宽敞阴凉的山洞，但来到村里的城市居民并未因此而大幅减少，他们正是被准备齐全的烧烤炉和宿营地吸引来的，每逢周末便带着孩子来小憩一下，放松身心。

今天是周六，又有许多附近的城市居民来到村里采摘香瓜过周末。我家的烧烤地和露营地还没有修整好，周志有等手快的人自然在自家的瓜棚和小小烧烤区里迎来了自驾而来的客人。

来到周志有家的瓜棚的是一家三口，亲手在硕果满园的暖棚中采摘了几个布满皱裂、皮薄瓤甜的贺兰山香瓜后，一家人来到旁边的藤椅前慢条斯理地品尝着用贺兰山中的山泉水浇灌出来的奇珍，共享轻松美好的天伦之乐。

吃过香瓜后，他们搭起了帐篷，又来到烧烤架前准备用自带的食材做一顿丰盛的烧烤。年轻的夫妇齐心协力地忙碌时，他们年仅五六岁的儿子彭彭在一旁独自玩耍，他一会儿鼓起腮帮子吹散一朵闪亮的蒲公英，一会儿又低头寻找草丛中的油绿的蚂蚱，一会儿又从包里掏出一艘崭新的白色塑料小船。

听说来自城里的这家人晚上要在此露营，周志有夫妇也忙碌起来，周志有打算骑摩托车到黄渠桥镇买一顶大大的蚊帐来罩在客人的帐篷外面，乡下蚊子多，不能让客人们被叮得浑身是包，下次再不敢来了。而周志有的媳妇则打算采些灰条、寒草、苦苦菜、胖娃娃菜等野菜，晚上为客人一家拌几个野菜吃。夫妻二人分头行动时，他们的小儿子周宝东像往常一样和邻居的孩子三胖蛋在瓜棚旁玩耍，他们的年纪相仿，都刚上小学一年级，整天形影不离。

周宝东在田埂边发现了一窝蚂蚁，它们匆匆忙忙地在寻找食物。调皮的三胖蛋捉到了一只胖乎乎的菜青虫，把它丢给了饥肠辘辘的蚂蚁。蓦地发现这从天而降的美食，蚂蚁们立马蜂拥过去，用小小的前颚在它的身上撕咬拖拽。受到惊吓，急于逃命的菜青虫猛烈地甩动着身体，想把这群不速之客甩下去。

"蚂蚁兵团"和"菜青虫怪物"的鏖战越来越激烈，越来越白热化，周宝东和三胖蛋都看得津津有味，他们分成两派，各自支持一方。周宝东不停地喊："菜青虫加油！把小蚂蚁甩下去，来回翻滚用身体把它们碾死！"而三胖蛋紧握住拳头，比画着叫道："蚂蚁加油！你们是最棒的！人多力量大，你们一定会把菜青虫拖进洞里的！有了它你们可以美美地饱餐一顿！"

周宝东和三胖蛋兴冲冲地等待着"战争"的结局，一切正如三胖蛋所料，小小的蚂蚁战士们凭借着数量上的优势最终将拼死挣扎的菜青虫拖进了蚁穴里。

虫蚁大战结束了，两人还想再找点乐子，就在这时，泉子竟然来到了他们跟前。泉子在村里臭名昭著，周宝东和三胖蛋都从大人们的口中知晓他蹲过监狱，爱干坏事，准备起身远离他。泉子对此毫不在意，他做出一副和颜悦色的样子对他们说道："你们别害怕，我不会欺负你们的，我从来不会欺负小朋友，实际上我最喜欢小朋友了，我是来送个好东西给你们耍的。"

说完，泉子从口袋里掏出来一颗崭新的闪着红光的弹珠，他对年幼的周宝东和三胖蛋说："你们玩过奥特曼和光头强，但你们一定没有玩过弹玻璃弹珠吧？弹玻璃弹珠是我们小时候的游戏，先在前面挖一个小坑，谁能又快又准地把玻璃弹珠弹进坑里，谁就是大赢家。我给你们示范一下怎么玩。"

说话间泉子便用粗壮的拇指在前面一米多远的地面上戳了一个小坑，而后蹲在地上，用拇指、食指和中指夹住红色玻璃弹珠，再靠拇指用力将它弹了出去。玻璃弹珠滚了出去，它并不是按照一条直线滚向前，而是在中途拐了一个弯。周宝东和三胖蛋以为红色弹珠不会滚进小坑里，但出乎他们所料的是，它居然鬼使神差地滚了进去。他们睁着大大的眼睛，不明白泉子是如何做到这一点的。泉子小时候天天玩弹弹珠的游戏，他靠它来赢零花钱，甚至是赢零食和馒头花卷填肚皮，因而早就将玻璃弹珠玩得炉火纯青，游刃有余，可惜周宝东和三胖蛋并不知晓这一点。

泉子乘胜追击，又给两人表演了几把，每一把都是弹无虚发，毫厘不差。泉子百发百中的本事让周宝东和三胖蛋啧啧称叹，他们按照泉子教授的方法往小坑里弹红色弹珠，可是没有一把能弹进去。

又教了他们几把后，泉子站起身说道："我还有事，这颗弹珠就送给你们了，你们自个儿玩吧！多练习几次就能弹进去了。"

周宝东和三胖蛋都没有想到众人口中逞性妄为的泉子居然待人如此和善又如此大方，他们趴在地上开开心心地练习起弹弹珠来。

在不远处独自逮蚂蚱的彭彭早就想凑过来同周宝东和三胖蛋两个一起玩耍了，他只比他们小两岁，基本上算是同龄人。忌惮于陌生的大人，也就是泉子，彭彭一直不敢过来，见泉子离开后，他总算是佯装着追赶蚂蚱来到了周宝东和三胖蛋的跟前。

"我能和你们一起玩这个游戏吗？"彭彭问仍低着头专心致志弹弹珠的两人，他也是第一次接触这种颇接地气的弹弹珠游戏。

周宝东知道彭彭是从城里来采摘、烧烤和宿营的游客，父母早就叮嘱过他要对游客有礼貌，这样才能吸引更多的人来，增加家里的收入。于是周宝东点点头，挪开一处地方给彭彭。三胖蛋则将手中的红色弹珠交给彭彭，并且将自己刚刚从泉子那里学来的一点皮毛教授给彭彭。

于是彭彭也像周宝东和三胖蛋一样趴在地上弹弹珠玩，也顾不得干干净净的衣服变得乱七八糟。久居于城里的彭彭第一次如此无拘无束地同泥土杂草相接触，第一次如此自由自在、怡然自乐。叫周宝东和三胖蛋又惊讶又佩服的是，彭彭虽然也是第一次接触弹弹珠游戏，甚至比他们接触得还要迟半个钟头，但他似乎很有天分，接连将弹珠弹进小坑三次。周宝东和三胖蛋都有些不服气，他们又你一把我一把地比画起来。

转眼间大半个钟头就过去了，三个人各有胜负，但总体来说还是彭彭略占上风。小小的游戏拉近了三个人的距离，他们俨然已经成为一见如故的朋友。周宝东慷慨地从瓜棚里摘来一枚完熟的香瓜请彭彭和三胖蛋品尝，为了回报周宝东和三胖蛋，彭彭从随身背着的背包里把白色的塑料玩具船掏出来说："这是上个星期我过生日时我爸给我买的玩具游艇，买它花了三百多块钱呢！我可以让你们也玩一会儿。"

精致又漂亮的玩具小艇对周宝东和三胖蛋来说的确是稀罕东西，他们用手指小心翼翼地触摸着它，嘴里发出啧啧的惊叹声。

村子的西边有一方野鱼塘，周志有会打鱼，他时常带周宝东到那里撒网捕鱼，因而周宝东对那一片很熟悉，他提议说："小船应该在水上航行，我们到野鱼塘那里玩吧。"

三胖蛋拍手叫好，彭彭也欣然同意。于是三人便抱着玩具小船欢天喜地地朝野鱼塘奔去，可能是觉得有两个新朋友在身旁，自己不必担心什么，也可能是担心爸爸妈妈不同意自己到远处玩耍，彭彭并没有到烤炉前向他们告知自己的动向，而正在忙碌的夫妻二人也没有留意到彭彭的离开。

三人没多时便来到了野鱼塘跟前，前几天刚下过雨，野鱼塘的水面又宽阔了不少，在阳光下一边荡漾着粼粼微波，一边闪烁着点点银亮。

彭彭小心翼翼地把玩具小艇放到脚下平静安稳的水面上，它随着微微漾动的水波而上下起伏，看上去像是艘真正的船，这令他们都情不自禁地欢呼起来。

"我长大了要买一艘真正的游艇。"彭彭美滋滋地说。

"我来给你当水手。"周宝东说。

"我也要当水手。"三胖蛋也附和道。

就在他们憧憬未来的时候，一阵风吹来，将小艇吹离了靠近岸边的地方。周宝东急忙捡了根树枝想把小艇扒拉回来，然而树枝太短，根本够不着它。

周宝东和三胖蛋又找来根更长些的树枝，但仍旧无济于事。小艇渐渐被微风吹到了距离岸边十几米远的水面上，见无望取回它，彭彭又急又恼，"哇"的一声哭了起来："我的小艇！这是我的生日礼物！这是我最心爱的玩具！"

周宝东和三胖蛋也知道玩具小艇对彭彭的重要性，束手无策的他们只能回家找大人帮忙。周宝东估摸自己的父母此时已经回到瓜棚了，便径直赶到那里，彭彭也跟着他和三胖蛋找到自己的父母，向他们求助。

周志有果然已经从黄渠桥镇回来了，从周宝东和三胖蛋七嘴八舌的诉说中，他很快就知道了事情的缘由。他二话不说，取来自己平时捕鱼的渔网，发动摩托车，载上周宝东，风风火火地朝野鱼塘赶去。所幸的是，在周宝东、三胖蛋和彭彭跑回瓜棚里的这段时间内，野鱼塘上一直是风平浪静，白色的小船没有被吹到更远的地方，它像只走丢了的小鸭子一样孤零零地在原地徘徊。周志有打算撒网把小船网回来，他使出浑身解数，尽量把网撒得远一些，然而他尝试了十多次都没有成功。

周志有本打算跳进水里，游到玩具小船跟前把它取回来，但野鱼塘的底部全是松软的淤泥和密集的水草，很容易把人陷进去，也很容易把人缠住，这几年来已经有两三个人葬身塘中了。就在他举棋不定之际，彭彭的爸爸开着汽车来到了跟前，车上还载着领路的三胖蛋和眼睛通红的彭彭。

听周志有说渔网够不到玩具小艇后，彭彭的爸爸出主意说："我平日里偶尔也会去钓鱼，我的汽车后备箱里有一根钓鱼用的鱼竿，它能甩出去十几米长，我用它来试试看能不能把小艇勾回来。"

彭彭的爸爸挥舞着鱼竿甩了几次都未能把小船勾过来，周志有从他的手中接过竿儿说："我的力气大一些，让我来试一下。"

彭彭一家人是来消费来送钱的，玩具小船又是周宝东提议放到野鱼塘的，周志有心存愧疚，一心想把它取回来交到彭彭的手里。于是，周志有瞄准玩具的小船所在的方位，又捏了捏铁制的鱼钩，用力挥动鱼竿，把渔线和鱼钩甩了出去。

取物心切的周志有和彭彭的爸爸都疏忽大意了，他们忘记了野鱼塘的上方恰巧有两条高压线经过，而细长的渔线恰巧被甩到了其中的一条高压线上。就在这短短的一瞬，高压线上火花四溅，发出吓破人胆的噼里啪啦的声音。与此同时，一团骇人的火球顺着鱼线急速而下，击到了周志有的身上，令他顺势倒地，人事不省。

这意想不到的情形吓坏了所有人，过了一会儿，呆若木鸡的几人才反应过来。彭彭的爸爸扶起周志有的脑袋想把他唤醒，可是这毫无作用。见爸爸没了气息，周宝东扯起嗓子哭叫了起来："大，大……"

人命关天，彭彭的爸爸连忙把周志有抱进汽车里，叮嘱周宝东和三胖蛋照看好彭彭，风风火火地朝城里的医院驶去。周志有在最短的时间内被送到了急救中心，然而医生们已经没有回天之力，110千伏的强电流当场就让他的心脏停止了跳动。

周志有英年早逝，他的媳妇哭得昏天黑地，我大和我妈过去帮忙，村里的许多人也都去帮忙处理后事。

同上一回王存华的罹难一样，周志有的意外离世也成了家家户户都议论不歇的话题，我大和我妈在临睡前也会探讨好一会儿。

"掌柜的（西北部分地区女人称丈夫为掌柜的），人人都说周志有比王存华死得更蹊跷。"我妈说。

我大回应："的确是有些蹊跷啊！王存华被卡车撞死的时候，泉子就在附近，周志有被电打死的时候，泉子虽然不在跟前，但他之前和周志有的小儿子周宝东接触过，还给了他一个红颜色的弹珠。换作是别人倒也没啥稀奇的，但泉子偏偏同王存华和周志有都有仇啊！"

我妈接了茬说："王存华死之前，泉子就拿了个红色的弹珠去逗猫，村里人都说要不是他逗猫就不会有后面的狗跳骡惊，也就没有卡车躲闪不及撞死王存华的事情。这一回泉子又拿了个红色的弹珠到周志有的娃娃那里，村里的人都说这是泉子耍的啥巫术，泉子用这种巫术害死了自己的两个仇人。"

我大皱着眉头说："我听老人们说，过去有一种扎小人的巫术，你恨谁就雕一个木头小人，在上面刻上他的名字，然后每天用针扎，连扎上几个月后那个人说不定就会害祸，不过这种巫术也只是封建迷信而已，不可能那么灵验，它要真灵验的话，那就没人能活得了了。人活在世上谁还没个仇人？谁还没跟人结过梁子？至于大家传说的拿个红弹珠就能把人害死的巫术我从来没有听说过，而且我也不相信它有那么神。"

我妈坚持己见："兴许是泉子从监狱里，从别的啥地方学来的巫术呢！听泉子的爹妈说他出狱回来后天天往贺兰山上跑，兴许他在山上遇到了位隐士高人，从他那里学到了最厉害的巫术。"

我大摇摇头："以前贺兰山上住过土匪，也住过放羊的人，但是这些年没听说过有谁住在山上啊。我也怀疑泉子同王存华的死和周志有的死有点关系，但他要是单单靠一个红色弹珠就能害人命的话，那也太邪乎了！"

我妈没有吭声，稍顿了一会儿后她又说："周志有一走，他家就剩下孤儿寡母了，村里人都建议他媳妇同供电公司打场官司，问供电公司要点赔偿，毕竟供电公司是有钱的大单位。也不知道官司真要打起来能不能打赢，供电公司会不会赔钱？"

我大回答说："这个不好说啊，供电公司的高压电线又没有突然间掉下来落进野鱼塘里。"

最后我妈长长地叹了口气，为周志有的遭遇而惋惜，也为他的妻儿而担忧。

这件可怕的事情自然也让曹皮皮和我深感困惑，并且绞尽脑汁探寻真相。曹皮皮像福尔摩斯、像亚森·罗宾一样头头是道地分析梳理："世界上没有无缘无故的爱，也没有无缘无故的恨，泉子怎么会突发善心送给周宝东和三胖蛋一颗红色弹珠呢？而且他还专门到周宝东家的瓜棚跟前送。就算他是偶然路过的，怎么还会随身带一颗红色的弹珠呢？他又不是小孩子了，他一定是有备而去的。"

"你是说他是有预谋的？"我吃惊地问。

曹皮皮背起双手，像位经验丰富的警探一样点点头说："泉子如果不送给周宝东和三胖蛋红色弹珠的话，那位名叫彭彭的城里孩子就不会被吸引过去；彭彭不被吸引过去的话，他就不会把自己的玩具小船拿出来让周宝东和三胖蛋玩；没有玩具小船的话，周宝东和三胖蛋也就不会带彭彭到野鱼塘边；他们不到野鱼塘边的话，玩具小船也就不会被风吹到鱼塘中央；玩具小船不在野鱼塘中央的话，周志有和彭彭的爸爸也就不会去想方设法捞它，更不会有后面的因甩鱼竿而误触高压电线的后果。"

听起来是泉子的举动引发了下面所有的步骤，而每一个步骤都是环环相扣的。我同之前一样困惑不解："这些步骤难道是泉子想出来的？可他又不是活神仙，咋能够知道自己的举动会引出啥结果，并且一步一步地要了周志有的命？就是真正的神仙也算不了这么准啊。"

曹皮皮也觉得泉子不可能有那么神通广大，但他心有不甘地说："反正如果把事情回溯一遍，倒过来放映一遍的话，源头就是泉子给了周宝东一颗红色的弹珠。"

我们就像是初出茅庐的猎犬，明明嗅到了猎物的蛛丝马迹，但对接下来该如何继续追踪却是一头雾水。泉子在我们的心中，在全村人的心中都变得愈加诡秘和邪恶，愈加阴森和可怕，大家见到他如同见到了瘟神，唯恐避之不及。然而，我没有想到的是，就是这个瘟神和煞星主动登门，热心地对我施以援手，帮我找到了一位老神医。

第六章

老 神 医

初升的太阳像一只熟透了的黄澄澄的大杏子挂在村子上空，在它下面，田野里的雾气和房屋里升出的炊烟交织在一起，显得迷迷蒙蒙的。

以往这个时候都是外奶奶将我推出屋，让我呼吸新鲜的空气，沐浴金灿的晨光，但眼下是曹皮皮帮我完成了这件事情。外奶奶到城里的医院住院了，出生于旧社会、经历了无数灾荒磨难的她就像是一棵虽然弯曲瘦弱但始终昂首立于世间的老沙枣树。我们都以为这棵倔强坚韧的树会一直矗立下去，但无情的时光和一场场风霜最终还是推倒了它。外奶奶这一次病得很重，我大和我妈不得不到医院里服侍她，他们委托曹皮皮照看我几天。

通过电话我知道外奶奶在肺病的折磨下一直发高烧，她一会儿清醒一会儿糊涂，但总体来说糊涂的时候比清醒的时候多。可能是意识到自己这一次真的碰到了一个大坎，外奶奶在清醒的时候念叨着我的名字，对我大说想见我一面。

我大怕外奶奶真有个啥闪失，雇了辆车匆匆忙忙地回来，把我带到了医院里，以便了却她的心愿。外奶奶之前就瘦，在连日高烧的折磨下，她更显得弱不胜衣。我到病房的时候，她仍因反复发作的高烧而昏睡，她的面色很不好，是那种有些瘆人的惨白，一看就知道是得了大病。

外奶奶一直在输液，下午时分，她暂时退了烧，终于又能睁开眼睛识人，又能张开嘴说话了。外奶奶瞧见了我，她的眼泪像贺兰山大峡谷中的山泉一样哗哗流了下来，她艰难地呜咽着说："让外奶奶拉拉手……让外奶奶拉拉你的手……"与此同时，她费力地半扬起靠近我的右手。

我妈把轮椅往前推了些，我伸出手来轻轻捏住外奶奶的手，她的手枯瘦如柴，皮肤也变得松松垮垮，就像是晾晒在木椅上的床单。她的手掌上和指关节处有我所熟悉的老茧，它们都是她在常年剪纸镂刻的过程中留下的。以往外奶奶的手都是温热的，但眼下它有些冰凉，我的心间既难过又感慨，有谁能想到就是这双手剪出了那么多栩栩如生的图案，剪出了那么多受人欢迎的花样？

望着外奶奶虚弱不堪的面孔，我多么希望能将自己的一部分健康甚至是一部分生命通过手指传递给她，让她走下病床，同以前一样持剪如飞，手吐霓虹，可惜的是这样的事情是难以实现的。

外奶奶颤颤巍巍地攥着我的手，似乎要把她残存的生命传递给我，似乎要把最后却是最深的祝福施赠予我，她气弱声嘶地说："可怜的娃……你瘫在了轮椅上……我最放心不下的就是你……"

担心外奶奶因太过悲伤和激动而出什么意外，我大只好先将我送回家。我惦记着外奶奶的安危，一直心绪难平。曹皮皮在我家里陪着我，帮忙照看我的饮食起居。黄昏时分，从白雪皑皑的贺兰山顶上飘过来一团团像炭一样黑的可怕的云堆。随着云堆渐近，一阵狂风先行到来，它们呼啸着，翻滚着，狂奔着，带来了深秋里才有的凉气和村子里难得一遇的湿气。紧随其后，从远处的乌云堆上预警一般响起了低沉的雷声，并且接连不断地闪过像砂糖一样白亮的电光。

云堆到达我们头顶后，阵雨倾盆而下，大滴大滴的雨点像渴望重回到湖里的银鱼一样拼命地往下跳跃，原本干燥的院落被砸得呼呼乱响。地面很快跃起了泡泡，并且汇聚出了小溪，然而当这些突然间诞生的溪流渴望聚集成更大的水洼时，雨水却出人意料地停了下来。头顶上的云堆又向东奔去，它们要在别的地方继续慷慨布施。

雨停之后太阳已经西沉了，天光也就暗了下来。曹皮皮把我推到院子里，让我呼吸清新而湿润的空气，他说道："自然课老师说闪电能把氧气变成臭氧，臭氧能够杀菌和净化空气。雷雨过后空气中的负离子也会增加，所以这个时候的空气是最最清新舒爽的，你多呼吸点新鲜空气肯定会对你的身体有好处。"

我点点头，半闭上眼睛，忘情地呼吸着这犹若被掺进了甘霖、犹若被溶进了蜂蜜的甜丝丝的空气。零零落落的星星出现在因受雨水冲洗而变得藏蓝的苍穹上，无论是曹皮皮还是我都看出来它们远比平时清亮、显眼，就像是一粒粒新碾出的大米，就像是一颗颗刚刚结出的香瓜，它们仿佛也被大雨冲洗去了蒙尘一般。

随着夜色渐深，星子越来越多，它们连缀成星座，拥挤成一团，稠密水亮，美不胜收。我还见到了几颗流星，它们疾驰而过，在夜空中留下一道道毛茸茸的光痕，就像是巨人在划擦一根根硕大无比的火柴。听说对着流星许愿，愿望就会实现，我默默地举起双手，分别对着两颗流星许了两个愿望，一个是希望外奶奶能够康复，另一个是希望我自己能够重新站起来。

曹皮皮把轮椅推到院子外面，让我见见往来的行人散散心，这时候，泉子竟然直奔我们而来，我和曹皮皮的脸色都变得紧张起来，不知道他究竟要搞什么名堂。自从王存华和周志有死后，泉子不单是煞星和瘟神了，他更像是人见人畏的活阎王了。

泉子来到轮椅跟前，像医院里的医生一样上上下下、左左右右地将我打量了几遍，然后摇摇头，用一种充满惋惜的语调说："人家都说七老八十的人才坐轮椅，你才十来岁，正是活蹦乱跳的年纪，你这么小就坐上了轮椅，真是可惜啊！"

我和曹皮皮相互望了望，不明白泉子的葫芦里究竟卖的是什么药，泉子又叹了口气说："全村最倒霉的娃娃肯定就是你了，你的外奶奶，还有你大你妈最放心不下的肯定就是你了。"泉子无意间讲出的这句话像支箭一般击中了我的心脏，我忆起了我离开医院之前外奶奶攥着我的手所讲的话。

见我脸上的神情有些异样，泉子摇摇头继续说："村子里的人都对我有偏见，说我是瘟神，说我是煞星，还把王存华和周志有的死都赖到我身上。天地良心，他们两人的死和我一点儿关系都没有，王存华去买鹅时我去买猫，他能买鹅我就不能买猫了？那天去黄渠桥集上的村民又不止我一个，为啥不赖到其他人身上？还不是因为我坐过牢房，真是'一朝恶人，一世恶人'啊！要我说王存华那纯粹是报应，谁知道他背地里都干了啥坏事。还有周志有，把他的死扯在我身上更是'张驴儿告状——冤枉好人'，我那天恰巧路过瓜田，我好心给他的儿子周宝东一颗弹珠耍，反而被人怀疑和诬陷。村里但凡出了啥坏事，大家第一时间就把它们同我联系起来，可是好事咋没有人想到我呢？其实我在监狱里早就改过自新，重新做人了，我现在一心要将功补过，做点好事。"

我和曹皮皮再度面面相觑，对泉子的这番话将信将疑。泉子看出来这一点，又对我说道："我今天是专门来做好事的，专门来给你提供好消息的。我有一个表舅舅，他是位医术精湛的老中医，人送外号'活华佗''活扁鹊'，不管啥疑难杂症，到他那里都是药到病除。毫不夸张地说，喝了我表舅开的中药，瘫了的人能站起来，瘸了的人能跑起来，瞎了的人能重新看见，他就差让死人睁开眼了。我表舅之所以有这样的本事，是因为他懂得人体的经络，能够把堵塞的经络重新打开，俗话说'通则不痛，痛则不通'，人之所以这疼那疼，之所以站不起来，都是因为经络不通。我表舅就有本事疏通经络，不管它们堵得多严重。"

泉子说这些话的时候显得一本正经，但我和曹皮皮觉得他在夸夸其谈，曹皮皮眨了眨眼睛说："你有这么厉害的一个表舅，我们咋从来没有听说过？"

泉子面不改色心不跳："你们有所不知，我表舅是位高人，他一不图名，二不图利，自己一个人居住在贺兰山的一座庙里。他很少下山给人看病，毕竟他的年岁大了，行动也不方便。"

曹皮皮仍不相信："我咋不知道贺兰山上还有座庙？我只知道山上有岩画和郭栓子住过的白虎洞。"

泉子白了曹皮皮一眼说："贺兰山南北有两百公里长，你去过的只是贺兰山的一小截，你见过的只是贺兰山的一小段。贺兰山下可不是只有我们这一个村子，贺兰山下的村子加起来起码有几百个。"

在这一点上泉子说的倒是实话，我大去过贺兰山的其他地方，他说它的确有两三百里长。外奶奶也曾告诉我贺兰山的中部和南部还有森林，那里还居住着浑身上下长满长毛的毛野人。曹皮皮应该也听说过这些事情，他将信将疑地问道："你舅住的庙在贺兰山的啥地方？离我们这里有多远？"

泉子一本正经地回答："我舅的庙在村子的北头，离这里大约有四十里路，它是一座龙王庙，跟前的村庄叫汪家庄，汪家庄的人都知道这座庙，也知道我舅舅是位隐居在半山腰的庙里的神医。"

尽管泉子看上去不像是在信口胡诌，但曹皮皮还是打破砂锅问到底："龙王不都是住在江河湖海里的吗？咱们这里只有一条小溪流一样的山泉和一个两米深的蓄积山泉水的小小涝坝，怎么会有龙王呢？既然龙王不会住在这里，那自然也就不会有龙王庙了！"

对于曹皮皮的这番推断，泉子似乎微微有些懊恼，但他还是克制着自己的脾气说："谁规定没有江河湖海的地方就不能修建龙王庙了？正是因为贺兰山脚下普遍缺水，过去的人才在半山腰上建了座龙王庙，让偶尔途经贺兰山的龙王停下来歇歇脚。《西游记》你看过吧？四海龙王打一个喷嚏都能连下三天三夜雨，他们歇脚的时候吐口唾沫也能够带来足够的雨水了。你还是个碎娃娃，见过的世面少，你要是不相信的话回头就跟我到汪家庄的半山坡上亲眼瞧一瞧，看看那里到底有没有一座龙王庙。"

见泉子信誓旦旦，一时不好判断真假的曹皮皮也就不吱声了。泉子接着对我说："你现在肯定还不相信我说的话，肯定还当我是个坏人。这样吧，等你大和你妈回来后你把这件好事告诉他们，让他们带上你去汪家庄那里看一看山上究竟有没有一位老神医。听说你大和你妈在医院里照看你外奶奶，等他们回来了我再过来。"说完，他便掉头走了。

泉子离开后，我和曹皮皮热火朝天地议论了起来。

"曹皮皮，你觉得泉子说的都是真的吗？"

"泉子突然间变得这么好心还真是叫人有些怀疑呢。以前村里也有老人害重病，也没见他把他的神医舅舅喊来帮忙啊。"

"那他说的龙王庙和庙里的神医到底是真的还是假的啊？"

曹皮皮想了想说："'耳听为虚，眼见为实'，我们还是等你大你妈和你外奶奶回来后亲自去看一眼为妙。要是真有一座龙王庙和一位老中医，让他开点药方调理调理你的身体也不是什么坏事；要是根本就没有什么龙王庙和老神医的话，那就证明黑煞星泉子成心捉弄我们，骗我们跑冤枉路。"

我点了点头，又开始惦记外奶奶，盼望着她早点出院，我天真地想：如果泉子真有一位老神医表舅的话，说不定他能帮我外奶奶治好病呢。如果这样的好事情真的发生的话，那就说明我对着流星许的愿真的灵验了。

曹皮皮一向足智多谋，他又说道："汪家庄距离这里有四十里地，我们没去过那里，我也没法子把你推到那么远的地方。我干脆先去泉子他大和他娘那里打听一下，看看他们究竟有没有一个神医亲戚。"

这是个好主意，曹皮皮当天下午就去打听，然而他却是愁眉苦脸地回来的，他挠着头说道："泉子的大和娘回老家探亲去了，十天半个月都不一定回来。"

看来我们只能耐心等待我大我妈和我外奶奶回来后再去一探究竟了。就在油煎火燎的等待中，我接到了我大打来的电话，它犹若晴天霹雳，叫我悲痛欲绝——亲爱的外奶奶居然在医院里辞世了。

肺部感染让外奶奶气息奄奄，医生用了多种抗生素也难奏效。今天早上十点多钟，外奶奶就像被抛上岸的鱼儿一样，痛苦万般地挣扎着，竭尽全力想吸入一点氧气，但年迈体衰的她还是失败了，她最终停止了无望的挣扎，永远地摆脱了病痛，也永远地离开了我们。

我简直不敢相信这是真的，我还祈盼着外奶奶能够回到家里再教我剪纸呢！这段时间来，我用心地学习各种技法，进步很快，外奶奶还说我要这样坚持苦练几年的话就能成为十里八乡第一个男巧巧呢。

不论我的内心多么抗拒这一噩耗，它都的确是真的。外奶奶被运了回来，按着落叶归根的习俗，她也要被葬在贺兰山下。我没有想到会以这样的方式同外奶奶再见面，我也没有想到几天前同她在医院里的道别竟然是诀别。外奶奶仰卧在冰棺里，她的神态很安详，就像刚刚睡着一般，然而她永远不会再醒来，像从前一样用长满茧子的手轻轻抚摸我的头，教我唱朗朗上口的童谣，为我做可口的煎蛋，给我剪武松和哪吒。

我大和我妈都跪在地上，我也想跪拜外奶奶，但下身失去知觉的我只能坐在轮椅上掉眼泪。持续不断的哀乐让我忆起了同外奶奶一起生活的点点滴滴，也叫我的心间更加难过和苦痛。

村里的许多人都来吊唁外奶奶，他们都为她的离去而感到惋惜，都摇着头说村里从此以后再也没有巧巧了，再没有人能在过年过节时候给大家剪活灵活现的窗花了。让我和曹皮皮，也让我大和我妈深感意外的是，泉子居然也来吊唁和跪拜，他一边跪在地上给我外奶奶烧纸钱，一边用悲伤的语调说："老奶奶啊，您咋早早就走了啊？村子里谁都能走，唯独您不能走啊！您是全村最心灵手巧的人啊！我家的窗户上都还贴着您老亲手剪的窗花呢！前几天我刚刚联系上我的一位表舅舅，他是位老中医，医好了许多害了重病的人呢。我还准备让我表舅舅给您开几服药，让您彻底好起来，让您的外孙从轮椅上站起来呢。"

人在悲痛的时候最看重的就是乡情，不管泉子之前干过多少坏事，犯下多少错误，他能专门来吊唁亡人，这让我大和我妈对他的态度有了很大的改变，我大用双手捏住他的手对他的到来表示感谢。外奶奶是我最亲的人，泉子的这一善行也让我对他不再像之前那般充满戒备和厌憎了。

外奶奶被葬在了贺兰山脚下，她的坟头上用石头压着白色的纸钱，远远看去就像是贺兰山顶上的积雪。安葬完外奶奶回到家中后，望着空空荡荡的火炕，再望望窗户上的惟妙惟肖的窗花，我又心如刀绞，又开始大滴大滴地掉眼泪。外奶奶剪纸用的剪刀和图样都在她枕头旁的一口红色的小木箱里，我翻着厚厚的图样以及外奶奶还未来得及送出去的十多张剪纸，愈发懊悔自己之前没有认真跟着她学习本领。

外奶奶下葬的第二天，曹皮皮买了我爱吃的零食来安慰我，但我丝毫没有胃口，我仍深陷于绵绵不绝的悲痛之中。泉子居然又登门了，他把自己有一位神医表舅的事情向我大和我妈仔细讲述了一遍，并且信誓旦旦地指着我说:"他肯定能够站起来的,就算站不起来情况肯定也会大有改观的。"

同我和曹皮皮初闻此事一样,我大和我妈一时间还难辨真假,拿不定主意,这时候泉子又双手合十,在我外奶奶的遗像前拜了拜说:"老奶奶,我知道你最放心不下的就是外孙子了,他要是能重新站起来,能重新走路,你在九泉之下也瞑目了。"泉子的这番话也像支利箭一般击中了我大和我妈的心脏,他们终于被触动了,终于答应到四十里路外的山坡上求泉子的老表舅——那位鳏居独宿的老中医为我把脉开方。

第七章

蝎　子　酒

我大找来了一辆旧面包车，载着我妈、我和曹皮皮，在泉子的带领下向北面的汪家庄驶去。大约过了半个钟头后，我们来到了目的地，这是一个不算大的村庄，规模同我们的村子差不多，这里的贺兰山显得要相对平缓些，山顶上也见不到冰雪。一路上我都在目不转睛地打量着窗外的贺兰山，看着它像巨蟒、像蛟龙一般蜿蜒向前，我也终于知晓它真的是一座绵延百里、重峦叠嶂的雄山。

面包车驶下了公路，沿着遍布砾石、坑坑洼洼的山路又走了一段后，山坡便变得陡峭起来，我们只能下车步行了。我大和泉子一左一右将我和轮椅一起抬起来往半山腰上走，泉子一边走一边解释道："按理说应该请我表舅下山来的，这样我们就不用这么费力，可不凑巧的是他这几天恰好染上了风寒，再加上他上了年纪，也就不便下山给人看病了，山上风大，人容易被吹凉。"

我大点点头，咬着牙抬着我往上走，一路上他和泉子歇息了好几次，他们都累得气喘吁吁了。我大是我的亲人，但看着泉子也如此劳累，我的心里十分过意不去。现在不论是我还是曹皮皮都倾向于相信泉子所说的一切都是真的，不然的话他也犯不着如此费力。

沿着一条被人踩踏出的羊肠小道，我们终于来到了半山腰上，眼尖的曹皮皮发现不远处真的有一座孤零零的小庙。我的眼睛像星星一般亮了起来，我大和我妈也面露喜色，既然山上真的有座庙，那庙里有老中医的事就八九不离十了。

我大打起精神和泉子一鼓作气将我抬到了小庙前，这是一座颇有年头的庙，它是就地取材用山上的石头砌成的，庙顶上的木椽已经有些朽烂了，庙门两旁的一对木质楹联也有些模糊不清，但勉强能够分辨出上面的字——神德庇三农，统天田以乾象；恩膏流万顷，兴云雨于贺兰。

庙门关着，泉子不管三七二十一推开门，嘴里大声喊着："表舅！表舅！"

果然有一位六七十岁的老汉从庙里走了出来，他自然就是泉子的表舅，那位枯骨生肉、隐居山中的老中医。在我的想象中，这样的神医都同电视剧中的那些世外高人一样身穿青袍，长须飘飘，精眸微闭，仙风道骨，然而和我所想完全不同的是，这位老人家脚踏一双胶底鞋，身披一件军大衣，脸上遍布山风长期吹出的皴红和皱纹，两只眼睛也显得浑浊而麻木。他根本不像是什么难得一见的高人，倒像是一位普普通通的放羊老汉。

泉子似乎看出了我们的疑惑，他对我们说道："'海水不可斗量，人不可貌相'，我表舅看上去其貌不扬，但他的医术方圆百里没人能比得上。"接下来，泉子指着我大声对老者说："表舅，这是和我一个村子的娃，他连车带人从半山腰上摔了下来，摔成了下肢不遂，麻烦你帮他瞧瞧，看有没有啥方子能叫他重新站起来，这么大点娃娃整天坐在轮椅上真是活受罪。"

老人家没有吭声，而是伸出手来比画着请我们到庙里。庙内的空间不大，正中摆放着一座角耸轩昂、龙须飘飘的龙王泥塑，两侧立着几座稍小一些的虾兵蟹将泥塑和巡海夜叉泥塑，龙王的身旁还有一副对联，上面写着"风调雨顺民安乐，海晏河清世太平"。

庙里半明不暗，但久居于此的老者显然早就适应了，他先点了三炷香，在龙王塑像前拜拜，而后又到我跟前，在我的腿上各个部分轻轻捏了捏，询问我有没有知觉。见我接连摇头，他又让我伸出舌头，看我的舌苔，而后把两根手指搭在我的腕上为我号脉。他半闭着眼睛号了很长时间，最后才长吐了口气，睁开眼睛对我大和我妈说："半身不遂、手脚麻木是因为经络不通、气血凝着，要想让他重新站起来就得想法子通畅经络，祛邪去瘀，正所谓一通百通，一通无灾。"

听老者说得头头是道，无论是我大我妈还是我和曹皮皮都在不知不觉间摒弃了疑惑，我妈焦急地问："老神医，那你有啥法子帮我娃娃把经络打通呢？"

老神医并没有直接回答，他反问道："你们知道贺兰山上最稀罕的宝贝是啥吗？"

我们不明白老神医为什么要问这个问题，相互望了望。我妈想了想回答："是地软吧？下过雨后贺兰山上的石头缝下就会长出地软来，用它们做馅的包子饺子最好吃。"

"非也。"老神医摇了摇头。

"是岩羊吧？贺兰山上的岩羊能在山崖上健步如飞，听说它们的肉仅次于天上的龙肉。"我大说。

老神医仍旧摇头。

曹皮皮想起来什么，开口叫道："我知道，是发菜！贺兰山脚下的蒿草旁会长发菜，它们远远看上去真像是人的头发呢！我和我大我妈捡过发菜，用它来做汤，我大说南方人最喜欢吃发菜，吃了发菜就能够发财……发菜要是自己捡来吃没人管，大面积挖采可是不允许的，这还不是最稀罕的宝贝吗？"

老中医摆摆手示意他停下来。我们都一脸困惑，猜不出贺兰山中最金贵的东西究竟是啥。

见我们答不上来，老神医终于解答道："贺兰山绵延几百里，挺立亿万年，它虽然称不上物华天宝，但绝对也是物产丰富。和你们一样，大多数人虽然在贺兰山下生活了一辈子，却不知晓山中最为珍稀、最为名贵的东西正是毒蝎子。"

"毒蝎子？"我们都吃了一惊，我们万万没有想到老神医会把它当成贺兰山的镇山之宝。我和曹皮皮见过毒蝎子，它们躲藏在石块下面。有一回我们到山上捡拾地软时，曹皮皮翻动一块石头，不小心被栖身于下面的毒蝎子蜇了一下，他当即就动弹不了了，甚至说不出话了，我别无他策，连忙把随身带的小壶里的水都灌给他，希望能帮他把蝎毒稀释一些。他躺在地上，足足过了两个钟头才一点一点地缓过来。贺兰山上的蝎子毒性如此之强，我们唯恐避之不及，老神医竟把它当成宝贝。

老神医看出我们的惊愕，为我们解疑释惑："你们有所不知，毒蝎子是中医里的一味珍贵的药材啊，它能够通络止痛，息风止痉，攻毒散结。毒蝎子分为好多种，有黑蝎子和红蝎子，有青蝎子和麻蝎子，也有黄蝎子和白蝎子，蝎子同毒蛇不一样，蛇是颜色越艳毒性越强，而蝎子是颜色越浅毒性越强。贺兰山上的毒蝎子都是米白色的蝎子，它们的毒性数一数二，一般人可能讨厌它们，躲避它们，但对我来说它们可是能治愈顽疾、救死扶伤的宝贝啊！"

我们总算明白是怎么回事了，我大小心翼翼地问："老神医，这么说，你用贺兰山中产的毒蝎子配出了神药方？"

老神医点点头："蝎子性毒，不可直接入药，得将它们晒干研末或者泡制成酒。民间也有人用毒蝎子泡酒，用以治疗风湿痹病，但我不单单是在酒中放入全蝎，我还一同放入了桃仁、红花、地龙、当归、天麻和土鳖虫等药材，并且根据经验对它们的比例进行了反复的调配。我曾用自己配制的毒蝎酒治好了好几位半身不遂的人，他们当中的一个已经是古稀之年的人了。你的娃从山腰坠下，伤势较重，经络已经壅塞麻痹，我不敢断言他服用了我的药酒之后一定会站立起来，但我敢保证他的腿脚肯定会有所改观。"

听老神医这么说，我大和我妈大喜过望，我大连忙说："能改观也行！能改观也行！我们不指望他能重新走路，能重新奔跑，哪怕他能拄着拐杖搀扶着人稍稍站立起来也行啊，他也能少受些罪！"而我妈已经开始抹眼泪了。

见此情形，泉子不遗时机地说："怎么样，我没有哄骗你们吧？你们放心，我表舅配制的蝎子药酒百治百效，绝对能起大作用。"

我大和我妈感激地点点头。

老神医说：“我现在上了年纪，很少去抓毒蝎子，也很少给人看病了，有的人慕名而来我都婉言推辞了。不过，你们和泉子是一个村子的，泉子前段时间才知晓我的下落，他请求我能为你们的娃看下病。俗话说远亲不如近邻，既然你们是一个村子的人，我也就尽力而为了。”

我大和我妈激动得不知该如何是好，前言不搭后语地说着感激的话，而我的心间也升起了希望，并且涌起了一股暖流，要是我真的能重新站起来的话，那我不知该有多么幸福呢。

老神医摆摆手对我大和我妈说：“行医之人救死扶伤也是本分，不过你娃还小，而蝎子必须得用高度的高粱酒来泡制，我唯一担心的是药酒对他而言有些猛烈。”

我大连忙说：“不妨事，不妨事，自古良药苦口，只要能治他的病，哪怕他喝醉了也无妨。”

老神医放下心来，点点头说：“沉疴要下猛药，今天我就让他服用第一剂药酒，第一剂的量比较大，他起码得服用个一两酒才能够驱散淤积在体内的杂质，以达到重镇降逆、疏通经络的目的。不过你们放心，在这之后他每天只需服个一钱两钱的就行了，对他基本上没有影响。待得明日我会把配制好的蝎酒赠予你们一些，让你们带回家的。”

于是老神医转身从一处壁龛里取出一个装满了药酒的大玻璃瓶来，正如他所言，瓶子里泡着十几只完整的毒蝎子，还有一些乱七八糟的我没见过的药材。

老神医取出一只豁口的白瓷酒杯来，倒了满满一杯琥珀色的药酒进去，他想了想又取出半个馒头和一块黑乎乎的风干羊肉递给我大说：“大人喝酒要就点饭菜才能喝下去，碎娃娃也一样，让你娃边吃边喝，慢慢喝，把这杯药酒喝下去。你们要盯着他，让他都喝下去，一来我这药酒着实很金贵，不能浪费一滴；二来头一次他得服够量才能起作用。”

别说是烈性的药酒，就连红酒和啤酒我和曹皮皮都没有喝过一口，我们毕竟还是未成年人，不能沾碰这些对身体对大脑不好的东西。药酒发出一股浓烈的酒精味和微微泛苦的中药材的味道，曹皮皮望着它，情不自禁地皱起了眉头，有些同情地望着我。

我也有些犯难，毕竟这刺鼻的酒味便让我有反胃的冲动。在我大的鼓励下，我咬了口馒头，嚼在嘴里，而后半抿着嘴小心翼翼地喝了一小口药酒。以前我总听大人们把白酒称之为辣酒，我没有想到它竟是如此辣烈凶猛，对我而言它简直就是毒药。再加上酒里还泡着毒蝎子，这让它更加难以下咽。我险些将药酒全部吐出来，我大拍着我的后背安抚我，我才勉强将它咽进肚里，我的食管和胃部都火辣辣的，就像是正在燃烧。

我大又端着酒杯劝我喝第二口，但我痛苦地摇着脑袋，说啥也不想再喝。我大和我妈既心疼我又希望我能够重新站起来，他们左右为难，不知该如何是好。我妈又倒了一碗水让我喝，我喝过之后胃里稍稍好受些，但我还是不愿继续喝药酒。

这个时候泉子从我大手中接过酒杯，他对我说道："你忘记了你外奶奶的心愿了吗？她最大的心愿就是你能够重新站起来，重新走路。要是知道你能站起来了，她真是含笑九泉了。为了你的外奶奶，你也应该把药酒喝下去，换作是我的话，别说是药酒，就算是毒药我也要不皱眉头地把它喝进肚子里。"

泉子的这番话果然起了作用，它给了我很大的勇气，我闭上眼睛喝一口药酒再灌一大口水，间或嚼几口馒头和风干羊肉，就这样痛苦不堪地喝下了半杯药酒。酒精渗进我的血液里，又顺着血管进入我的大脑中，我变得昏昏沉沉。这个时候我听见老神医对我大和我妈说："今天就让你娃住在这里，我和我表外甥照看着他，半夜里我还要再给他涂抹些外敷的药膏，把这些药膏抹在腿脚上后，他恢复得就更快了。你们三个就暂时住在庙后面的伙房里吧，平时我在那里生火做饭，里面有张窄炕，也可以住人。"

我大说："哪能让你熬夜照看他呢？你去歇息，我们照看他就行，药膏子我们来给他抹。"但老中医说："术业有专攻，给人治病是我的术业，况且那些药膏不是随便涂抹的，我得根据药酒对他所起的功效来决定涂抹的数量和手法。你们爱子心切这我知晓，但你们守在他跟前不仅毫无裨益，反而会碍手碍脚。有啥事情我的表外甥泉子会帮我的忙的，你们到时就安心歇息吧。"

听老神医这么说，我大和我妈也就不好再说啥了。又花费了将近一个钟头，我终于把剩下的半杯药酒也喝掉了，此时我的胃里翻江倒海，我的头脑几乎失去了意识，我昏昏沉沉地躺到了草席上，唯一记得的便是外面的天色已经暗了下来。

酒精麻痹了我的大脑，我不知道自己究竟昏睡了多久。夜半时分，我终于恢复了些知觉，我并没有感觉到双腿双脚和平时有什么不同，我也没看到老神医往我的腿上涂抹药膏，但我感觉自己的脑袋有一些异样，我的头皮很痒，像是有一只大蜘蛛爬在上面，我想伸手去挠却抬不起胳膊来。接下来瘙痒感又渗入头皮之下，仿佛有一群蚂蚁钻了进去。我很不舒服，想要睁开眼爬起来，可药酒让我浑身没有丝毫力气，我最终忍着断断续续的痒痛感再次陷入了昏睡之中。

我是被泉子唤醒的，我睁开眼睛后发现天已经大亮了，明晃晃的光线像好奇的家犬一样跑进龙王庙里，并在每一个角落和每一处罅隙嬉戏。泉子、老神医、我大、我妈和曹皮皮都在头顶望着我。

见我醒来，我大和我妈松了一口气，他们为我端来一碗温开水，问我眼下感觉怎么样。药酒早就令我口渴难忍了，我一口气喝了三大碗水。我尝试着去动自己的腿脚，发现它们同之前一样不听使唤，蝎子酒似乎并没有打通我的经络，这让我，也让我大和我妈有些失望，但老神医说："俗话说'小伤风三日，大伤风七天'，连最普通的伤风感冒都需要三五日才能好起来，更何况是这么严重的下肢不遂呢？若非济公在世，谁也没法子叫他在一夜之间站起来，凡事都有个过程，你们不要操之过急，你们回到家中后按照我的叮嘱，让他每日服用蝎子酒，再定时涂抹膏药，坚持个把月后，必定会有效果。"

泉子也帮腔说："自古得病容易去病难，中药都有个疗程，起码先让他服用上一个疗程。你们放心，我表舅说昨天的那一杯蝎子酒已经将他体内的邪寒之气赶走了一半，已经打通了他的一半经络了，再接连服用上十天半个月后一定会有奇效的。"

我大和我妈也就放下心来，老神医果然又送给他们一大瓶蝎子酒和一盒药膏。我大和我妈从口袋里掏出些钱来递给老中医，但他坚持不收，他说道："你们既然是泉子领来的，也就算是我的亲戚了，哪有问亲戚收钱的道理？我这只是举手之劳，你们快些带娃回去，给他做点热乎的饭食吃吧，我这儿的条件着实是太差。"老中医的慷慨让我们对他、对泉子都充满感激。

就这样，我们辞别了质朴无华的老神医，回到了山下，又乘坐面包车返回了村里。到家之后，我妈和我大齐心协力为我做了一大碗热气腾腾的汤面，并且又给我买了一瓶水果罐头。吸溜吸溜地把面吃完，把面汤喝完，又吞下去半瓶罐头后，我觉得自己好受多了，接下来我又昏昏沉沉地睡了一觉，一直睡到天黑。

第二天起床之后，我终于又变得神清气爽了。百无聊赖的我又拿起剪刀，捧起外奶奶留下的剪纸花样，打算剪一幅图案复杂的"喜鹊登梅"。"喜鹊登梅"是逢年过节时候家家户户最喜欢的窗花，外奶奶手把手地教过我相应的技法，可惜的是还未等我完全掌握那些需要反复练习的技法，她便沉疴难起了。眼下我觉得对于外奶奶最好的缅怀与纪念就是继续练习下去，剪出一幅像模像样的"喜鹊登梅"来。

将剪刀捏在手里刚刚剪了几下，我便感觉到了头脑中有些异样，我分明想向左推剪，但脑子里隐隐约约有个声音提示我："向右推剪。"声音不是特别清晰，显得微弱而空洞，就像是从某个遥远的地方传出来的。声音也有些缥缈而诡异，既像是外奶奶的舒缓苍老的说话声，又像是电视上的播音员字正腔圆的播报声。

起初我以为这不过是残余的药酒带给我的幻觉，便使劲摇了摇头，仍按照自己的想法朝左推剪。然而正当我打算动手时，脑子里的声音又提醒我："向右剪，向右剪两厘米最合适。"这下我不得不用双手转动轮椅的两个大圆轮，来到水龙头前用冷水洗了把脸让自己变清醒些。

我的这些努力并没有奏效，当我继续持剪时，那个若真若假、如梦似幻的声音仍旧会在我的脑中响起，就像是有谁蹲在我的脑子里同我说话。为了验证一切究竟是不是我的幻觉，我干脆依照这个不大真切的声音的指示进行剪镂，它叫我朝左，我就朝左；它叫我朝右，我就朝右；它让我往上裁，我就往上裁；它让我往下铰，我就往下铰；它命我使用推剪法，我就使用推剪法；它令我采取游剪法，我就使用游剪法。就这样稀里糊涂地被头脑里的声音指导着剪镂了好一会儿，手中的红纸叫我吃了一惊，它竟然成了一幅有模有样的"喜鹊登梅"，虽然它没有外奶奶剪出的作品那般精美绝伦，但也绝对算得上活灵活现了。

我将这幅刚刚出自自己手中的"喜鹊登梅"翻来覆去看了好几遍，我没有丝毫惊喜，反而一头雾水，我清楚如果不靠头脑中的那个神秘声音的指点，我恐怕还需要再练习好几年才能剪出这样的作品来。

我变得心事重重。我又拿出一张崭新的红纸来，打算按照图样再剪一幅"老鼠娶妻"，让我深感骇然的是，这一次我仍旧如有神助，头脑里的声音继续详细指导我，让我完成了这件难度超越我的实际水平的作品。

困惑和烦乱渐渐变成了恐惧与不安，我用双手抱起自己的脑袋，不明白这一切究竟是怎么回事，更不明白究竟是谁在我的脑子里说话。

就在此时，曹皮皮又来探望我，见我手里捏着两幅剪纸，他将它们拿到面前仔细端详。曹皮皮日日与我相处，他知晓我的剪纸技艺尚浅，问我道："这都是你外奶奶留下来的吧？"

我答道："它们都是我刚刚剪出来的。"

"你剪出来的？"曹皮皮难以置信地望着我，紧接着又望向剪纸，他脱口而出，"你的技艺提高得也太快了吧？前几天我看你剪出来的东西还有点四不像呢。"

于是，我将脑子里有个莫名其妙的声音指导我剪纸的事情一五一十地告诉了他。曹皮皮舌挢不下，过了好一会儿才问："你说的这些都是真的吗？"

我使劲点点头："我不会对你说谎的，我脑子里的那个声音像是我外奶奶发出的，又像是别的人发出的，我实在是分辨不出来。"

听我这么说，曹皮皮的脸上也露出惊恐的神情："你外奶奶的声音，难道说是你外奶奶在指导你？难道说……难道说世界上真有灵魂？"

自然课老师告诉我们说世界上根本没有什么灵魂和鬼魂，它们都是迷信的人臆想出来的东西，我也从不相信那些神神鬼鬼的传说，但我脑子里的声音的确太过蹊跷。曹皮皮也渐渐冷静了下来，他也知晓灵魂之说都是无稽之谈，他问我："这会儿你脑子里的那个声音还在对你说话吗？"

我摇了摇头，说来奇怪，它只在我剪纸之时才会响起。为了验证这一点，我又将外奶奶留下的厚厚的剪纸图样翻到了新的一页，尝试着去剪"鱼跃龙门"。我再一次得到了若隐若现的声音的指点，动作流畅地剪出了一幅图案复杂、纹饰众多的作品。曹皮皮亲眼见到我的这番行云流水般的操作，双眼瞪得像铜铃，不得不相信我所说的一切都是真的。

接下来曹皮皮抱着脑袋冥思苦想，希望能找出一个科学的解释来。看到摆放在木桌上的蝎子酒后，曹皮皮又问："今天你的腿脚有知觉了吗？"

我摇摇头："还是和之前一样。"

曹皮皮有些失望，嘴里嘟囔道："看来老神医的蝎子酒并没有那么神乎其神啊！你的经络并没有被打通啊！"

我也隐隐有些失望。

突然间曹皮皮又想到了什么，他紧紧盯着我握着剪刀的手说："也许……也许老神医的蝎子酒暂时没打通你腿脚上的经络，但是打通了你手臂上的经络和大脑里的经络。"

我愣了一下，不明所以。

曹皮皮兴冲冲地继续说："你在龙王庙里昏睡的时候，老神医为我们讲解了些经络方面的知识，他说经络虽然看不见摸不着，但是从头到脚遍布全身，它们是全身气血运行的通道，也是沟通上下内外、传递各种信息的系统，一旦经络不畅通了，就会出现行动困难、言语不清等各种各样的问题。他还说经络是一个整体，他的蝎子酒既然能够打通你腿部的经络，也能够打通你其他地方的经络。也许蝎子酒暂时还未打通你下肢的经络，但是先把你头部和手臂上的经络打得更通了，这样你的大脑就运转得更快，你的双手就变得更灵巧。我有一个大胆的猜测，你之所以能在短时间内把纸剪得这么好，并不是有谁在你的脑袋里指点你，而是因为你的大脑运转得更快更有效率了。那些奇怪的声音也不是谁发出来的，而是你自己萌生出的想法，你之所以会产生它是指导你的声音的错觉，主要是因为你还不能适应自己已经变敏捷变聪明的大脑，我敢断言经过一段时间的适应你就不会再听见什么声音了。"

曹皮皮分析得头头是道，一时之间我也不知是真是假，但除此之外似乎真的没有更好更科学的解释了。

将我剪出的那三幅剪纸又打量了一番后，曹皮皮面露难色，挠着脑袋对我说："你能剪出如此精巧的剪纸，这足以证明蝎子酒的确能打通大脑的经络，让人变聪明。我知道你还要靠这瓶珍贵的蝎子酒来打通下肢的经络，但看在我们是最好的朋友的分上，你能不能分给我一小杯蝎子酒？你知道的，我的学习成绩一直不太好，考试总是不及格，有了这一小杯蝎子酒，我的大脑中的经络就会被打开一部分，我就会变得更聪明些，再考试时我也就能考及格了。"

我哭笑不得，对他说道："蝎子酒如果真有这样的功效的话，你就是把一整瓶都喝完了我也没意见，咱们'有难同当，有福同享'！"

曹皮皮果然毛手毛脚地给自己倒了一小杯蝎子酒，他似乎比我要勇敢得多，眉头都没皱一下就把一杯酒倒入口中，但让人啼笑皆非的是，他马上就像电视剧中第一次偷喝酒的孙悟空一样，被辣得跳了起来。他哭丧着脸对我说："我总算知道你在龙王庙里时有多么痛苦了，你整整喝下去了一大杯啊！我敢说蝎子酒是世界上最难喝的东西。"

我听从曹皮皮所言，不再对自己突然间能剪出像样的剪纸作品而感到惊奇，也不再对大脑中时常响起的指导我的声音感到恐惧，我耐心等待着自己能够适应被打通了经络的大脑，也耐心等待着下肢的经络被神奇的蝎子酒慢慢打开。

我没有想到，曹皮皮也没有想到，就在焦躁不安的等待中，村里又发生了一件令人洞心骇耳的事情，而它仍旧同泉子有关。

第八章

安 建 成

————————

　　曹皮皮强忍着辛辣每天都喝一小杯蝎子酒，然而事与愿违的是，他大脑中的经络似乎并没有被打开，他也并没有变得更聪明——他的成绩没有丝毫进步，在期中考试中，他的语文成绩和数学成绩仍旧双双不及格。

　　曹皮皮愁眉苦脸地对我说："班里的同学都称我是'双黄蛋'，因为我一下子得了两个大鸭蛋。班主任秦老师批评了我，我大也差点用扫帚疙瘩揍我的屁股。为什么你喝了老神医的蝎子酒就变得头脑敏捷、心灵手巧，我喝了之后却丝毫不起作用？"

　　我不知所以然，曹皮皮只好抱着自己的脑袋冥思苦想。突然之间，他像是想出了答案，眼睛变得亮晶晶的，他激动地对我说："我知道原因啦！在龙王庙里的时候，老神医说你头一次得喝一两药酒才能够打通经络，我头一次只喝了一小杯，肯定起不了作用，看起来我也得喝上一大杯才行，不知道眼下还来得及不？"

　　曹皮皮的分析似乎很有道理，我决心把剩下的蝎子酒都送给他，让他变得经络通畅、头脑敏捷。曹皮皮显得很高兴，他说道："我也得提前买些火腿肠和牛肉干来，还要多备些矿泉水，否则的话绝对喝不下一大杯蝎子酒。"但他马上又面露难色，"蝎子酒是老神医给你治病的，你还要每天服用一小杯才能慢慢将腿脚的经络打通，重新站起来，我把药酒都喝光了的话，你就没法从轮椅上站起来了，相比起我的考试成绩来，你的康复才是最重要的。"

我宽慰曹皮皮说："我们可以到汪家庄的龙王庙里向老神医再要些药酒来。"

曹皮皮仍有些不放心："老神医说他的蝎子酒很金贵，不知道他还有没有那么多。"

我和曹皮皮都没有想到的是，就在我们为此讨论不歇的时候，泉子居然又登门了，他对我大和我妈说："我表舅最近抓了几只半拃长的白蝎子，它们足足长了六七年，是难得一遇的蝎子王。我表舅将它们泡制成了功效更强的药酒，他让我来请你们再上一趟山，他要再指导着你娃喝些药酒，喝了这些药酒，你娃的经络就能进一步打通，他离站起来也就不远了。"

我大和我妈都知晓我的头脑变灵光、双手变灵巧的事情，他们也都亲眼见我行云流水般地剪出一幅幅活灵活现的剪纸来。我妈第一次见到这些剪纸时一瞬间泪流满面，她先把剪纸抱在怀里，又过来紧紧抱住我的脑袋说："我都瞧见了，我都瞧在眼里了，你的手变灵活了，在你喝蝎子酒之前它们可没有这么灵活。看来老神医的药酒真是名不虚传，它真的起作用了。"我大也抹了两把眼泪说："既然娃的手变灵活了，那就说明他手上的经络已经打通了，接下来他腰上的经络和腿脚上的经络肯定也会慢慢打通的。泉子的那个表舅，他可真是个世外高人啊！我们真的要好好感谢人家呢！"

正因如此，当泉子说明来意后，我大和我妈立马就答应了，对他们而言这是件求之不得的好事呢。我大还专门买了牛奶和点心，又把家里的那只大公鸡也拎上，借了一辆旧面包车，风风火火地朝汪家庄的方向赶去。曹皮皮仍旧陪同我前往，他一直显得很兴奋，一方面他为我能得到进一步的治疗而开心，另一方面他也为自己能得到提升智力的蝎子酒而庆幸，老神医肯定还会送给我一大瓶酒，这样我就能匀出一些来让他打通经络了。

泉子又不辞辛苦地同我大一起把我抬到了半山腰的龙王庙中，无论是我和曹皮皮还是我大和我妈都毫不怀疑他真的洗心革面了。

再见到老神医，我大和我妈像见到恩人一般，你一言我一语地说着感激的话，我大一个劲地把营养品和大公鸡往老神医的怀里塞，而我妈迫不及待地向老神医展示她带来的两幅出自我手的剪纸。老神医收下了礼品和大公鸡，他面露喜色，嘴里却接连说道："受之有愧，受之有愧啊！却之不恭，却之不恭啊！"

又同我大我妈简单寒暄了几句，问了问我的情况后，老神医摇头晃脑地说道："令郎的经络已经打通了一半，真是可喜可贺啊！我时刻惦记着他的病情，专门又到常人难及的山崖上捉了几只毒性更强、药效也更佳的蝎子王来，将它们泡制成酒。经过这段时间的冷浸和溶解，蝎毒和其他药材已经释放进酒里，并且产生了相互作用。同你们头一次来一样，你娃需要再服一剂猛药，喝上一大碗蝎子酒，假以时日他就可以慢慢站起来了。"

说完老中医还专门把他新泡制的蝎子酒抱出来让我们观看。他所言不虚，玻璃罐子里的确泡着几只硕大无比的米白色的蝎子，刚瞅见它们，我和曹皮皮便倒吸了几口凉气，它们肢体健硕，尾巴高耸，模样狰狞，活脱脱就是传说中的蝎子精啊！人要是被这么大个头的蝎子蜇一下，多半会昏迷不醒，甚至丢掉性命。假如我和曹皮皮碰到这么大的蝎子，哪怕我们的手里有长长的镊子，也绝对不敢去抓它们。恐惧和惊诧之余，我也对老神医充满感激，他真是位仁心仁术、悬壶济世的高人啊！他就像是课本中不顾安危遍尝百草的神农和不畏艰险登山采药的李时珍啊。

老神医照例又拿来一块黑乎乎的风干羊肉让我就着喝药酒，我大和我妈这一次有备而来，他们知道蝎子酒难以下咽，为我准备了两块面包和几瓶矿泉水。

同上一回一样，老神医依旧让我大我妈和曹皮皮到龙王庙后面的伙房里歇息，由他和泉子来照看我。为了能够重新站起来，我只好又强忍着痛苦把一大杯蝎子酒喝了下去。我的肚子里又是火烧火燎，片刻不歇，我的大脑被酒精的力量所麻痹，很快就昏昏沉沉地睡去了。在深不可测的梦里，我又感到有一只大蜘蛛在我的脑子里爬。

天明之后我慢慢醒来，药酒的酒劲终于退去了。早早过来的曹皮皮递给我一瓶矿泉水，我也不嫌它有些凉，将它一饮而尽，这叫我好受了很多。此时已经立秋，山上的寒意十分明显，从外面飘来一股柴草燃烧生成的青烟，呛得我咳嗽了几下，泉子说老神医打算给我们熬锅油茶，让我们喝完油茶再下山。我大和我妈实在不愿再给好心的老神医添麻烦，便向他告辞下山，临行前老神医果然将那个还剩有一多半蝎王酒的玻璃罐送给我们，叮嘱我回家之后每天要喝一小杯。

有了这罐蝎王酒后，之前的那半瓶蝎子酒就可以送给曹皮皮，让他打通经络，提升智力了。为了不耽误上学，曹皮皮决定等周末时再喝，他还同我商量了一番，打算在我家喝，酒醉后就睡在我的小床上，省得被他大和他妈看到，在不明所以的情况下责骂他。曹皮皮抱着蝎子酒，充满憧憬地说："等周末喝下一两药酒，我大脑里的经络就会被打通啦！我的大脑就能升级为'2.0版本'的大脑啦！"最后，他干脆美滋滋地唱了起来："喝了咱的酒，一人敢走青杀口；喝了咱的酒，见了皇帝不磕头。一四七，三六九，九九归一，跟我走。好酒，好酒，好酒……"

都说世事难料，还未等到周末，村里边又传来撕心裂肺的哭叫声和哀号声，这种独一无二的声音叫人后脊发凉，也叫人深感不祥。果然，又有一个噩耗传来：正值壮年的安建成死于非命，他是从自家屋顶上掉下来摔死的。没过多久，从我大我妈以及曹皮皮的口中，我知晓了事情的详细经过。

南徙的大雁一大早就从高旷深远的天空中传来悠长而忧伤的叫声，它们也正式带来了秋天的气息。经过漫长难熬的暑热后，贺兰山下终于要被寒凉和冷清所统治了。大地里的香瓜早就进入了扫秧的阶段，只有暖棚里的香瓜还在继续生长。田地边以及大道边的矮蒿和野草都像垂暮的老人一般弯下腰身，它们渐渐发黄的叶梢上落上了薄薄的秋霜，在晨光下像新买的白砂糖一般闪闪发亮。

"天气凉了，树叶黄了。一片片叶子从树上落下来，天空那么蓝那么高，一群大雁往南飞，一会儿排成个人字，一会儿排成个一字。啊，秋天到了。"课本上的这篇同大雁有关的文章，村里上学的娃娃都背诵过，不过他们并不是每时每刻都能看见大雁，一年到头也只有天气转凉的时候才能远远瞧见它们的身影，听见它们的叫声。

听到阵阵雁鸣后，村里的一群碎娃娃相约着跑到村部前的空地上，那里比较宽敞，抬起头来能够清楚地看见大雁排成"人"字形队列和"一"字形队列。

"天上有个大大的'人'字，真的是'人'字啊！"

"大雁们写的'人'字比我写的'人'字都要工整。"

"又变成了'一'字了。"

"大雁排成的'一'字很笔直呢！就像是用尺子量出来的一样。"

……

就在他们仰着脑袋，叽叽喳喳议论个不停时，泉子突然叼着根烟晃晃悠悠地走了过来。泉子的大名在村里不知道被传过多少遍，遇到还不懂事的碎娃娃们不听话时，大人们用毛野人和大灰狼吓唬他们未必管用，但只要对他们说"泉子来了"，他们无不立马变得老老实实，几乎在村里所有碎娃娃的心目中，泉子都是比土匪郭栓子、比长满獠牙利齿的毛野人还要可怕的人。泉子刑满释放回到村里后，大人们也都叮嘱自家的娃娃见到泉子后要远远躲开。

果然，瞧见了泉子，正在看大雁的碎娃娃们像得到信号一般散开了，年纪小的慌里慌张地朝家里跑去，年纪大的留在十几米外紧张又好奇地打量个不停，他们都想知道这个恶名远扬的"瘟神"到底会有何举动。

见碎娃娃们一哄而散，泉子一脸不悦，他朝地上啐了一口吐沫，满是不屑地说："我又不是活阎王，我又不吃人。"

空地上没了人，但泉子并没有离开，他也抬起头来张望个不停。泉子不像是在远眺天上的雁阵，因为雁阵飞走之后，他仍旧久久地仰着脑袋，像是在搜寻着什么。几个胆大些的娃娃也顺着他的目光搜寻，他们很快就发现了两只老鹰在空中来回盘旋。贺兰山上的悬崖峭壁间栖息着不少老鹰，多数情况下它们都在山中觅食，捕猎小野山羊、狐狸、野鼠和呱呱鸡，但遇到接连数日一无所获的情况，它们也会冒险飞到山下，伺机捕食人们饲养的鸡鸭甚至是小羊。

通常情况下，远远看到天上的老鹰后，村里的娃娃们都会大声唱大人教给他们的儿歌："老鹰抓小鸡，飞东又飞西。小鸡快快跑，跑回家门里。老鹰抓不着，累得直喘气。小鸡躲屋里，大口吃虫子。"嘈杂又响亮的歌声一方面能够给在外面溜达的鸡鸭兔子提供警戒，另一方面也能吓唬住老鹰，让它们不敢轻易俯冲下来。

见泉子在跟前，娃娃们没有谁再敢开口唱儿歌。泉子将天上的两只老鹰端详了一会儿后，又开始观察附近枝头上的麻雀。麻雀的个头太小，身上又没有多少肉，多数情况下老鹰都不会捕猎它们，毕竟它们还不够塞牙缝。

十多只麻雀仍旧蹲在树枝上叽叽喳喳叫个不停，它们可不知晓泉子的来头。泉子似乎是有备而来，只见他从兜里掏出一把弹弓，接着又掏出一颗红色的弹珠，把它当作弹丸，瞄准旁边树枝上蹲着的一只麻雀发射了出去。泉子从小就偷鸡摸狗，捕兔打鸟，他的弹弓本领在村里数一数二。果然，泉子一发即中，麻雀从枝头栽了下来。

麻雀坠地之后，泉子并没有过去捡拾它，他也没有继续用弹弓打别的麻雀，他蹲下身来盯着那只了无气息的麻雀，像是在等待什么。

过了没多久，有一只皮毛杂乱、瘦骨嶙峋的老猫探头探脑地从树丛间走了出来，它来回左右张望着，小心翼翼地靠近死麻雀，显然想靠这个天上掉下来的馅饼充饥。

一旁的几个孩子都认识这只老猫，它原本是村里余奶奶养的狸猫，余奶奶去世后，它就无家可归，变成了一只流浪猫。它先后换了几个地方，最后躲到了村部跟前的树丛里，这里的矮榆树种得密，猫能钻进去，但狗和人钻不进去，因而是个相对安全的藏身之地，再一个，这里有两个垃圾箱，它能从里面翻找些吃的东西。

泉子似乎也怕惊吓到老猫，有意伏低身子，并且垂下了头。周围再无他人，见泉子无动于衷并且没有留意到自己，老猫的胆子变也大了，它蹑手蹑脚地来到死麻雀跟前，用嘴衔起它，准备回到窝里慢慢享用。

百密终有一疏，老猫毕竟上了年纪，它只顾着防人，却忽略了同类，它还没有将麻雀衔回矮树丛里，一只黑白相间的花猫便猛地蹿了出来，以迅雷不及掩耳之势从它的口中夺走了麻雀。黑白花猫也是只老猫，但它的皮毛干净、身体匀称，一看就是有主人的猫。事实的确如此，围观的两个娃娃认出了这只猫，它正是附近安建成家的猫，它的名字叫小花，已经是只十来岁的老猫了。

小花有家可栖，有饭可食，但不知是嫌家里的伙食不好还是一心想尝尝野味，最近这段时间它总是偷抢老猫的食物。老猫自然不甘心受欺负，每次都要拼命夺回活命的口粮，于是村里的娃娃们经常能看见两只上了岁数的猫在树林里、院墙上和屋顶上追来逐去。

眼下被小花"猫口夺食"，老猫气冲冲地追过去。小花三拐两拐来到自家跟前，跃上了院墙。老猫虽然身体赢弱，但紧追不舍，也拼力跳上墙头。

一直蹲在地上的泉子似乎被两只家猫的争夺大战所吸引，跟随在后面来到了安建成家跟前，围观的娃娃们也紧随其后来看热闹。虽然被老猫紧逼，但小花不想放弃夺来的美味，它腾挪跳跃，跑到了屋顶上。老猫营养不良，可它还是跳了上来。这下小花再无处可逃，它嘴里紧紧叼着麻雀，喉咙里发出同救护车的鸣笛声有些相近的警告声。同它一样，于心不甘的老猫也耸着身子，发出类似的威胁声。

两只猫此起彼伏的叫声引得安建成的女儿安朵朵从屋里跑出来张望，她告诉自己的爸爸："小花逮了一只麻雀，有一只老花猫想抢小花的麻雀。"

猫儿狗儿争食打架是常有的事，再加上听说同小花争食的是只老猫，安建成也就没有在意，安朵朵只好噘着嘴继续打量两只家猫，并不时为小花加油打气。

远远看见小主人站在院子里为自己鼓劲，小花更加不肯让步了，嘴里发出的声音也更响了，但就在这时，小主人突然惊叫起来，她手指着屋顶叫道："小花，当心，当心……"

一开始小花还不清楚小主人究竟在叫喊什么，它以为她仍在为自己呐喊助威呢，但很快它就意识到了不对劲，对面的老猫突然间伏低身子，耷拉下耳朵，尾巴上的毛全都参起，瞳孔也瞬间变大，其间充满了惊恐。

小花正左右张望，希望得知老猫究竟发现了什么危险时，头顶上突然袭来一阵疾风，它本能地将身子伏到最低，总算侥幸逃过一劫。这时它才发现刚刚飞过头顶的是一只翅健爪利的老鹰，它终于明白了对面的老猫为什么会变得如此骨寒毛竖，在这样鸷狠狼戾的猛禽面前，它们是没有任何招架之力的。

老猫准备转身逃跑，小花也顾不得嘴中的麻雀了，把它丢在一旁，打算抓紧时间跑下屋顶，但老鹰远比它们矫健敏捷，它稍作盘旋便又飞了回来，这一次险些将老猫抓走。小花虽然又躲过一劫，但它也被彻底吓住，纹丝不敢动了，它望了望院子里的小主人，喉咙里发出惊恐又绝望的求救声。

见此情形，安朵朵慌里慌张地跑进了屋中，大声叫道："老鹰……老鹰要吃小花……"

听说有老鹰，安建成不敢再无动于衷了，他也慌里慌张地跑出来，果然瞧见了伏在屋脊上吓得半傻的花猫。

眼见老鹰还在虎视眈眈地盘旋，安建成从院子里提了根细长的竹竿爬到了屋顶上，他高高地举起竹竿，一边不停地挥舞着，一边大声叫唤着想把老鹰轰走。有了安建成的伸手相助，腿脚吓软的小花和老猫终于缓过神来，慌里慌张地跑下了屋顶，但意想不到的事情也随之发生了，斜坡状屋顶的瓦上还凝着一层薄薄的秋霜，安建成脚下一滑竟然从屋顶上摔了下来。

"大！大！"突如其来的情况让安朵朵慌了神，她哭叫着拉起安建成的胳膊，却发现他半张着嘴，一句话也说不出来。安朵朵急忙跑出院子喊人帮忙，安建成被送到了医院里，但他还是未能捡回命来，他本来就有高血压，又是脑袋着地，经过几天几夜的抢救后最终还是撒手人寰了。

泉子在我大和我妈的心目中，在我和曹皮皮的心目中，已经是一个洗心革面、热心助人的好人了，但这件事让我们又开始重新审视他，那种后脊发冷的感觉又回到了我们身上。

我妈对我大说："掌柜的，你说安建成咋就从房顶上掉下来了？他死得可真的冤枉啊。"

我大叹了口气说："他要不上屋顶去轰老鹰，也就不会有这档子倒霉事了。"

我妈想了想又说："他是为了救自家的猫才爬到屋顶上的，他家的猫儿是为了争抢一只死麻雀才跑到屋顶上被老鹰盯上的，听人说那只死麻雀就是泉子用弹弓打下来的。"

我大皱起眉头问："泉子？"

我妈点点头："村里的几个娃娃亲眼瞧见泉子把一颗红弹珠放到了弹弓上，用它打下了枝头上的麻雀。"

"红弹珠？"我大感到了蹊跷。

我妈接着说："王存华和周志有出事之前，泉子都拿出来过红弹珠，安建成从屋顶掉下来前泉子又亮出了红弹珠，而他们三个刚好又和泉子有过仇。我早就说过那些红色弹珠多半有啥法术，是啥邪物呢，它一亮出来就能要人的命，村里的人也都这么猜呢。对了，泉子兴许就是从他的表舅，住在贺兰山上的那位老神医那里学到的啥巫术呢。"

我大的脸色变得凝重起来，但他还是相对理智些，他想了想说："就算麻雀是泉子打下来的，他离安建成家也远着呢，而且安建成是自己爬上屋顶的，又不是泉子教唆上去的。"

我妈难以反驳，没有再吱声。我大又说："也许一切都是巧合而已，正因为出了意外的三个人和泉子结过仇，所以大家才容易把他们的死同泉子联系起来。单靠一个红弹珠，远远地把它拿出来就能让自己的仇人出意外命丧黄泉，这种巫术也太神乎其神了吧？泉子的表舅只是个老中医，又不是活神仙，他咋能有这么厉害的法术呢？他真有这么高超的法术还辛辛苦苦地抓毒蝎子泡酒干啥？他随便吹口气不就让人病除灾消了吗？"

我和曹皮皮也热火朝天地议论起安建成的意外亡故来，我们早就从村里的大人和娃娃们那里了解到了事情的详细经过。

曹皮皮像我妈一样对泉子充满怀疑，他分析道："泉子如果不用弹弓和红色弹珠打下麻雀来，老流浪猫就不会从树丛里跑出来叼住它；老流浪猫不叼住麻雀的话，安建成家的小花就不会从它的口中夺食；小花不抢走麻雀的话，老猫就不会去追它；老猫不追逐小花的话，它就不会跑到屋顶上；小花不跑到屋顶上的话，也就不会被老鹰盯上；老鹰不攻击小花的话，安建成就不会跑到房顶上；他不跑到房顶上的话，也就不会掉下来。就这样推算下来，整件事情的源头还是泉子啊！"

同之前一样，我对曹皮皮的分析很是钦佩，但我仍深感困惑，泉子咋能知道他用弹弓打下麻雀后老流浪浪猫就会出来叼走麻雀？他又咋知道安建成家的小花会来抢麻雀？还有，他咋知道小花会跑到自家屋顶上？他又咋知道老鹰会瞄上它们？安建成又会去驱赶老鹰？

曹皮皮冥思苦想了半天，还是难以做出一个完美的解释，最后他只能挠着脑袋说："反正我觉得王存华、周志有和安建成三个人的死都有些不大对劲，我要是福尔摩斯就好了，就能把一切调查个水落石出。"

曹皮皮回去后，我又绞尽脑汁把事情从头到尾捋了一遍，想知晓它究竟同泉子有无关系，我想得脑瓜生疼也没有答案，只好拿起剪刀和红纸来，打算剪几幅剪纸让自己休息一下。另外，自从喝了蝎王酒后我还一直没有再动手剪纸呢，我得验证一下它的效果，因为我的腿脚仍无知觉，我想知晓它有没有让我的经络变得更通畅，让我的头脑变得更敏捷，也让我的双手变得更灵活。

我充满期待地举起剪刀，以为头脑中会再度出现那种亦真亦幻的指点声，我甚至期待它会在蝎王酒的作用下变得更清晰、更响亮。然而让我大吃一惊的是，以往我一握剪刀就会响起的声音今天迟迟没有出现，我耐心等待了十几分钟也毫无动静。于心不甘的我干脆按照自己的意愿一点点地剪起来，可直至此时仍旧没有声音指点我该往上剪还是往下剪。我只好按照图样照猫画虎地剪，连我自己都明显看出来，这次我完成的作品再无之前的精细灵动和神韵十足，它显得粗疏呆板，灵气全无，而这也正是我的真实水平。

我使劲甩了甩脑袋，强迫自己冷静下来。耐心等待了一刻钟后，我又拿起剪刀，但那既似外奶奶的声音又似播音员的声音的"天籁之音"始终没有再响起，没有它的步步指点，我也就没法子如有神助般地剪出精美绝伦的作品来。我开始变得恐慌而难过，老神医的蝎王酒非但没有进一步打通我的经络，反而让我倒退回最初的状态，我真后悔喝了它。怕我大和我妈担心，我没有将这件事告诉他们，我只告诉了曹皮皮，曹皮皮听完后也觉得很惊愕，他建议说："'解铃还须系铃人'，这件事我们得找泉子，得让他带我们去找老神医，问问老神医这一切究竟是怎么回事，为什么他的蝎王酒非但丝毫不起作用而且还起了反作用。"

蹊跷的是，这几日泉子再没有露面，曹皮皮去他家里找他，但他并不在家，泉子的妈告诉他："泉子这几天天天到黄渠桥镇上，到县城里耍，有时候深更半夜才回来，有时候干脆不回来。"

我们无计可施，只好耐心等待，我也没有再饮用蝎王酒，生怕它还会有进一步的副作用。

接连办了几天丧事后，安建成也被葬在了贺兰山脚下，听说他的家人也曾怀疑他的罹难同泉子有关系，但终因缺乏证据、难圆其说而不了了之。安建成落葬之后，泉子终于回来了，这个时候的他再度成为人们心中的"瘟神"和"煞星"，大人们都叮嘱自己的娃娃见到泉子要离远一点儿，尤其不能要他的红色弹珠，大家已经料定那是一种能带给人灾祸的东西。

尽管我大和我妈也开始嘀咕泉子的邪妄，但我只能硬着头皮同他见面，向他打听蝎王酒的事情。

泉子显得美滋滋的，就像是遇到了什么喜事，见到我后，还未等我开口，他便主动说道："我表舅请你再上一趟山，他说上次的蝎王酒里忘了加一味药材，有了那味药材蝎王酒才能发挥药效，他让你抓紧时间过去重新喝一杯药酒。"

第九章

撬 门 贼

　　道行高深的老神医还能犯这样的错误，我大和我妈都难以理解地摇摇头，但听泉子如此说，我们也只能依他所言，跟他再上一趟山。

　　果然，其貌不扬的老神医见到我们后像电视中的古人一样抱拳揖礼，他对我大和我妈说道："真是万分抱歉啊，害得你们又辛苦上山来。人老了不中用，我只顾着泡制蝎王酒，却忘了加入一把枸杞子，这枸杞子虽非什么稀罕之物，却能够活化药性，催释药效，起到画龙点睛，以四两拨千斤的作用。你们可能也听说过，中药由君、臣、佐、使四类药材组成，我的蝎王酒也不例外，蝎子王是它的君药；红花、牛膝等是它的臣药；白酒是它的使药，也就是俗称的药引子；而枸杞子正是它的佐药，这佐药虽不如君药和臣药名贵和重要，但也是万万不可或缺的，它能够协助和调和君药臣药，让它们在最短的时间内达到平衡，释放药性，然后在使药的带领下通往病灶，打通经络。这些天来，我重新泡制了蝎王酒，在里面加了最好的中宁枸杞子，眼下它已经可以服用了。我因疏忽而犯错，一直心怀内疚，新的蝎王酒泡制好后，我便急急忙忙让泉子带你们上山来，以便将功补过。"

　　老神医言辞恳切而且头头是道，我大和我妈自然不好再说什么，他们依旧对他恭恭敬敬，而我硬着头皮又喝了一大杯难以下咽的蝎王酒。我又变得昏昏沉沉，又感觉有一只大蜘蛛在我的脑袋上爬。

回到家里后，仍旧头昏脑涨的我喝了碗稀饭又昏昏沉沉地睡下了。醒来之后，天色已黑，秋风从窗户缝里钻进来，带着说不上名字的枯草的气息和淡淡的忧伤的味道。我妈做了一锅热气腾腾的山芋面，我吸溜吸溜地吃下去一大碗后，出了一身汗，头脑也不再那么沉甸甸的了。我大和我妈还带来一个叫人惊愕的消息——昨天夜里有贼撬开了村里王国盛和张天华家的门，偷走了家里的现金和稍稍值钱的东西，撬门贼似乎知道他们两家都在瓜棚里忙碌，恰好都不在家。

"村里的人怀疑是泉子撬的门，毕竟他有过前科。"我妈说。

我大摇了摇头："别的事情怀疑到泉子头上还有情可原，可这件事赖在他头上就是'聋子拉二胡——胡扯'了，泉子昨天晚上分明和我们在山上。"

我妈点点头说："那看来以前村里发生的坏事情也不一定和泉子有关系，比方说王存华、周志有和安建成的出事？"

我大想了想回答："凡事都需要讲证据，不能够想当然。要是有足够的证据证明了王存华、周志有和安建成的死同泉子有关的话，他不早就被抓起来了吗？"

如此一来，泉子在我们的心目中又没有那么阴鸷难测了，我们也觉得不应该把安建成的意外坠落同他联系到一起了。

接下来，我大和我妈的注意力又转移到我的身上，我妈充满关切地问："你喝完老神医新泡制的蝎王酒后有没有感觉？有没有感觉到药效？"

我的腿脚仍旧不听使唤，看来要打通它们的经络并不是件容易的事情。我想验证一下加了枸杞的药酒是否再次打通了我头脑中的经络，便让我妈把剪刀和红纸拿过来。

"将纸先对折，然后以对折的合边为轴线，剪出半个轮廓来，剪的时候要慢慢推剪。"让我喜出望外的是，头脑中的那个神奇的声音又响了起来。有它的指导，我又变得如鱼得水，又能够流畅自如地剪出细腻灵动的图案了。果然，当一幅妙趣横生的《老鼠娶亲》出现在我大和我妈面前时，他们长舒了一口气。我大说："看来老神医的佐药起作用了，这中药真跟过去的国家打仗一样，君臣佐使一个都不能少。"我妈又关心地问我："你的腿脚有没有感觉？腿脚上的经络打通了吗？"我摇了摇头。我妈有些失望，但我大宽慰她说："既然加了枸杞子的蝎王酒已经起作用了，那它接下来肯定会把娃腿脚上的经络也打通的，俗话说'黄牛拉磨——慢工出细活'，我们耐心等待几天。"

我妈点了点头，她本来还想再为我做顿我爱吃的山芋面，但不凑巧的是她接到电话，她的舅舅，也就是我的舅爷爷因为年事已高刚刚辞世了。舅爷爷住在几十里地外的镇子里，我妈和我大要赶过去吊唁，他们晚上肯定回不来了。担心我一个人在家不方便，我妈本打算让曹皮皮过来陪我一晚，但更不凑巧的是，曹皮皮到城里的亲戚家玩，明天下午才能回来。

我宽慰我妈和我大说："天快黑了，你们抓紧赶过去送别舅爷爷吧！我又不是碎娃娃，一个人在家住一晚上根本没问题。"

我妈急匆匆地为我做了碗鸡蛋汤，又将两个馒头帮我馏热，她一再叮嘱我要将门锁好，不要随随便便转着轮椅出去，然后匆匆忙忙地和我大骑上电动车去吊唁舅爷爷了。

他们离开后不久，天色就全黑了，我把门锁上好，在灯光下翻了会儿曹皮皮借给我的科幻小说，又关掉灯望了望窗外的几颗星星。入秋之后，天空变得高旷、辽远又洁净，星星也变得繁密、清亮而耀眼，每天夜里我都要在院子里仰望它们一会儿。望着它们，我能忆起外奶奶讲过的故事，忆起自己自由自在奔跑的时光。另外，望着浩瀚苍穹和漫天繁星，我又能忘掉自己的不幸与悲哀，忘掉所有的惶恐与担忧。就是在这种看似矛盾的心境中，我恰恰能获得前所未有的宁静与安慰。

没有我大和我妈的帮助，我根本没法子爬到床上睡觉，所幸的是他们事先将一条厚厚的毛毯盖在了我的身上，今天夜里我将在轮椅上将就一晚。

窗外的那几颗星星似乎改变了位置，移向了别处。夜色也越来越浓，整间屋子、整个院子都像是被倒扣在一口大铁锅里。我在不知不觉间睡着了，村子里谁家的狗断断续续地叫了几声，像是梦游的人发出的呓语，丝毫没有侵扰到我。我似乎还做了一个不算完整的梦，在梦里，容貌慈祥的外奶奶像从前一样教我唱那首熟悉的童谣：

　　天上的星，

　　亮晶晶，

　　掉到山上砸成坑。

　　山顶顶，

　　没有人，

　　大胡子山羊丢了命。

　　……

曼妙的轻诵声让我忘记了自己身处梦里，也让我忘记了外奶奶已经不在人世这回事，但突然之间一阵嘈杂而刺耳的声音将它们打断了，我在梦中四下张望，最终被越来越响的声音所唤醒。

我睁开困倦的眼睛，与此同时努力寻找着扰醒我的声音的来源。出现在梦里的声音是真的，它就来自屋外，仅仅分辨了几秒钟，我就猜出来它是撬门的声音。联想到我大和我妈之前说过的王国盛和张天华家被盗的事情，我即刻就判断出了眼前的情况——那个蟊贼以为我家没人，前来撬门行窃！

我瞬时变得紧张起来，心脏像鼓槌一样咚咚跳个不停，血液也如同沸腾了一般拼命地往头顶涌。如果是从前，我起码还能够站起来躲藏在某处或是干脆跳窗逃走，但眼下我寸步难行，更何况我也不知道撬门贼是只身一人还是两三成伙，是只图财物还是也会伤人。

撬门贼显然是个手法娴熟的惯犯，我刚想转动两个轮子把轮椅挪到稍稍隐蔽些的地方，他便已经撬开锁推门而入了。从脚步声我判断来者只有一人，我稍稍低下脑袋，并且尽量屏住呼吸，撬门贼也立在原地仔细聆听屋里的动静，我不清楚他是如何知晓我大和我妈不在家的，但他显然是有备而来的。似乎是确信屋里没人，他掏出一只袖珍手电筒打开，黢黑的房间瞬时像是被解开了的包袱，再无任何秘密而言。撬门贼戴着顶帽子，那是个我从未见过的中年人。

蓦地看见我后，撬门贼显然吃了一惊，而我同样哆嗦了一下。

撬门贼似乎早就知晓我是个常年坐在轮椅上的残疾人，只是没有料到我居然独自在家。他马上恢复了镇定，弯下腰身来朝我冷笑了一下，而后问道："你家的钱都放在啥地方？"

我大和我妈平时卖瓜挣来的零钱都放在外间的衣柜里，压在一厚摞棉衣下面，等稍稍攒多些，他们就会到农村信用社里将它们存起来。尽管撬门贼在半明不暗的手电筒的光线中显得凶狠可恶，但一想到我大和我妈在田间地头的辛苦，我还是不打算把藏钱的地方告诉他。

见我不吭声，撬门贼竟然凶相毕露，他从兜里掏出一把明晃晃的匕首来，吓唬我说："我只图财不图命，你要是老老实实告诉我钱放在哪里的话，我拿上钱掉头就走了，可你要是想糊弄我的话也别怪我不客气，我非把你的手筋也挑断两根不可，让你从此以后走也不能走，爬也不能爬，彻底成为一个废人。"

此时此刻我才真切地感到了恐惧，我想象不出自己的手筋被挑断后会有多么凄惨，但我还是不能让他抢走我大和我妈的血汗钱，在出车祸之前我经常到瓜地里帮忙，我知道蚊叮虫咬和烈日暴晒的滋味。

撬门贼的眼中露出凶光，脸部也更加狰狞了，我一时之间不知该如何是好。就在这时，让我万万没有想到的是，头脑中指点我剪纸的那个奇怪的声音竟然响了起来，它说道："告诉他钱在外面的衣柜里，让他去那里搜钱。"

我并没有感到惊喜，相反，我感到深深的震惊和困惑，如果说之前指点我剪纸的声音是因大脑经络被打通、大脑运转效率被提升而萌生出的幻听的话，那么眼下这个声音绝非是类似的错觉与幻觉，它不可能源自我自己的头脑，因为即便在潜意识里我也没有主动把藏钱处告诉撬门贼的念头。

就在我百思不得其解之际，撬门贼的匕首已经顶到我的手腕处了，我已经能感觉到明显的疼痛，看起来他志在必得。这时脑中的声音再度响起："把藏钱的地方告诉他，如果违背他的意愿的话，他有99.5%的可能会伤害你，你要想办法先保住自己的性命。"

这样的语气让我更加相信声音并非来自我自己，而是来自他人。正如头脑中的声音所言，撬门贼已经开始将匕首往我的肉里扎。"快！先把藏钱的地方告诉他，先将他从你跟前支开！"离奇的声音又在我的大脑中催促道，这一次它显得更加焦急，充满担忧。

此番情形下，我来不及多想什么了，只好依照声音所言，指着外间对穷凶极恶的撬门贼说："我大和我妈卖瓜的钱就在外间的衣柜里，在一摞衣服下面。"

听我这么说，撬门贼把匕首挪开了，他站起身来对我说："你最好没有说谎，你要是敢骗我的话，看我咋收拾你，你可是个跑不掉的废人。"说完撬门贼便打着手电筒到外间搜寻。

我四下里来回张望，但我清楚自己根本无路可逃，家里只有一扇门通向外面，外间和里间之间也没有其他门，况且我还坐在轮椅上，我只能祈愿撬门贼搜到钱后能够如他所言，放我一马，赶快离去。

我打算就坐在轮椅上耐心等待，但没想到的是头脑中的声音又响起了："你不能坐以待毙，你得抓紧时间救自己。他搜到钱后也不会放过你的，他是个逃犯，身上背有命案，你已经见过他的模样了，他会纵火将房子烧掉，将你烧死的。一旦房子被烧没了，你又被烧死了，真相也就被掩盖了，人们会以为是你加热饭菜时不小心点着了屋子。"

我大吃一惊，彻底确定声音不是我的心声、潜意识或者大脑快速运转生成的幻听，我从未见过撬门贼，也不知晓他的经历和真实身份，更不会想到他会谋财害命，杀人灭口。

似乎知晓深陷恐惧的我一时间不知所措，奇怪的声音又开始指点我："不要惊慌，你现在要抓紧时间对付他，你要以其人之道还治其人之身。"

我不知道该如何向指点我的这个声音发问，我只能小声表达自己的困惑："怎么才能'以其人之道还治其人之身'？"

我马上就得到了回复："你要趁他在外间翻找钱财之际先行放火。"

我再次吃了一惊，使劲甩甩脑袋，以为自己听错了话。

"你并没有听错，没错，你要抓紧时间把你家的这两间屋子烧掉，唯有如此才能够将他赶走，否则的话，他拿到钱后就会来纵火烧死你。你一定认为无论是他放火还是你放火结果都是一样的，你最终都会葬身火海。不，结果完全不一样，只要你按照我的吩咐去做，你会毫发无损的。"头脑里的声音为我耐心解释。

撬门贼在外间气喘吁吁地翻找着，我只能耐心听头脑里的声音往下讲。

"为了方便你喝水，你的父母为你备了很多瓶矿泉水，它们就在墙角边和桌子上。现在你要抓紧时间把矿泉水浇到毛毯上，尽可能地把它浇湿，然后再将一块毛巾浇湿，等火烧起后把它放在口鼻前，并且把湿毛毯裹在自己身上。你的时间很紧，你能拧开多少瓶矿泉水就拧开多少，等火着起来后你最好还能够扑到床边爬到床底下，因为烟尘是往上飘的。现在你要用木桌上的打火机点着塑料桌布，它是易燃品，很快就能将整间屋子引燃。不要害怕，请相信我，只要你把毛毯和毛巾浇湿，并且裹着它们躲到床下，你一定会安然无恙的。湿毛毯能够保证你在二十分钟内不会被烧伤，湿毛巾则能保证你在同样的时间内不会因有毒的烟尘窒息，而在这段时间内，村里的人一定会赶来灭火并且将你救出去的。你也不必担心窃贼在房间着火后仍会过来加害于你，火势只会令他自顾逃命的。"

我实在不清楚到底是谁在我的头脑里说话，这个声音显然对我家的所有摆设了如指掌，对我的生活习惯尽在掌握，此刻就连我也不清楚我大经常用的打火机究竟在哪里，它居然知晓是在木桌上。我转动轮椅，靠近木桌，伸出手去，果然在上面摸到了一只一次性打火机，我的心又通通跳了起来。

声音催促我："你的时间很紧了，赶快拧开矿泉水瓶，把你身上的毛毯和轮椅扶手上的毛巾浇湿，这是保全你性命的最关键一步。"

来不及多想，我伸手将摆放在桌子上的一小瓶矿泉水拿过来拧开，把水全都浇在毛毯上。紧接着我又拧开了第二瓶、第三瓶，将毛巾也全部浇湿。外间的撬门贼似乎已经翻到了钱，我变得更紧张了。我不敢多想，手忙脚乱地又拧开了两瓶矿泉水瓶，把里面的水全部浇在毛毯上，也顾不得动静有些大了。

谢天谢地的是，撬门贼并没有径直从外间过来，他似乎还想找出更多的钱来，又在翻衣柜里的衣服，这给了我额外的时间。

　　我用打火机点燃了桌子上的塑料布，并且把床单也拽下来点燃。我还按照头脑中声音的指示把墙拐角的一小瓶煤油也泼到家具上，我一直都不知道那里有一小瓶煤油。做这些事情之前我感到百般痛心，毕竟这是我的栖身之处，另外，外奶奶留下的为数不多的剪纸以及一大本厚厚的图样也会化为灰烬，但声音郑重其事地提醒我：“‘留得青山在，不怕没柴烧’，你活下来才是最关键的，只要你把命保住，损失掉的一切都会回来的。”

　　点完火之后，我将湿漉漉的毛毯裹在自己身上，用力朝前扑去，重重地摔在地上，亏得有毛毯保护，我才没有摔伤，我伸出双臂用尽全力往床底下爬，差不多藏进去大半个身子后，我将湿毛巾捂在口鼻前面。听到我倒地的动静，看到渐起的明亮的火光后，撬门贼从外间慌慌张张地跑过来，他本想用脱下来的外套扑火，但看到火苗已经熊熊燃起，火势已经很难控制时，他果真选择了仓皇逃离，“两害相权取其轻”，他不会拿自己的性命来冒险。

　　撬门贼离开后，屋内的火势变得愈发凶猛，家具、窗棂和屋顶的部分木椽发出骇人的炸裂声，一股股烟尘像终于获得自由的恶魔，伴着蛇信子一般的火苗腾空而起，弥散全屋，我不得不将湿毛巾捂得更紧。我头顶的床铺也燃烧起来，即便是隔着又厚又湿的毛毯，我也能感觉到火舌在凶猛地舔舐着我，而浓烟让我的双目酸痛，泪流不止，呛咳不停，若不是有湿毛巾的保护，我真的会被活活呛死、熏死的。我仿佛置身于可怕的炼狱之中，有那么一会儿，我觉得自己多半在劫难逃了，我后悔自己轻信大脑中那个真假难辨鬼鬼神神的声音，把自己推入了熊熊烈火之中。一想到我马上就要被活活烧死，一想到我再也见不到我大和我妈，我的眼泪更加汹涌地奔出眼眶。

　　“沉住气，耐心等待，你不会死的。现在才过去十三分钟，马上就会有人来救火的。”这个时候头脑中的声音又响了起来，语气中充满了镇定、冷静和不容置疑的权威。

　　我总算止住了哭泣，稍稍平静下来。时间像是被烤化的沥青，变得黏稠无比，缓慢无比。我在心里苦苦计着时，苦苦期盼乡邻们能快些发现火灾，快些过来救火。

　　终于，就在焦心如焚的等待中，外面传来了救火的叫喊声和杂乱的脚步声。开始有水泼到屋里，也开始有人冲进屋里，听见有人进来后我大声喊救命，总算是被人发现并抬出了屋。

我惊魂未定，大脑中的声音便提醒我："不要告诉他们火是你放的，你说火是撬门贼放的就行。"

于是，在众人七嘴八舌的询问中，我违心地说："撬门贼撬开门到我家偷东西，偷完钱后他就放火烧了屋子。"

热心的乡邻们有的谴责撬门贼的蛇蝎心肠，有的打电话给派出所报警，有的打电话给我大和我妈，让他们快些回家来。曹村长也赶了过来，他得知我是将湿毛巾裹在身上又躲到床底下才躲过一劫后，点点头对我说："你是个聪明的娃娃，换作其他娃娃的话，多半不知道逃生的法子，也不会有你这般镇定。"

天不亮我大和我妈就慌慌张张地赶了回来，他们在电话中已经知晓了房屋被撬门贼烧毁的事情，所以在面对面目全非的屋子时并没有呼天抢地，他们唯一关心的是我的安危，见我平安无事他们总算放下心来。我妈抱着我边哭边说道："可怜的娃啊，我差点犯了大错，我不该把你一个人留在家里，我差点就见不到你了啊。"

天明之后，我大、我妈以及热心的村民们仔细查看房屋受损的情况，谢天谢地，外间被烧掉的东西相对较少，窗户和屋顶也相对完整，稍作修葺就可以住人。我所在的这间屋子基本上被大火烧空了，家具只剩下几根木头，就连屋顶也被烧去了一半，需要重新粉刷和搭顶。当然，最叫我心疼的还是装有外奶奶的剪纸和图样的那口木箱，它也基本上片甲不留了。

我大和我妈又向我仔细打听撬门贼入室和纵火的经过，我很想把真实的情况一五一十地告诉他们，但一想到那个神秘声音的叮嘱，我还是硬生生忍住了。

派出所的人也来我家了解了情况，我还是将大火推到了撬门贼的身上。我大和我妈匆匆忙忙地找泥瓦匠收拾房子，我坐在轮椅上心事重重。我仔细回想着昨夜发生的事情，努力回忆神秘声音说过的每一句话，我实在猜不出到底是谁在我的脑子里说话，指点我一步一步地浇湿毛毯，然后点燃桌布，难道说真的是外奶奶的灵魂在指点我？可是我还是不相信世界上真的存在什么灵魂。

曹皮皮听到消息后也急匆匆地赶过来看望我，他是我最为信任的朋友，思索再三，我决定把事情的真相告诉他，也许从他这里我能得到部分答案。我吞吞吐吐地对他说："曹皮皮，你知道我为什么会从这场火灾里逃生吗？我决定把真相告诉你……"

蹊跷的是，我还没有透露只言片语，我的头脑中便响起了那个神秘的声音，它郑重其事地告诫我："不要把真相告诉任何人，包括你眼前的朋友，不然的话你会为自己惹来大麻烦的。"

我只好作罢，又吞吞吐吐地对曹皮皮说："真相就是我曾经看过……看过一本专门介绍逃生的书，其中就有如何从火场逃生的内容。"

曹皮皮为我感到庆幸，随后他又大骂撬门贼的不义和冷血，并且也懊悔自己没能陪着我，让我差点就葬身火海。

担心撬门贼还会回来作恶，村里家家户户都加强了防范，我大和我妈也不敢再让我独自在家。我始终愁眉不展，我大和我妈以为我是在大火中受到了惊吓，他们千方百计宽慰我，还为我买来了最爱吃的零食，只有我自己清楚真正的原因，我想知道，到底是谁在我的脑袋里说话，指点我剪出图案玲珑的剪纸，又指点我从撬门贼的魔爪下逃脱？难道是贺兰山龙王庙里的老神医？可是他只是让我喝了蝎子酒而已，蝎子酒或许真的能够打通人的经络，甚至让人的头脑变得敏捷，但它无论如何也不可能让我听见洞察一切、犹若神明的声音啊！

我别无他策，只能耐心等候那个神秘的声音再度响起，以便询问它究竟是何方神圣。但令我失望的是，它始终没有再在我的脑中响起，就仿佛进入了冬眠中一般。

第十章

大 剪 纸

撬门贼似乎远遁他乡了，他始终没有被抓住，不过更令我忧心的是神秘声音始终没有回应我。百无聊赖之际，我又拿起了剪刀和红纸，它们是我妈专门给我新买的，她怕我在家太过孤单与煎熬。让我略感遗憾的是，我妈没有买到剪纸图样和剪纸技法书，我只能凭借记忆剪一些简单的图案。

我刚动剪刀，同之前一样的指导音便在我的头脑中响了起来，但我再不像过去那般深感欣喜了，眼下我知道它不是源自我被打通经络的大脑，而是源自某种我尚无法知晓和理解的存在。

我思来想去决定还是找泉子和他的表舅舅了解一下情况，毕竟奇怪的声音出现在我的脑子里指点我剪纸这件事，是我到龙王庙中喝了蝎子酒之后才发生的。曹皮皮帮我去找泉子，但他带回来了一个叫人沮丧的消息——泉子又夜不归宿，跑到县城里花天酒地，就连他大和他妈都有好几天没有见到他的面了。

被火烧毁的屋子经过连续多天的修缮终于又面目一新了，我大重新置办的桌椅也被陆陆续续地搬进来。曹皮皮借给我的课外书上有一句话触动了我——"近水识鱼性，近山识鸟音"，只有长时间接近某个诡异莫测的东西才有机会了解到它的真实面目，我打算继续剪纸，继续听神秘声音的指点，在这一过程中兴许能听到它的更多言语，了解到更多的信息。

我吃惊地发现，虽然外奶奶的那本厚厚的剪纸图样被烧成了灰，但是我头脑中的声音似乎并不受此影响，它似乎记住了所有的图案，它指点着我剪出了村民们都很熟悉的《石榴结子》《老鼠娶亲》《喜鹊登梅》《鱼跃龙门》，还指点我剪出了更为玲珑俏丽的《连年有余》《新春纳吉》《麒麟送子》和更为大气辉煌的《五蝠捧寿》《国泰民安》《飞燕迎春》。

村里的人有时候会来串门子，他们见到这些剪纸后都爱不释手，都说它们就像是我外奶奶剪出来的一样。其中的一位曾姓的老奶奶和我外奶奶很熟悉，她捧着出自我手的剪纸，眼泪汪汪地说："'大难不死，必有后福'，娃娃，你从山腰上掉下来没有死，你的福气果然在后面呢！你看你剪的这些花纸，它们一点儿也不比你外奶奶剪出来的差啊！你是'男巧巧'啊！你是十里八乡年纪最小的'巧巧'啊！"

见大家喜欢这些剪纸，我妈会把它们当中的一部分送给他们，当然她挑出了自己最喜欢的几幅贴在窗户上。

渐渐的，我不再抗拒在神秘声音的指点下剪纸了，就算这些美轮美奂的剪纸并非真正出自我手，但它们能够给大家，特别是给那些上年纪的村民带去实实在在的欢乐。外奶奶生前总是说"心善如奶汁，口良似钥匙""人恶人怕天不怕，人善人欺天不欺"，总是乐得把自己精心剪出的作品送给乡邻，让这些人家也充满节日的喜庆，让那些碎娃娃们也能拥有一份独一无二的惊喜与想象，我猜这也正是我奶奶一辈子乐此不疲地剪纸的原因。不管我出于什么缘故开始剪纸，不管眼下我是不是以自己的真实水平剪纸，我都要把外奶奶的那份和善之心继承下来，它才是剪纸的真正灵魂和真正魅力。

这段时间，头脑中的那个声音再没有涉及剪纸之外的任何内容，并且同从前一样只在我握起剪刀开始剪纸的时候才会响起，平日里它始终不发一言，仿若不存在一般，不过我不打算刨根究底了，如果能像眼下这样给大家带去满足与欢乐，带去民间艺术的熏陶与滋养，对我而言已经是件非常幸福的事情了。泉子回到了村子里，我没有再去找他，我估计从他和他表舅那里也得不出什么答案来。当然，我腿脚上的经络一直没有被打通，我也一直没有从轮椅上站起来，我大和我妈既感失望又感焦急，但我变得处之泰然了，我甚至不再打算每天喝蝎子酒了，而泉子也没有再上门来询问我们还需不需要补充药酒。

有一天县里残联的人登门来看望我，当他们看见出自我手的那些剪纸作品时，全都赞不绝口。他们让我现场剪一幅作品，我刚抽出一张A4大小的红纸，大脑中突然响起了久违的声音，平日里只指导我剪纸的神秘声音突然说道："拿一张最大的纸来。"

乍听到这个突兀的指令，我有些吃惊，也有些踌躇。声音再次响起，并且变得严厉："不要犹豫，也不要害怕，取一张最大的纸，它就在木桌靠墙的地方。"

我想起来我妈刚刚给我买了几张大纸，只是这几天瓜地里忙，她还没来得及帮我将它们裁小。

我抽出了最大的那张纸，但不知道接下来该怎么办，毕竟我还没有在如此大的纸上剪过什么呢。

"往上推剪两厘米，停下，然后向左推剪一厘米……"神秘声音像往常一样指点我，我也就按照指令硬着头皮在大纸上剪镂。经过一番步骤复杂、技法烦琐的操作后，我终于完成了全部的指令，我总算长吁了一口气。当我妈和残联的一位工作人员齐心协力把硕大的剪纸展开后，现场发出了接连不断的啧啧声和称赞声，就连我自己也情不自禁地惊叹了一声，出现在面前的正是外奶奶留下的那本图样中的最复杂、最困难的一幅作品——《贺兰晴雪》。它不仅体例大，而且要靠剪镂、冒铰、折剪等多种方法来表现山体的高大巍峨，还要靠毛毛纹、月牙纹、柳叶纹、波浪纹、木柱纹、旋涡纹、风转纹等纹饰来表现山腰的泉水、山中的巉岩和山顶的积雪。之前我从未剪过这幅作品，因为仅仅那些繁缛复杂的纹饰就足以令我望而生畏。但眼下在头脑中的声音的仔细指点下，我如有神助一般完成了这件细密多彩、磅礴大气的作品。

残联的几个人都称我是个天才，都说从未见过这么小却剪得这么好的人，接下来他们又为我的遭遇而摇头惋惜。我妈抹着眼泪告诉他们说："娃娃的外奶奶生前是闻名十里八乡的'巧巧'，她剪了一辈子纸，我娃的本领都是跟他外奶奶学的。"

其中的一人点点头说："真是名师出高徒啊！不过你娃肯定也有天分。说实话我还从来没见过这么大气、这么漂亮的剪纸作品呢。你放心，我们一定会把你娃的作品展示出去的，一方面要向全社会展示残疾人群体的才艺，让大家更多地关心残疾人；另一方面也起到鼓舞人心的作用，带动更多的残疾人都能潜下心来学习到一技之长，力所能及地为家庭和社会做贡献。"

另外一人则说："我们和市里的电视台有合作，我们回去后就把你娃推荐给电视台，让他们来做期节目，这也算是展现我们残疾人的风采。"

残联的人没有食言，几天之后几名电视台的工作人员果然来到了我家，简单了解了我的情况后，他们便开始拍摄，其中的一个场景是我现场剪纸。我刚想拿一张普通大小的红纸来剪一幅比较熟悉的《喜鹊登梅》，那神秘的声音又响起："拿大纸，用大纸剪。"

县残联的人离开后，我就没有再碰剪刀，我知道那个能在我脑子里说话的、诡异叵测的声音一直蛰居着，当我准备剪纸时，它就会不厌其烦地一步一步指点我，至于其他什么时间它会说话，又会说些什么，我一无所知，这让我也感到了深深的沮丧和隐隐的不安。

上一回撬门贼行窃时，是神秘的声音指点我采取正确的措施，躲过了一劫，这下它让我用大纸剪纸应该也没有什么恶意，我依它所言又拿出张最大的纸来。

当摄影师打开灯光准备拍摄之际，声音又指导我操作剪刀，根据前几步的技法我猜到它让我剪的仍是难度较大的《贺兰晴雪》。摄像师一边拍摄，我一边剪镂，随着山体轮廓的逐渐显现，我知道自己的猜测是正确的。赫赫有名的美景"贺兰晴雪"以剪纸的形式栩栩如生又新颖别致地呈现在眼前，这让摄像师和导演都深感震惊，导演对我说："我们这期节目一定会大受欢迎的，因为观众们不仅能看到残疾人朋友自强不息的精神，还能够看到剪纸艺术的全新魅力。"

正如导演所言，节目在电视上播出之后，我很快便成了小小的名人，别的村镇的人和别的学校里的学生专门来探望我，就连省残联的人也专程来慰问我，我当场又为省残联的人剪了一幅《贺兰晴雪》，获得了他们的交口称赞。

几天之后，省电视台和省残联的人一起来探望我，并为我拍摄了一期节目。同之前一样，我拿起剪刀现场为他们剪纸，神秘声音像之前一样一步一步地指点我。

有关我的节目在省电视台播出之后，我得到了更多的关注，省残联联合省里的几家单位，专门邀请我到省城同另外几名残疾人艺术家一起进行了现场表演。省残联的叔叔阿姨们还带我到省城的大医院做了专门的检查，医生为我拍了CT和核磁，并为我做了细致的检查，他面带遗憾地对我大说："由于当初脊柱损伤得比较严重，他离开轮椅重新站起来还是件比较困难的事情。"我大有些失望，也有些不甘，他将贺兰山上的老神医让我喝蝎子酒为我打通经络的事情告诉医生，但医生摇摇头说："民间的一些偏方确实能够治病救人，但能一下子治好这么严重的脊柱损伤，我还真没听说过。"

我大并没有因此而失去对老神医的信任，相反他仍旧对老神医充满期待，晚上，他在酒店房间里对我说："虽然你暂时还站不起来，但老神医的药酒还是起了作用的，它起码把你头脑里的经络打通了。你现在的剪纸本事越来越高超，这肯定是上次的蝎王酒发挥的作用，等我们回去后，我再去老神医那里求些蝎王酒来，我还要再提些东西好好答谢他老人家呢，没有他的药酒就没有你的今天啊！娃啊，你看这酒店是多么阔气。"

我大的话令我哭笑不得，我的心中涌起一阵酸涩，只有我自己知晓事情的真相。有很多次我都想把一切向他们一吐为快，但一想到神秘声音警告过我，一想到它能知晓我的所思所想，我还是作罢了。

我在省城的商店里为曹皮皮买了几件新文具，还为他买了两袋好吃的零食当纪念品。回到家中后，曹皮皮一边大嚼着可口的零食，一边告诉我一件事情——泉子又开始惹是生非了。

在曹皮皮分星劈两的讲述中我了解到了事情的详细经过。热心帮助我、和我大一同抬我上山求药的泉子似乎故态复萌，又干起了撒赖放泼的勾当。

泉子的大和泉子的妈也包了一间暖棚种贺兰山香瓜，他们也在暖棚跟前收拾出来一块空地，搭了一个棚子，希望城里人周末过来采摘和烧烤。果然，有游客来到泉子家的暖棚里采摘，但叫他们始料未及并且深感愤慨的是，泉子竟然言而无信，坐地起价。采摘之前他称香瓜一斤是5元，但等采摘之后却又改口为每斤10元。游客不服，同泉子理论，泉子竟然破口大骂，并且挽起袖子要打人。面对他这番凶神恶煞般的模样，被宰的游客只得忍气吞声付了高价瓜钱。这段时间泉子已经接连坑了好几拨人了，有几名游客气不过，专门找到曹村长投诉。曹村长到泉子家了解情况，并且告诫他说："贺兰山香瓜现在是一个品牌，另外现场采摘也成为村里的一个增收增效的品牌活动，你不能因为贪图一点蝇头小利而把这个活动的牌子给砸了。"曹村长没有想到的是，泉子显得满不在乎，他撇撇嘴说："我自己家棚里的香瓜，我想卖多少钱就卖多少钱，哪条法律也没有规定我不能卖高价。我和游客是'周瑜打黄盖——一个愿打，一个愿挨'，人家愿意出高价来买我家的瓜，这谁也管不着，兴许人家觉得我家的香瓜好吃，值这个价呢！"曹村长被噎得说不出一句话来，只好气呼呼地拂袖离去了。

听曹皮皮讲完他大在泉子家的"遭遇"后，那种后脊发凉的不舒服的感觉又回到了身上。曹皮皮显然也是如此，脸上充满了对泉子的失望。我问曹皮皮："你说泉子究竟有没有变好啊？"曹皮皮肯定地回答："从泉子接二连三地坑城里的游客这件事可以看出来，他并没有真正洗心革面，变成好人。另外，我仔细观察过了，他对村里的其他人也并不怎么友好，他唯独对你也比较关心，不辞辛苦地几次抬你上山，帮你用蝎子酒打通经络。"我此时已经对自己的脑袋是否真的受益于蝎子酒才变得敏捷灵活、擅长剪纸产生深深的怀疑了，但我还是问道："我和泉子非亲非故，泉子为啥要对我这么关心呢？"曹皮皮也不知所以然，他摊了摊手说："也许他是看你可怜，良心发现吧！"

"说曹操，曹操就到"，就在我和曹皮皮谈论泉子时，泉子竟然主动登门了，而且让我们吃了一惊的是，同他一起来的还有龙王庙里的那位老神医。

我大和我妈忙着端茶倒水，泉子大大咧咧地对他们说："这段时间我忙着帮家里照看瓜棚，忘记了你娃还要喝药酒的事情。我掐指一算，他的药酒也该喝光了。我们每次开车到汪家庄，再抬着轮椅上山太麻烦，这一次我把我表舅带下山了，让他把蝎子酒带来，在你家里为你娃号脉、调理和用药。"

　　我大感激地说："这太麻烦你们了，老神医虽然仙风道骨，但是也上了年纪，腿脚也不大灵便了，还专门为我娃的事情跑下山来。"

　　老神医摆摆手说："无妨，无妨，我的腿脚再不济也比你娃的强些，让他次次坐着轮椅上山，我实在是于心不忍啊！前几次实在也是我偶感风寒，不然的话于情于理我都该主动登门，施医问药啊！"

　　老神医和泉子果然又带来了一大瓶棕黄色的药酒，老神医说它仍旧是用难得一遇的贺兰山蝎王泡制而成的蝎王酒。同前几次一样，他们要让我就着风干羊肉喝下去一大杯酒，但想起头脑中的那个诡谲叵测的声音，我犹豫了，既然它并非来自我的潜意识，源自我的心智，既然它更像是来自一位能随时潜入我大脑的世外高人，源自一个昼夜蹲守在我脑中的能够洞察一切的鬼魂，那它多半同蝎王酒并没有直接而必然的联系。我面露难色，找借口推辞说："我今天头疼，不想喝药酒......."

　　然而，我的脑中却突然又响起了熟悉的声音，它清晰而明了："把药酒喝掉。"

　　"药酒似乎没有啥......"我顾不得许多，轻声说道。我大我妈还有泉子和老神医都以为我是在同他们说话。

　　"听从泉子的吩咐，把药酒全喝了。"声音又响起，并且变得不容置疑。

　　我不明白头脑中的这个神秘的声音为何非要让我喝或许起不了什么作用的药酒，但联想到我是在喝完药酒之后才听见它，联想到它指点我流畅剪纸，指引我火中逃生，我还是照做了，它让我听从泉子和老神医的安排一定有它的目的和考虑，只是我暂时不知晓而已。

　　就这样，我在自己的家中昏昏睡去，我的大脑间又阵阵发痒，又像是有一只大蜘蛛在窸窸窣窣地爬。

第二天上午，我终于醒来了，此时泉子和老神医已经离开了。让我哭笑不得的是，曹皮皮居然也昏昏沉沉地睡在沙发上，我将他推醒，问他缘由，他回答说："我不是一直期待着能够喝一大碗蝎子酒，好把我大脑的经络打开吗？昨天夜里泉子他们离开后，我便将瓶里的蝎王酒倒出来了一大杯喝了下去。天灵灵地灵灵，希望我也能变得心灵手巧，头脑升级，考试门门都及格。"

曹皮皮或许需要等一段时间才知道自己是否变聪明，但我当天就发现自己又遇到了相同的蹊跷事，当我拿起剪刀后，指点我进行操作的声音不见了，我再也剪不出类似《贺兰晴雪》这样的洒脱不羁、大气恢宏的作品，我又变得笨手笨脚，平庸无奇。上一回发生这样的情况是在我喝过蝎王酒之后，直至我又一次上山，喝了加有佐药的蝎王酒后才重新听见了神秘的声音。我不清楚出现这一情形的原因是什么，也许是老神医又忘了在蝎王酒中加佐药，而少了佐药的蝎王酒或许因为毒性太强而剥夺了我听见神秘声音的能力，或者说将神秘声音驱逐了出去。

就在我胡思乱想的时候，当天下午村子里又发生了一件匪夷所思的事情，而这件事仍同泉子有关。

第十一章

国　务　卿

　　老神医离开我家的那天恰巧是周末，附近城里的人又陆陆续续地来到村子里采摘。其中的一家人对泉子坐地起价、坑蒙拐骗的事并不知情，他们来到泉子家的暖棚里采摘贺兰山香瓜。

　　毫无疑问，纠纷再一次发生了，事先约好的每斤5元，采摘结束后泉子却执意要按每斤10元来算，还强词夺理说是对方听错了话。男游客是个血气方刚的年轻人，还焗着一头黄发，他不肯吃哑巴亏，同泉子激烈地争吵起来，吵架声也引得几名村民和游客围观。

　　黄发游客带着家人想要离开，泉子拦住了他们，不过这一次他并没有撸袖子露膀子，面露凶相进行威胁，他只是冷笑了一下，而后从口袋里掏出一颗红色的弹珠丢进了一旁的梁宝泉家的羊圈里。

　　红色弹珠刚被丢进去，就有一只喜鹊从旁边的树上飞了过来，它径直飞进羊圈里，想把那颗亮晶晶的弹珠衔回窝里。不过喜鹊未能如愿以偿，一只长着对大角的公羊气呼呼地把它轰出了羊圈。喜鹊是一种报复心重的鸟儿，它不甘心就此离去，趁公羊不备，从其后背上叼下来一小撮羊毛，又飞到羊圈外的汽车顶上，而那辆车正是黄发游客开来的汽车。

公羊多半和喜鹊素有积怨，身强体健的它竟然从羊圈里跃了出来，怒气冲冲地朝喜鹊栖身的汽车抵去，结实有力的羊角将车门抵出了一大块凹陷。黄发游客见状连忙过来查看情况，叫众人始料不及的是，就在他蹲下身来端详车门时，公羊竟然又后退几步，猛冲过来，将他抵倒在地。在周围几人的搀扶下他才勉强站起来，嘴里"哎哟哎哟"地叫唤着，用一只手扶着被抵伤的地方回到了车里。

见黄发游客一家驾车离去，泉子的脸上出现了幸灾乐祸的表情，他甚至还故意朝车窗挥了挥手。年轻游客被送到医院后，医生诊断他被撞出了骨裂，他的家人当天就报了警。

几名警察专门来到村里进行了细致的调查，他们确定泉子的确存在价格欺诈的行为，但公羊抵人的行为的确不是他教唆的，那只大公羊并不是他饲养的，根本不听他的话。几位围观的村民和游客也都证明泉子当时没有任何唆使公羊跳出羊圈抵车抵人的言行，公羊看上去只是被一只喜鹊激怒才做出了过激的举动，误伤了人。调查结束后泉子只是受到了批评教育，毕竟发生了羊抵人的事情后，他尚未来得及向游客一家人收取高价香瓜钱。

这件事就这样不了了之了，但村里人又开始议论纷纷。曹皮皮为我带来了最新的消息，他说道："大家都说游客被公羊抵伤肯定同泉子有关系。"

"警察叔叔不是做了调查，说泉子和这件事无关吗？"

曹皮皮皱着眉头说："别忘了村子里之前发生的那几件怪事，王存华、周志有和安建成的意外亡故，它们都同泉子没有直接的关系，但又都有一点儿说不清道不明的联系，毕竟他们出事之前泉子要么在跟前，要么在不算太远的地方，而且每次会拿出一个红色弹珠来，只要那个红色弹珠一出现，一连串邪门的事情就发生了。这一次泉子又拿出了一颗红色弹珠，而且正是这颗红色弹珠引来了树上的喜鹊，激怒了羊圈里的公羊。"

曹皮皮和村民们的猜测并非毫无道理也并非空穴来风，我再一次隐约感觉到了泉子的阴鸷可怕，我决心尽可能地同他少打交道。几天之后，泉子又同老神医来我家送药酒，并且让我再喝一杯蝎子酒，以便固本培元，通络散结。我本打算拒绝再喝这些让人头痛难忍的蝎子酒，但一想到说不定再喝醉一次后头脑中的神秘声音会回来，便硬着头皮答应了。

我做了个正确的决定，尽管我不知晓具体的原因是什么，但酒醒之后神秘声音第二次回到了我的大脑中，它又能指点我一步一步地剪出风格各异、构图巧妙的剪纸作品了。

人们常说"福无双至，祸不单行"，然而没过多久我又收到了一个天大的好消息，它令我，令我大和我妈都难以置信——省残联的工作人员打来电话说，两周之后A国的国务卿将赴我国进行友好访问，作为一名女性官员，她还将同随行的联合国儿童基金会工作人员一同赴西部看望残疾儿童代表，我因为剪纸才艺突出已被确定为儿童代表人选，将要现场为A国国务卿和联合国儿童基金会工作人员表演中国剪纸技艺。残联的工作人员让我提前准备好富有中国特色和西部特色的作品，并提前进行相应的练习。

我大激动得不知所以，他在屋里来来回回转着圈说："老一辈人的话真的没错啊！'大难不死，必有后福'，这句话真是一点儿不假啊！谁能想到我娃有一天竟然能见着A国的国务卿和联合国的官员。我听人说国务卿是仅次于总统的大官啊！我们这辈子别说是外国大官，就连外国人也没见过呢。"

我妈不停地抹着眼泪，她说道："也算老天有眼，它虽然让我娃遭了那么大的灾祸，但它好歹给了我娃补偿，让我娃后半辈子能有个好命。"

她想了想又说："娃能有今天还要感谢两个人，一个是我妈，另一个是老神医，我妈教会了娃剪纸，而老神医的蝎王酒打通了娃的部分经络，让娃变得心灵手巧，我们应该再买些礼物去看望一下老神医。"

我大说："国务卿马上就来，娃的时间紧，让他先好好练习剪纸，等回头再专门去答谢老神医。你这几天多买些肉和蛋，给娃把营养加强一下，暖棚里的事我先来忙活。"

我妈点了点头。

我居然要为身份如此显赫的外宾表演剪纸，这的确也出乎我的意料。惊喜过后，我的心中又有一些忐忑，我担心大脑中的神秘声音会突然消失，那我可就是"孙悟空火烧白骨精——原形毕露"了。另外，我也在为该剪什么样的作品而纠结，到底是该选《贺兰晴雪》还是应该选《万里长城》呢？我向头脑中的声音发问，但始终没有得到回应。唯一叫我感到宽慰的是，当我拿剪刀后，不论我剪多大尺寸的作品，剪什么样的作品，它都会一如既往地仔细指点我。

为了万无一失，我决定暂时不同泉子和老神医来往，不喝他们新泡制的蝎子酒，以免头脑中的神秘声音又莫名其妙地消失。这两三天里，我听曹皮皮说，泉子非但没有吸取教训，痛改前非，反而继续在自家瓜棚里坐地起价，宰客骗钱，为此又同人发生了纠纷。

都说"怕什么来什么"，就在我担心遇到泉子时，他居然和老神医再次登门了。老神医对我显得极为关切，他看了我的面色和舌苔，又为我号了脉，而后对我大和我妈说："恭喜你们，你娃的气色比上一次要好，这说明蝎王酒正在慢慢起效，他的经络被全部打开，摆脱轮椅站起来只是早晚的事情。"

这番话令我大和我妈既欢欣又激动，我大激动地说："我们本来打算这几日专程上山去探望您，答谢您呢，恰好娃娃马上要为重要的客人表演剪纸，就决定过几日再去，到时候我们一定要好好报答您的大恩大德啊！"

老神医说："为医者'见彼苦痛，若己有之'，去人苦痛，拯人之危，这是本分，谈什么报答。这些日子我又在蝎王酒中加了新的药材，它的药效更强，功用更佳，我这才专门跑过来施医送药。你娃娃今日喝了这款新蝎王酒，保管头脑更加聪颖，经络更加通畅。"

一听新药酒有如此功效，我大和我妈还是点头答应了，他们都希望我能凭借更加灵敏的大脑和双手为A国国务卿剪出最巧夺天工的作品来。

我早就打定主意，因而还是借故说："我今天又头疼，一滴酒也不想喝。老神医爷爷，谢谢您的好意，您把酒留下来，我回头慢慢喝。"

泉子见状急切地说道："这是我表舅专门为你调整配方泡制出来的新蝎王酒。他一把年纪了，从山上专门把酒送过来，你不喝有些不大好吧？何况我表舅在你喝完药酒后还要给你涂抹药膏，帮助你打通经络呢！他可真是一片赤诚之心啊！"

听泉子这么说，我大和我妈有些过意不去，他们想了想劝我说："人家老神医爷爷专门从山上下来给你送药酒，你不喝还真是不太礼貌呢。要不你克服一下，喝完药酒就去休息吧！"

我大和我妈的话令我有些动摇，但就在此时我的大脑中响起一个威严的声音："不要喝药酒！这一次无论如何都不要喝。"

我吃了一惊，神秘声音的态度跟上一次截然不同啊！上一次它可是让我干脆利索地喝药酒的。

我正在迟疑，神秘声音又嘱咐我："千万不要喝，你就说你刚才在曹皮皮家吃了野蘑菇。"

既然神秘声音为此郑重其事地叮咛，那它一定有自己的考虑，况且这一次我本来就不打算喝药酒，于是我遵照它的吩咐，对我大我妈以及泉子和老神医说："我刚刚吃了野蘑菇，不能喝药酒。"

野蘑菇的学名叫墨汁鬼伞，它是一种生长在柳树和杨树下的菌类，只有在雨后才会冒出头来。墨汁鬼伞的滋味鲜美，但食用它后两日之内都不能饮酒，否则会产生中毒反应。听我这么说，我大和我妈就不再勉强我了，泉子和老神医也不好再说什么了，毕竟他们都知晓野蘑菇和酒不能同食的事情，而且各个村子里都曾有人因为同时食用野蘑菇和酒而中毒住院甚至丧命。泉子显得颇为失望，他摇了摇头叹口气说："那我和我表舅过两天再来吧！"临行前他又叮嘱我："这两天你千万不要再吃蘑菇了。"

泉子和老神医把带来的药酒留了下来，晚上我大和我妈为我做了碗热气腾腾的山芋面，他们听闻我头疼后一心想让我舒服些。

神秘的声音又在关键时刻指点了我，这叫我感到振奋并且看见了希望，夜深人静的时候，我有意问道："我该为A国的国务卿剪一幅什么样的作品呢？"我猜神秘的声音一定会给予我意见的。

我果然得到了答案，神秘声音说："还是剪《贺兰晴雪》，它是最具西部特色又最能打动人的作品。"

我终于放下心来，毕竟《贺兰晴雪》我剪过，对它比较熟悉。我又提问了其他细节上的问题，但再也得不到回答了。

两天之后，泉子和老神医果然又登门了，老神医对我大和我妈说："我们行医之人'视彼之疾，举切吾身，药必用真'，意思是见到他人的疾病和痛苦就好像这些病生在自己身上，这些痛苦疼在自己身上一样，必须要用最真最好的药材来为他们治疗。令郎的经络尚未全部打通，这叫我时时惦记，寝食难安啊。上一回他因为吃了野蘑菇暂时不能服用药酒，这一回我又带了一瓶来，打算亲自教他服用，帮他调理。"

泉子也说道："我表舅不仅是远近闻名的'活华佗'，还是有口皆碑的'活菩萨'，你娃娃的经络一日没有彻底打通，他就一直睡不着觉啊！这不，他又亲自来施医送药。"

我大和我妈自然是千恩万谢。我猜神秘声音多半仍不会让我喝药酒的，我不知道这下该如何推脱，只能等待着神秘声音再一次指点我。我本以为神秘声音会让我以吃药头疼、身体不适等理由推辞，没想到的是它在我的头脑中说："你告诉他们说蝎子酒又辣又苦，你实在是喝不下去了，要是他们明天能从贺兰山上采些新鲜的野酸枣的话，你就能喝下去。"

尽管不明白神秘声音的用意，我还是将它的指令转述给泉子和老神医，对他们说道："蝎子酒又辣又苦，特别是蝎王酒更辣更苦，我实在喝不下去了，要是你们明天能从贺兰山上采些新鲜的野酸枣的话，我就能勉强喝下去。"

泉子像电视剧《西游记》中的孙悟空一样抓着耳朵挠着腮，显得既焦急又不解，他说道："我表舅专门给你带了块上好的风干牛肉来，它才是佐酒的好东西，野酸枣酸不溜丢的有啥吃头？"

老神医也说道："野酸枣虽然有一定的生津消渴、健脾开胃的效果，但它对息风止疼、祛风通络并无裨益，说不定还会有阻滞药效的作用，不如用别的东西来替代，而且还省去上山采摘的麻烦。"

听泉子和老神医如此说，我妈也附和道："我给你炒点鸡蛋炒点羊肉，再买瓶你爱喝的饮料，佐着它们你就能把药酒喝下去了，野酸枣除了酸没啥味道，也没啥营养。"

既然脑袋中的神秘声音已经叮嘱了我，我就不可能违背它的意愿了，我硬着头皮说："我就想吃点野酸枣，过去每到秋天我都会和同学们到半山腰摘红玛瑙一样的野酸枣，自从我坐上轮椅后就没吃过新鲜的野酸枣了。我听曹皮皮说今年山上的野酸枣特别大，而且汁水也多，不像往年的野酸枣那么酸。蝎子酒苦涩难咽，只有配上野酸枣这样酸酸甜甜的东西我才能喝下去。"

我大和我妈明白了我的心意，我妈又开始抹眼泪，我大叹了口气说："明天上午我到山上给你采些野酸枣来，每年秋天都是摘野酸枣的时节，我多采些回来你慢慢吃。"

见我如此坚决，泉子和老神医不好再勉强我当场喝蝎子酒，泉子想了想说："明天早上我去摘野酸枣吧，一来我年轻，体力好，能够早去早回；二来我曾经在山上卖过矿泉水，我对那一带比较熟悉，知道哪条沟里的酸枣树多，酸枣个儿大。"

我大点了点头。泉子又对老神医说："表舅，你今天先跟我回家，等我明天采来了野酸枣，你再来帮他调理服药吧！"

老神医也只能点头应允，和泉子转身离去了。我不清楚脑袋里的神秘声音为什么让我要野酸枣，我也不清楚它是否真的要让我佐着野酸枣喝药酒，我只能耐心等待它的新指令，让我失望的是，一整夜它都没有再次响起。

第二天恰好是周末，曹皮皮过来陪伴我，有曹皮皮在，我大就回到暖棚里忙活去了，我妈也能抽开身去给我买蛋买肉。我大和我妈刚刚离开，神秘声音便出人意料地响起来，它给我下的指令居然是："让曹皮皮把你推到半山腰，也就是岩画和白虎洞所在的地方。"

我以为自己听错了话，使劲晃了晃脑袋，自从连同曹新华的越野车从半山腰坠下来落个半身不遂后，那里便成了我的伤心之地，我估计自己此生再也不会踏入半步了。

像是在肯定自己的指令，神秘声音又在我的脑子中说道："虽然村子里的旅游业已经终止了，但是上山的那条公路并没有被废弃，它的路况仍旧很好，轮椅也能够推上去。你们现在出发，差不多用一个半小时就能够到达半山腰。"

我不明白神秘声音为什么要让我和曹皮皮上山，泉子不是已经到山上去摘野酸枣了吗？难道说它急于让我佐着野酸枣把蝎王酒喝掉，甚至等不及泉子回来吗？想到此处，我小声问："我们还需要把蝎王酒带上吗？"神秘声音立即回复："不要带酒，你们只需要带一些干粮和水就行了。曹皮皮推你上山是件很耗费体力的事情，他需要在途中补充水分。时间很紧张，你们需要现在就出发。"

尽管满腹困惑，我也只能满面难色地对曹皮皮说："你能把我推到贺兰山上，推到白虎洞跟前吗？"

曹皮皮的眼睛瞪得像铜铃，他仿佛听到了最不可思议的事情，难以置信地问："你要到白虎洞？"

我点了点头。

"可是……可是那里是你……"曹皮皮的话没有说完，他的目光移到了我的两条腿上，它们因为缺乏运动已经多少有些萎缩了。

事已至此，我只能硬着头皮说："那里的确是我的伤心地，不过自从出事后我一直在家里闷着，我想到山上吹吹山风散散心。我还想近距离地看看贺兰晴雪的美景。你知道的，我马上要给A国的国务卿现场表演剪纸，我准备剪一幅大大的《贺兰晴雪》，因此我得再到半山腰上仔细观察一下山顶上的积雪才行。"

我的理由足够充分，曹皮皮只能挠挠头说："既然如此，那我就只能尽力而为了，谁叫我俩是最好的朋友呢？我会格外小心的，我可不能让你再摔一跤。"

我感激地点点头，按照神秘声音的吩咐叮嘱他："我们得带些水和吃的东西，把我推到白虎洞跟前可不是件容易的事情。"

热心的曹皮皮备好了矿泉水、饼干和馒馒等"补给"，推着我朝山边走去。今天的天空显得高远而深邃，每个角落都布满了安逸和纯真的蓝色，在它下面，巍峨挺拔的贺兰山也由往日的蓝灰色变为显眼的黛蓝色，而山顶之上，大片的积雪仍旧闪烁着蔗糖一般的耀眼光亮。

随着轮椅一点点地靠近贺兰山，山上的千年冰雪也愈加显眼和明亮，此刻它们已经不再像是撒落在山顶的白砂糖，倒像是趴卧在上面的一只白色的巨兽。我情不自禁地又想起了外奶奶以及那首童谣中所讲的事情，不知为什么，一种诡谲可怖的感觉涌上我的心头，让我隐隐有些不安。此时的我和曹皮皮还不知晓，一生中最为不可思议的一段经历正随着我们的前进而徐徐展开。

第十二章

呼　救　声

　　靠近贺兰山时，恰巧碰到了两位村民，他们问我们要去哪里，曹皮皮搪塞道："我们在山脚下随便转一转。"等到了通往岩画和白虎洞的简易盘山公路上后，我们就再也没有碰到过一个人。

　　由于久无车辆行驶，盘山公路多少有些荒芜，路面上甚至生长出了零零星星的蒿草，不过它们并不妨碍轮椅的前行。时隔这么久再次回到贺兰山上，我有一种恍若隔世的感觉，而山间几只孤鸟的鸣叫和苍鹰的低啸更加重了这种物是人非和孤寂苍凉之感。

　　曹皮皮怕我睹物思情又忆起伤心的往事，便不停地同我说话，分散我的注意力，他一会儿指着远处的巉岩说："快看，那里有一只野山羊。"一会儿又指着头顶说："你看，有两只老鹰在盘旋，它们兴许想把我俩当成猎物呢，不过我们可不是家猫家狗，可没那么好对付。"曹皮皮还专门停下来好几次，让我仔细观察山顶上的积雪，都说"不识庐山真面目，只缘身在此山中"，到达半山坡后，我们反而看不见覆盖在山顶上的皑皑积雪了。不过我总算又闻到了山间的掺杂了干枯蒿草气味和坚硬岩石气味的空气，它们显得既陌生又熟悉，让我忍不住大口地呼吸起来。

推着我上山并不是件轻松的事情，曹皮皮显得气喘吁吁，不得不停下来好几次。

愈往上走，深秋的天空就变得愈发遥远和开阔，愈发沉静而纯真，一朵朵云像天鹅胸脯前那洁白的羽毛，从贺兰山的西边缓缓飘来。山上的草木大都已经枯黄和凋零，我远远还看见了几株孤零零的野酸枣树，上面挂着一小串一小串的野酸枣，它们像是被涂上了一层瑰丽的火红。

洞口开阔的白虎洞已经进入眼帘了，气喘吁吁的曹皮皮对我说："马上就要到达目的地了，我们再休息一下。我看见旁边有一棵野酸枣树，我们先尝一尝野酸枣，然后再慢慢到山洞里。"此处距离我出事的地方不算远，这令我多少有些难过和畏惧，或许曹皮皮也知晓这一点，所以才打算采些野酸枣来让我品尝，同时让我忘却苦痛。

把轮椅停稳后，曹皮皮去一旁摘野酸枣。没过多久他便装了满满一兜回来，他掏出一把红里透紫的野酸枣递给我，我将其中的一颗塞入口中。轻轻咬破枣皮后，一股强烈的酸甜味释放出来，溢满了口腔，它既不是食醋的那种直截了当的酸，也不是青西红柿的那种毫无遮拦的酸，而是掺进了些许甜的酸，甜只是它的点缀，却像饭菜中的盐一样起到了画龙点睛的作用。另外，野酸枣的酸甜是复杂的、综合的、有层次的，仿佛还掺进了山风的自由、星光的凛冽和野花的芬芳。

曹皮皮同我一样，闭上眼睛慢慢咀嚼着尚还新鲜的野酸枣，慢慢体味着它的独一无二的滋味。我们一路上都没有见到泉子的踪影，也不知道他在哪条沟谷中采摘野酸枣，他一定和我们一样也打算先过足瘾之后才下山。

嘴里嚼着满口生津的野酸枣，仰头望着皎洁明亮的云彩，我和曹皮皮都感到了难得的惬意与放松。就在这时，我似乎隐约听见有人在喊救命，我紧张起来，屏息细听。曹皮皮也听见了，他一脸的紧张与困惑，说道："好像有人受伤了，估计是谁爬山时摔伤了。自从乡村旅游停止后再没有人到这里了，估计也是来摘野酸枣的人。"

说到这里，曹皮皮又摸了摸自己的脑袋，像是想起了什么，他说道："对了，泉子今天上午不是专门上山来为你摘酸枣吗？"

我摇摇头说："泉子身强体壮，健步如飞，他对这一带特别熟悉，他是不会轻易摔伤的。"

曹皮皮点点头，但他侧过脸又仔细分辨了一小会儿后大声对我说："呼救的声音好像就是泉子的声音！"

听他这一说，我吃了一惊，连忙也倾耳细听，曹皮皮说得没错，断断续续呼喊救命的声音的确很熟悉，它正来自泉子啊！

泉子怎么会失足摔伤呢？来不及多想，我便催促曹皮皮："你快去看看泉子究竟在哪里呼救？他究竟伤到了啥地方？"

曹皮皮点点头，暂时抛下我，循着声音去寻人。过了没多久，他便慌里慌张地跑了回来，指着不远处的斜坡说："是泉子，真的是泉子摔伤了，他摔断了一条腿，正趴在地上叫唤呢！"

我的心间又是一惊："他怎么会摔断腿呢？"

满头大汗的曹皮皮摇摇头说："我也不清楚啊！我还没来得及问呢。"

泉子是为了给我摘野酸枣才上山的，眼下他摔断了腿，我不能见死不救，我对曹皮皮说："你快些到山下喊人来救泉子吧，我在轮椅上没法子帮忙，你一个人肯定没法子把他背下山。"

曹皮皮点点头对我说道："那你千万要小心点儿，你一定待在轮椅上别动。我一会儿再搬几块石头把轮椅的轮子挡住，免得它滑下坡。早知道会遇到这样的事情，我们应该借个手机带在身上。"

我也后悔没有管我大或者我妈借个手机带来，然而眼下悔之晚矣，唯一的法子就是让曹皮皮下山喊人来帮忙。我万万没有想到的是，就在此时，神秘声音在我的脑中又响起了，它说道："不要让曹皮皮离开你下山去，让他先将你推到斜坡跟前，你得亲眼看看泉子的伤势。"

虽然大惑不解，但我还是遵照神秘声音的指令对曹皮皮说："你把我推到路边，我想看看泉子伤得重不重。"

曹皮皮犹豫了一下，还是推着我来到公路边沿。泉子的呼救声这下变得愈发真切了，但我还是看不见他。神秘声音又对我发出新指令："让曹皮皮把你背到泉子跟前。"

我对曹皮皮提出请求后，他不辞辛苦地把我背到斜坡下，小心翼翼地来到了一棵野山枣树跟前，树下趴卧着一个人，他正是我们再熟悉不过的泉子。泉子龇着牙咧着嘴，对我说："谢天谢地，你们到了山上。你带手机了没？"

我惊讶又同情地望着他，使劲摇了摇头。泉子显得很失望，又痛苦地咧着嘴。

我问道："你是摘野酸枣时不小心摔下来的吗？"

泉子轻轻点点头又摇摇头："我是专门来这里给你摘野酸枣的，我一大早就上山了。不过……我不是自己摔伤的……我是被人打伤然后推下来的……"

听泉子这么说，我和曹皮皮都吃了一惊，我们不约而同地朝四下里张望了一番。泉子见状对我们说："推我的人已经跑了……他早就跑了……"

"是谁把你推下来？"曹皮皮瞪着圆眼问。

泉子稍稍犹豫了一下，但最终还是叹了口气决定和盘托出："之前有个城里来的黄毛，他和家里人来我家的暖棚里采摘，也怪我当时有点贪念，我给他说好的是每斤5块，等他采摘完后又随口涨到了每斤10块钱。"

这件事我们都知道，黄头发的年轻人和泉子为此起了冲突，泉子还掏出一颗红色弹珠来丢进羊圈里，结果导致了黄发年轻人被公羊抵伤。不知道是因为疼痛还是因为愤怒，泉子咬牙切齿地说："就因为上次的事情，黄毛一直记恨在心。我没有想到的是，他竟然偷偷跟踪我以便伺机报复。今天他见我独自上山，就带了个同伙偷偷摸摸跟了上来。我正站在路边打量哪里的野酸枣树多时，他们趁我不备，在背后用木棍狠狠击打了我的小腿，把我推了下来，然后溜之大吉了。又受击打又遭摔跌，我的一条小腿骨折了，另一条腿的膝盖也摔伤了，我现在别说站不起来，就连爬也爬不动弹了。"

我们终于明白了事情的前因后果，泉子又说道："你们怎么到山上了？这真是天意啊！真是老天有眼啊！看来我命不该绝。既然你们都没有带手机，曹皮皮，你就先跑到山下去找人吧！一定要让他们抬个担架上来！"

我也对曹皮皮说："我在这里先陪着泉子，你快去下山喊人吧！"

然而我的话音刚落，头脑中又响起了神秘的声音："不要管泉子，让他留在这里。你和曹皮皮下山去，另外，你要叮嘱曹皮皮不要把泉子受伤的事情说出去，你们要当这件事根本没有发生过。"

以往我都是小声同神秘声音进行交流，提出自己的疑问，但眼下我脱口而出："我们把泉子丢在这里的话，肯定再没有人会发现他的。我们如果不把他摔伤的事情告诉大人们，用不了两三天他就会活活疼死饿死在山上的。"

我的这番话让曹皮皮和泉子都愣住了，曹皮皮看看自己又看看地上的泉子，满腹狐疑地问："你在同谁说话啊？"而泉子大惊失色，就像是活见了鬼，他的嘴唇竟然也哆嗦起来，仿佛染上了严重的风寒。接下来，他用一种怪异而惊恐的声音问："是不是……是不是有谁在你的脑子里说话，它不让你们救我？"

我只能点点头，泉子的脸色更加煞白了。

这个时候，神秘的声音又在我的头脑中催促道："离开这里，让曹皮皮把你背到轮椅上，快点离开这里。泉子是个坏人，这是他罪有应得，不要再管他。你告诉曹皮皮，泉子还准备报复他的爸爸呢，如果他喊来人救了泉子的话，他的爸爸马上就会同那三个村民一样死于非命的。"

曹皮皮看出了我的异常，他问道："是谁在同你说话？"

我对他说："你还记得我之前告诉过你的事情吗？自从我第一次上山喝了老神医泡制的蝎子酒后，就有个奇怪的声音在我的脑子里教我如何剪纸，当时你说它有可能是我的大脑经络被打通后的错觉和幻听。"

曹皮皮点了点头。

我大声对他说："当时你还对我说经过一段时间的适应后那个声音就会消失的，但你有所不知的是，它一直都没有消失，除了教我如何剪纸外，它还会偶尔告诉我别的事情。就在刚才，它让我告诉你，泉子正准备报复你大呢，如果你出于好心救了他的命的话，你大就会像王存华、周志有和安建成一样死于横祸的。"

听我这么说，曹皮皮脸色大变，舌挢不下地望着我。这个时候，卧在地上的泉子像是想抓住救命稻草的落水者，他伸出一条胳膊大声对我说："别信它的话，我不会害曹皮皮的大的。只要你们救了我的命，我一定会好好报答你们的！"

见我和曹皮皮面面相觑，不知所措，泉子又急切地对我说："你一定想知道究竟是谁在教你剪纸，是谁在你的脑子里同你说话吧？"

我点了点头。

泉子说："事已至此，我会把一切都告诉你的，不过你要保证接下来无论那个声音让你做什么事情都不要动弹，直至你把我讲的事情全都听完。你还要叮嘱曹皮皮也保持安静，不要轻举妄动。"

我和曹皮皮都点头答应，曹皮皮还喂了些水给他喝，喂了几口干粮给他吃，于是泉子忍着腿疼一点一点地讲述起来。在他开口之前，我们所能看到的只有空寂的山谷和稀疏的草木，我们所能听见的只有幽咽的风声和零星的鸟啼，而泉子所讲的一切让我们看到和听到了这世间最不可思议的存在。

第十三章

金 疙 瘩

失去的东西才是最珍贵的，到监狱中后泉子才知晓了自由的可贵，无论是吃饭、劳动还是睡觉都有严格的作息时间，他再也不能像过去一样随心所欲。盼星星，盼月亮，好不容易刑满释放后，泉子终于回到了阔别已久的家中。

泉子的父母像迎接贵宾一样迎接他，泉子的大在院子里杀鸡宰鹅，忙碌不歇，而他妈用自己一对长满茧子的手紧紧捏住他的两只手，嘴唇一直不住地哆嗦着，一滴滴的泪水像春天屋檐上融化的雪水一样滴落下来。

这久违的温暖和亲情让泉子的心间好受了许多，然而几天之后他到村子里溜达时却感到了难言的痛苦和憋屈。无论他走到哪里都感到一双双异样的目光像一把把飞刀一般刺向自己的后背，而那些或明或暗的指指戳戳更像是一支支暗箭防不胜防。泉子知晓自己虽然出狱了，但仍被村民们当作"服刑人员"看待，这个标签在乡村里恐怕再过很多年也很难被揭掉。

泉子还先后碰到了村民王存华、周志有和安建成，他本来就对他们三个恨之入骨，这下更是旧恨未消，又添新仇。忆起自己在监狱里度日如年的过往，再看自己在村里备受冷眼的现状，泉子咬牙切齿，恨不得冲上去同他们分别打上一架。

出狱之后，泉子面临一个现实的问题，那就是他得想法养活自己。虽然说父母现在还能够在瓜棚里劳作，管他吃喝，但这毕竟不是长久之计，父母毕竟也上了年纪。村子里眼下最靠谱的行当就是种植贺兰山香瓜，泉子在父母的劝说下跟着他们学习种植技术，然而从小饭来张口、衣来伸手的他根本忍受不了风吹日晒和蚊叮虫咬的苦，没过几天他便打退堂鼓了。他不想种瓜，也不想再见到村里的人，便决定到城里打工。

泉子在城里还是碰了壁，无论是建筑工地还是酒店餐馆，无论是工厂作坊还是车行小区，都需要求职者提供身份证。通过查询身份信息，得知泉子有过前科后，没有一家单位肯聘用他。在街头接连转悠了好几天后，饿得头晕眼花的泉子迫不得已回到了家中。

吃完爹娘准备的热气腾腾的午饭后，泉子躺在床上再次认真思考起自己的出路。他思来想去也没能想出比种香瓜更好的谋生之术来，这令他既懊恼又烦躁。抽了根烟后，泉子决定到院子外面散散心。几个碎娃娃正在空地上玩耍，他们的嘴里还唱着刚刚学会的古老童谣：

天上的星，
亮晶晶，
掉到山上砸成坑。
山顶顶，
没有人，
大胡子山羊丢了命。
……

见到泉子后，碎娃娃们停下了哼唱，纷纷朝各自的家中跑去，那样子就像是见到了什么凶神恶煞。泉子气恼地骂了几句，又狠狠朝地上啐了口唾沫，而后吸了口新鲜空气抬头远眺。远处贺兰山上的积雪仍闪耀着亘古不变的银光，持续的秋霜让它们显得更加锃亮和耀眼。望着这千年不化的积雪，孩童们刚才的歌声又回到泉子的头脑中。

>……
>
>金星星，
>
>银星星，
>
>张家老财动了心，
>
>长工短工齐上阵，
>
>要把宝贝抬进门。
>
>……

这首童谣泉子小时候也唱过，母亲还给他讲过金疙瘩掉在山顶、张财主上山寻宝的传说。泉子一直以为这只是个杜撰出来的故事，而且随着年纪的增长他早就将之抛在脑后。然而，此时此刻，在他走投无路之际，他突然想："掉在山顶上的那颗火流星说不定真的是个金疙瘩呢？否则的话，人们怎么会传得有鼻子有眼？精明的张家老财又怎么会冒险上山寻宝呢？"

泉子因自己的这个想法而激动起来，他的心像雨点打在水洼中激起的泡泡一样跳跃不歇。又狠狠吸了口烟后，他萌生了一个想法，那就是到贺兰山顶上打探一番，看看当年掉落下来的东西究竟是不是价值连城的宝贝，如果它真是块大金疙瘩的话，那自己这辈子可就衣食无忧了。

俗话说"富贵险中求"，俗话还说"有枣没枣打三竿子"，泉子决定赌上一把，而这也是他实现人生"逆袭"的唯一一线希望。

泉子自然也知晓独自登山寻宝是一件危险重重的事情，当年的张财主带了一群帮手仍命葬悬崖，所以他决定在攀登贺兰山之前先做好充分的准备。泉子跑到黄渠桥镇的网吧里，整日浏览登山爱好者分享的内容，特别是攀登雪山的视频，学习相关的技能与知识。他逐渐知道了装备的重要性，同时也增添了胆量与信心，当年的张家老财虽然人多势众，但毕竟缺乏现代的登山装备和补给，假如他们也配备有雪杖、高山靴、冰镐、钢锥和承重绳的话，就不会滑落至山崖里。

泉子眼下身无分文，他死皮赖脸地向自己的爹娘要了一万多块钱，从网上买来了帐篷、睡袋、羽绒服、头盔、手套、安全绳、高山靴、雪杖、雪铲、冰镐、压缩饼干、自热食品等装备和物资，开始积攒实地经验，摸索着往贺兰山顶上爬。泉子的父母一直对他溺爱有加，因而对他有求必应。

经过一段时间的实践，泉子已经能够熟练地使用这些登山装备，并且能够独自在山上露营了，他开始寻找攀登冰封雪盖的贺兰山顶的最佳路线。

人往往有其难以估料之处，好吃懒做的泉子在登山寻宝这件事上竟然表现出了超乎寻常的热情和毅力，他既不嫌累也不怕危险，终于只身爬到了鲜有人至的贺兰山顶上。这里空气稀薄，气温很低，到处都为冰雪所覆盖，到处都是亮光闪闪、白茫茫一片，同半山腰和山脚下简直是两个世界。从岩石上的冰层厚度判断，这里的冰雪起码有上千年没有融化，就像是一层厚厚的铠甲保护着贺兰山的顶部。

山脚下的那些蒿草以及半山腰的野酸枣树在这里踪迹全无，冰雪强烈的反光刺得人睁不开眼睛，泉子不得不换上事先准备好的墨镜。正如老人们所言，贺兰山顶上的确生活着野山羊，它们时而东张西望，时而腾挪跳跃，转眼间就消失在了一处山梁之后，也不知道它们在山上吃什么。山顶上既然有野山羊，那多半就有雪豹，想到此处泉子紧张起来，将手中的冰镐捏紧了些，但叫他略感宽慰的是，传说中动作敏捷的雪豹始终都没有出现，也许它们并不在此活动，也许它们已经销声匿迹了，就像这些年来各个地方走向灭绝的动物一样。

惊魂稍定后，泉子正式开始搜寻，他本以为这是件手到擒来的事情，金光灿灿的金疙瘩在山顶的某个地方闪耀不息，肯定一眼就能够看到，但很快他便意识到一切远比他想象的困难，举目望去，四下里一片苍茫，就算数十年前真的有一块沉甸甸的金疙瘩自天而降，它也早就被年复一年落下的大雪所覆盖了。凭借着雪杖朝各个方向上探索了一遍后，泉子确认了这一点：走在厚厚的冰雪上根本看不到下面究竟埋着什么东西。

想到自己为了寻宝辛辛苦苦地准备了几个月时间，而且还花费上万元购买了装备，泉子变得懊恼无比，他狠狠地在地上跺了几脚，又怒气冲冲地诅咒起当初编写那首童谣的人。此时天色渐黑，泉子不得不找到一个避风的地方，搭下帐篷歇息一晚，等天明之后再下山。

贺兰山顶海拔高气温低，一到黑夜，山顶上更是寒风呼啸，折胶堕指，泉子蜷缩在睡袋里昏昏入睡，尽管他一向胆大妄为，但独处在这天寒地冻、与世隔绝的地方，他仍旧感觉到前所未有的荒凉与悸恐。

夜半时分，山顶的风更大了，它们似乎知晓这里来了位陌生人，像缺乏教养的孩子一样，拼命地推搡、摇晃着帐篷，与此同时，砭人肌骨的寒气也像黏稠的松脂一般裹住了泉子。泉子最终还是被冻醒了，他干脆爬起来，钻出睡袋，带上便携铁锤，打算把固定帐篷的地钉再往里敲几下，免得它们被大风拔起。

来到帐篷外面后，泉子被扑面而来的星空景象惊到了，不知道是不是因为山顶离天穹更近的缘故，在这里看到的星星远比在山脚下看到的星星多，它们亮汪汪的，无拘无束，布满了夜空的每个角落。

打量了几眼密密匝匝的星空后，泉子便开始挨个儿敲打帐篷四角的地钉。夜风像饥肠辘辘的野兽一般拼命地从他的身上掠夺热量，完成了固定地钉的活儿后，他急匆匆地往帐篷里钻，但就在即将钻进帐篷前的那一刻，他鬼使神差地朝远处看了一眼，这不经意的一瞥竟让他像被闪电击中一般怔在原地。

就在大约两公里外的地方，有一盏灯在厚厚的冰雪下一明一灭地闪耀着。泉子使劲揉了揉眼睛，再次仔细张望，这次他确定自己并没有看花眼，那团白色的亮光有些模糊，显得朦朦胧胧，但在这伸手不见五指的山巅，它是如此惹人注目。

泉子的后脊有些发凉，身上的汗毛也一根根竖起，他清楚山顶上没有人家，电力部门也不可能把电线拉到此处，可这里怎么会出现一盏闪烁不歇的电灯呢？又仔细张望了一会儿后，好奇心最终战胜了恐惧心，泉子决定到跟前去一探究竟。

泉子将头灯戴到脑袋上，保险起见，又将冰爪固定在高山靴上，以防自己滑倒摔下山崖。除此之外，他将冰镐、雪杖和雪铲也带在身上，一方面便于安全行进，另一方面便于防身自卫，谁知道在这黑灯瞎火的山顶上究竟隐藏着多少恢诡谲怪的东西呢。

漫天遍地的黑暗中，泉子头顶的那盏小灯就像是萤火虫惨惨幽幽的尾灯。倚仗着冰爪和雪杖，泉子在冰盖上小心翼翼地挪动着步子，因为脚下的情况看不大清楚，中途他摔倒了两次，但好在一切都有惊无险，这也让泉子意识到，在攀登覆盖有冰雪的山体的时候，现代化的装备是多么至关重要，假如没有它们的话，他多半也会像传说中的张家老财和长工们一样滑落至山崖中的。

就在逐渐靠近明灭闪动着的灯光的过程中，泉子发现了一件蹊跷事——他留意到随着自己的慢慢接近，灯光的亮度也相应地增加了，这并非是因为距离变短产生的视觉上的变化，而是真真切切发生的事情，原本模糊不清、像蒙在雾气中的灯光渐渐变得清晰明澈，就像天上的星星一般锃亮。另外，它明灭闪动的频率也明显加快了，仿佛能感知到有人正在靠近自己一般，它就像是望眼欲穿终于等来了主人的家犬，明显地激动和兴奋起来。

灯光产生的这些变化也彻底粉碎了泉子心中的幻想，能改变亮度和闪烁频率的东西显然不可能是金疙瘩和夜明珠，也不大可能是其他稀奇古怪的宝石。不过，眼下对泉子而言，强烈的好奇心已经盖过了对财宝的垂涎，它变成了一股极其强大、难以抗拒的力量，促使他一步一步继续向前。

又跌跌撞撞地走了十几分钟后，泉子终于到达了灯光跟前，此时它真的变得同天上最明亮的星星一般耀眼了，它闪动得也愈发剧烈，就像是舞厅里的迪斯科球。泉子不得不用一只手掌半遮住双眼，唯有如此才能够避免眼球被灼伤。

在闪耀的灯光下，遍布冰雪的贺兰山巅也变得诡异叵测，惨白的地面和耸立的山岩时隐时现，看上去就像是个披头散发的疯子在乱舞。刺目而疯狂的灯光也让泉子心生惧意，他不敢再探求真相，打算掉头离开，但灯光仿佛在关键时刻再一次知晓了他的心思，竟然蓦地停止了闪烁，并且急剧变暗，又变得同一开始一般朦朦胧胧，看上去就像是迷迷蒙蒙的月光和半明不暗的烛光。

这下泉子不必用手遮挡就能够仔细观察跟前的诡异灯光了，它的确被埋在冰层之下，看上去距离地面至少有一两米。它仍缓慢地明灭闪烁着，光团的直径大概有四五米，而核心位置，也就是真正发光的东西似乎仅有巴掌大小。

泉子不明白冰层下的这盏灯究竟是什么，它肯定不是手电筒，也不是电视转播塔上的示警灯，没有哪种照明工具被埋在冰层下后还能够正常工作，从冰层的厚度判断它至少已经被埋了几十年。另外，也没有什么灯具能够感知人的到来，并由此做出相应的变化。

泉子的脊索上似乎爬上去了一条蛇，一种难以名状的恐惧之感又袭中了他，并且将他紧紧包围。泉子本能地又想逃离，然而更为蹊跷的事情发生了，冰层下的那个隐约可见的发光体竟然改变了大小、颜色、亮度和模样，它居然变成了一个足有脸盆大小的金色的光团，光团显得影影绰绰，看上去就像是一块闪闪发光的大金疙瘩。

泉子使劲甩了甩脑袋，不明白明灭不歇、犹若信号塔和高楼顶上的航空障碍灯的灯光怎么会变魔术一般变成稳定又晃眼的金子独有的光亮，他干脆趴到地上，将头灯紧贴冰面，仔细观察。由于冰层太厚，泉子看不大清楚，但埋于其下的那个发光的东西的确很像是电影中出现的光芒闪耀、价值连城的狗头金。泉子心间的希望和贪欲竟又被勾起来，对财富的渴望让他忽略了之前诡异的灯光变化，他决心等天明后用雪铲把冰层凿开，看看埋藏于其间的是不是自天而降的宝贝。担心天明后找不见准确的地点，泉子用冰镐在冰面上接连凿击，留下了记号。

剩下的半个夜晚，泉子是在似睡非睡中度过的，他时而梦见自己变回小时候的模样，嘴里唱着童谣《天上的星》；时而又梦见自己挖出了沉甸甸的金疙瘩，足足卖了几百万元。

天明之后，泉子吃了盒自热米饭以便让自己拥有足够的体力，之后便将雪铲、雪杖和冰镐全都带在身上，来到了昨夜出现光亮的地方。让泉子松了一口气的是，金色的光亮并没有消失，它仍在冰层之下，只不过在明亮的晨光下变得若有若无。泉子又趴在地上看了半天，他愈发觉得埋在下面的就是一块金疙瘩，他放下背包，挥动冰镐开始刨了起来。

"雪似胡沙暗，冰如汉月明"，堆积了成百上千年的冰雪坚硬如铁，泉子挥舞着冰镐气喘吁吁地刨了半天也只刨出了一个不到一尺深的坑，他不得不停下来歇息，补充水和干粮。泉子估算了一下冰层的厚度和自己的进度，预计至少需要三天的时间才能刨到底，便干脆回到最初露营的地方，把帐篷拆下来重新搭建在"金疙瘩"跟前。

就这样，泉子刨累了就在帐篷里休息，睡醒了再接着刨，以至于连冰镐都磨秃了，他不得不用尚还完好的雪铲和雪杖继续凿挖。随着距离的接近，埋于冰下的宝贝也逐渐变得清晰起来，它仍旧闪耀着一团既柔和又金亮的光芒，似乎真的是一大块世间罕见的天然狗头金呢。

眼见"宝物"唾手可得，泉子本想一鼓作气刨开最后的冰层，但接连刨了三天两夜的他实在是太过疲乏，他卧在近两米深的冰坑里，嚼了两块压缩饼干，又掏出一瓶二两装的高粱酒来解乏，这点酒对泉子来说根本算不了什么，但或许是因为连日的劳累，他刚把小瓶中的酒喝完便脑袋一歪，昏昏沉沉地睡着了。

此时正值中午，山顶上迎来了短暂的温暖时刻，明晃晃的太阳慷慨地把一缕缕和煦、银亮的光线抛撒下来，这使得封冻多年的冰雪也产生了肉眼看不见的升华现象，而在被泉子刨开的冰坑中，正午的阳光竟然让一部分被刨出的冰雪开始融化，在雪虐风饕的贺兰山巅这可是鲜有的事情。

筋疲力尽的泉子睡得昏昏沉沉，有那么一会儿他觉得脑子里格外地痒，就像是有一只毛茸茸的大蜘蛛偷偷爬了进去，他想伸出手去挠脑袋，可两只胳膊早就在夜以继日的挖凿中变得酸痛无比，根本抬不起来，他只能屈从于睡意，强忍着瘙痒再次进入昏睡之中。

泉子醒来后已是黄昏时分了，太阳的金光照射进冰层里，将它们变得同琥珀一般神秘和辉煌，也让整个贺兰山巅充满了难言的苍凉与凄美。夕光还落在泉子的脸上，将他渲染得同古印加人一般粗犷而怪诞。泉子使劲甩了甩头，他低头朝冰坑底部望去，打算等第二天天明后一鼓作气将剩下的薄薄的冰层刨开，让"金疙瘩"原形毕露，然而眼前的情形叫他大吃一惊——那隐隐闪耀金光的"金疙瘩"竟然不知去向，坑底再无任何光亮。

这一惊非同小可，泉子直接跳了起来，他强迫自己稍稍冷静些，又在坑底各个地方仔细搜寻。光亮耀眼的宝贝的确不见了，它就像是凭空消失了一般。泉子变得既抓狂又懊恼，他像发疯的狮子一般连吼了好几声，又像气急败坏的野山羊一样在冰坑里连蹦带跳。就在这时，白日见鬼一般，他的脑子里突然响起了一个奇怪的声音："泉子，你好。"

第十四章

大 量 子

泉子吓了一跳，他爬出冰坑，前后左右四下里张望，但冰雪皑皑的山顶上空无一人，长伴在这里的只有无尽的荒寂，只有呼啸的山风。泉子使劲甩甩脑袋，不甘心地继续搜寻，他想知道刚才的问候声究竟是自己的幻觉还是真的有人来到了这里。

"不用再找了，山顶上没有人，是我在同你说话。"奇怪的声音再次在泉子的脑中响起。

泉子继续东张西望，愈发变得紧张，他大声问道："你是谁？你究竟在哪里？"

回答声即刻传来："我是一个主核，你可以叫我大量子。我在你的脑子里。"

泉子大吃一惊，他下意识地用双手抱住自己的脑袋，上下来回摸索，以便确定它是否受伤，是否有血迹。

"你的头部并没有受伤，我是从你的鼻孔和耳孔爬进你的颅腔中的。"声音又说道。

泉子更加惊骇，不由自主地又用手抚摸自己的耳朵和鼻子，哆哆嗦嗦地问："你到底是谁？你是山妖还是野鬼？我被你附体了吗？"这下他意识到声音的确不是从身旁传进自己耳中，而是直接在自己的脑子里响起的，就像是有个小人蹲在脑子里说话。

那声音稍显失望地轻叹了一下，然后又说道："我刚刚告诉过你了，我是一个主核，我的名字是大量子。"

泉子紧接着问："主核是什么？大量子又是啥？"

头脑里的声音没有即刻回答，它顿了一下，似乎在思考，然后才再次响起："让你了解我的来历并不是件容易的事情呢，不过我会尽量以通俗易懂的方式为你讲解的，你能听懂多少算多少，实在不理解的地方也不必勉强去理解。"

尽管眼前并没有人，尽管这个自称是主核、名为大量子的东西在自己的脑袋里，泉子还是习惯性地点了点头，而他的这一动作也为大量子所知晓，它接着说："要让你更好地理解我到底是谁，一切都要从计算机说起。"

泉子在网吧打过游戏，他自然知道计算机，不过大量子在他的头脑中所讲的计算机知识远远超出他的认知，其中的大部分内容他都闻所未闻。

计算机是人类历史上最了不起的发明之一，它以其远超出人脑的逻辑计算能力、信息处理能力和数据存储能力，极大地推动了人类文明的进步，让人类文明进入一个全新的阶段。如今，小至智能手机，大至巨型机，全都依托计算机服务于人类，让人类拥有更为方便快捷的生活，并拥有了探索更多未知领域的能力。不过，人类现有的计算机全都是以串行计算为基础的计算机，无论是普通的家用电脑还是顶级的巨型机，它们都是通过"0"和"1"的组合，也就是比特来表示信息的，2个比特可以组合出"00""01""10""11"共4种信息，10个比特可以组合成1024种信息，计算机利用硬盘中的微小磁体的指向来表示具体的信息。串行计算机的最大的缺点是无论它的容量有多大，处理器有多强，它每次只能进行一次计算，比如说10个比特的1024个信息，它需要连续计算1024次才能完成。

尽管目前世界上最先进的巨型机"前沿""富岳""LUMI"的运算速

度都已经非常快,能够完成火箭轨道的计算、核爆炸的模拟、行星际探测器的导航以及天气的预测和预警等工作,"前沿"的运算峰值性能甚至达到了1685.65PFlop/s,但如果要进行体量更为巨大、状态更为复杂的计算,比如说地球大气的建模、细胞的原子级别模拟、恒星际探测器的轨道计算、银河系的动态建模等,这些巨型机就显得力不从心了。与此同时,要进一步提升巨型机的浮点运算速度也显得越来越困难,毕竟现有的巨型机都是通过增加CPU的数量来提高运行能力和运算速度的,它们在本质上仍旧是串行的计算器,只不过靠数量和规模来取胜,凭借的仍旧是蛮力。目前的巨型机CPU数量众多,耗能惊人,需要大量的财力和人力来进行维护,可以说传统巨型机已经隐隐约约触到了上限,不可能再有太多的提升空间。根据测算,如果计算机按照摩尔定律继续增加CPU数量的话,到2040年全世界所有电能也无法支撑这台巨无霸巨型机的能量消耗。

要想让计算机实现质的提升,进入一个全新的层阶,唯一可行的就是让它实现真正意义上的并行计算,也就是一个CPU在同一时间内能够进行多次计算。量子计算机便是人类梦寐以求的能够进行并行计算的先进计算机。根据量子力学理论,电子、光子等微观粒子具有叠加态的特征,它们可以在同一时间内以波和粒子两种状态同时存在,也可以在同一时间内同时存在于AB两处。如果能够对电子和光子的这一特征加以运用,让它们代替传统计算机中的微小磁体成为计算机的最小单位,那就可以制造出不可思议的量子计算机来。同一个电子、同一个光子,既可以是"0",又可以是"1",这种处于叠加态的量子比特远比传统比特承载的信息量大,只需要10个量子比特就可以同时表示普通二进制的1024个信息,只需要20个量子比特就可以同时表示上百万个信息。除了叠加态外,电子、光子等微观粒子还具有纠缠态的特征。所谓纠缠态,就是两个有关联的微观粒子会产生神奇的量子纠缠现象,当一个微观粒子产生某种状态的改变,比如说左旋时,另一个微观粒子就会顺势产生与此相对应的状态改变,变为右旋。最为不可思议的是这种相对应的改变没有任何时间上的迟滞,它是超光速的,哪怕一个微观粒子在银河系的这一头,另一个与之纠缠的微观粒子在银河系的另一头,改变也会瞬时发生，它们就仿佛具有心灵感应一般。

这种鬼魅般的纠缠态特征是真正让量子计算机大显神威的法宝，量子比特本就有叠加态，如果让它们再相互产生纠缠的话，其表达的信息容量和处理信息的能力将以指数增长。一个量子比特所携的信息和所处理的信息会即时与另一个量子比特分享，它们可以进行高效快捷的并行计算。量子比特间的相互纠缠并无数量限制，一个量子比特可以同时与多个量子比特产生相互纠缠，形成相互纠缠的网络。量子计算机内拥有的纠缠态中的量子比特越多，它拥有的信息存储能力和并行处理能力就越强大，每多增添一个纠缠态的量子比特，它的性能都会提升一个数量级。正因如此，量子计算机是信息处理技术上的质的飞跃，是前所未有的科技革命。以穷举法进行串行计算的传统计算机同进行并行计算的量子计算机相比起来，就如同煤油灯同电灯间的差距那么悬殊，它们的亮度有着云泥之别，它们的工作原理和工作机制也有着本质的区别。

人类对量子计算机的梦想由来已久，早在1982年物理学家费曼就提出了制造量子计算机的设想。然而时至今日量子计算机仍旧只是梦想，原因就在于制造它的难度极大，有几个关键性的技术难题始终难以突破，其中最为棘手的一个便是退相干问题。量子比特间的纠缠态并非固若金汤、一成不变，它们极易受到诸如噪声、震动、温度变化、电磁辐射、宇宙射线等因素的影响，从而导致彼此间的相干性逐渐降低，甚至完全丧失，再无纠缠，这种状况叫作退相干。一旦出现了退相干问题，量子计算机的性能和状态就会大受影响，它甚至会因此而无法工作停止运转。若想避免退相干问题的产生，人类就得制造一个能阻隔一切噪声和震动、能阻隔一切天线电波和宇宙辐射、能让温度不会出现丝毫波动的超高真空超低温设备，唯有在这样的严苛环境中，量子比特们的纠缠态才会保持稳定。除此之外，连接超高真空超低温设备和室温测控系统的低温同轴电缆的制造，衰减器、滤波器、放大器等低温组件的制造，让量子比特产生相干性的光纤激光器的制造，单光子探测器的制造等都是棘手的问题，鉴于这些实际困难，有科学家预言量子计算机同可控核聚变一样，恐怕还需要一个世纪才能变成现实。

宇宙太过浩瀚，足够浩瀚的空间就会产生足够的奇迹，未能在地球上诞生的量子计算机却在别的星球上诞生了。距离地球仅4.2光年的比邻星b是一颗石质类地行星，也是一颗处在宜居带内的行星，它的半径大约是地球的1.1倍，质量则为地球的1.3倍，它同样拥有浓密的大气层和液态海洋。

漫长的演化过程中，比邻星b上也孕育出了生命，并发展出了高等文明。比邻星b文明比地球文明诞生得更早，演化得更充分，因而它也比地球文明更先进，在地球人类苦苦祈盼着可控核聚变和量子计算机诞生于世的时候，比邻星b上的智慧生命早就将它们变成了现实。拥有了这两项技术的比邻星b文明成功制造出了恒星际飞船，可控核聚变发动机可以为飞船提供强劲而源源不断的动力，而量子计算机则可以为飞船计算复杂的飞行轨道，设计最佳的飞行路线，让它根据沿途行星和恒星运行变化的情况实时调整速度和姿态，巧借引力弹弓效应，摆脱本星系的引力束缚，抵达另一个恒星系中。

比邻星b文明的首艘恒星际飞船被命名为"新世界"号，"新世界"号的核心部件正是一台功能强大的量子计算机，它不仅负责飞船的轨道计算，还掌控飞船的操作系统，辅助宇航员操控飞船的数十个大小发动机的启动及关闭，并且对飞船内的维生系统进行科学管理，对各个模块和部件进行实时监控，就算没有船员了，它也能将整艘飞船管理得井井有条，指挥它完成既定的飞行任务。正因如此，这台权高任重的量子计算机被视为飞船的主核，它被船员亲切地称为"大量子"。

同传统的串行计算机不同，大量子并不是那种方头方脑、中规中矩、有个金属外壳的机器，它没有相对固定的形状，而是以一种液态金属的模样示人。如果未经事先介绍，乍见到它的人会以为它是一小团刚刚冶炼出来的金属，毕竟它银光闪闪，而且还在慢慢地蠕动。大量子之所以以这种液态的形态存在，正是为了在最大限度上阻隔外界环境的影响，避免出现量子退相干，让量子比特保持稳定与安全。别看它其貌不扬，仅有巴掌大小，却是整个比邻星b上最为精密的东西和整艘"新世界"号上最为重要的部件。

茫茫银河系中，离比邻星b最近的恒星系便是太阳系，通过大型太空望远镜的观测和对摄动现象的捕捉，比邻星b文明知晓了太阳系共有8颗行星，其中的3颗位于宜居带内，而这3颗中个头稍大的那颗也拥有最佳的生存条件，最有可能孕育出生命。毫无疑问，"新世界"号首航的目标便是这颗拥有稠密大气层的宜居行星。大大小小数十台可控核聚变发动机能将它推至光速的10%，这意味着理论上讲它只需要42年就能够到达目的地。而功能强大的大量子一丝不苟地计算着各个天体的变量，为它设计最佳的轨道。

在核聚变发动机不知疲倦的推动下和大量子毫厘不爽的计算下，"新世界"号载着120名船员跨越迢迢星际，历时数十年，终于来到了另一个星系，另一个世界。

目标星球，那颗拥有大片蓝色海洋的宜居星球已经近在咫尺，飞船上的光学系统识别出了星球上的陆地轮廓，飞船接收系统也收到了来自这颗行星的大量无线电波，原来这里不仅是宇宙中的另一个生命天堂，而且还演化出了高等文明。此时的"新世界"号早已经摆脱了高速飞行，持续减速为常规飞行状态，如果不出意外的话，它再需几日就可在目标行星上降落。

然而就在胜利在望之际，船上的船员因为琐事发生内讧，他们分成两派，大打出手，直至动用了原本用来在目标行星上防身的武器。船长和大量子竭尽全力想阻止这场荒谬而无谓的争斗，然而，由于事出突然且事态升级迅猛，他们已经无能为力了。飞船内部的维生系统、推进系统、矫姿系统、自救系统等都出现严重的损毁，最终，这艘遭遇了无数星际尘埃撞击，经历了无数宇宙射线轰击，承受了无数劫难波折的恒星际钢铁巨兽，在目标行星也就是地球大气层外爆炸解体，化为碎片，只有保护主核的逃生舱逃过一劫，在最后关头冲入大气层，坠至一座积满冰雪的山顶上。

逃生舱没有动力系统，加上在进入大气层的过程中受损严重，它无法携带大量子离开峰顶，而大量子的爬行范围也极其有限，它只能先尝试着同船员们进行联系。接连数日的联络毫无结果，很显然"新世界"号中没有幸存者。"大量子"变成了孤家寡人，它无法离开山顶，只能静卧在残破的逃生舱中，同时光苦苦相搏。百无聊赖之中，它接收着来自空中的无线电波，通过解析和翻译其内容逐渐掌握了人类的多种语言，并对人类文明的社会形态、发展阶段等有了充分的了解。

山顶上荒无人烟，只有野山羊和雪豹偶尔路过，大量子从未见到过地球上的智慧生物，也就是人类，最终它被缓缓飘下的落雪所覆盖。大雪年年降下，雪最后变成了冰，几十载的时光下来，大量子被封存在了厚厚的冰层之中，没有人知晓它的存在，更没有人会伸出援手将它从冰层间刨挖出来。所幸的是，它可以从光线，哪怕是极其微弱的光线中汲取能量，从而保持工作状态。眼下，为了节省能量，它进入准休眠状态，只打开接收无线电波的接收系统和感知周围震动与光亮的预警系统。

大量子本以为自己会被永久封于冰雪中，但这天黄昏，它再次捕捉到了冰层上的震动，震动同它之前所感受到的完全不一样，它肯定不是出自名为野山羊的四足动物，也不是出自名为雪豹的掠食动物，根据节奏判断，它是由一种双足行走的动物造成的，另外，伴随双足交替落地的声音，还有金属物击中冰层的声音。能够凭双足行走并且能够使用金属工具来助力的生物毫无疑问正是地球上的统治生物——人类。

大量子激动起来，它瞬间进入了全激活状态，这么多年来，终于有人登上了冰封雪盖的山顶，它知道这是一个机会，而且不可错过，毕竟只有人类才能将它从冰层中释放出来，并且将它带到山下的文明世界中。

要想获得解放，首先就要吸引这名登山者的注意。根据从冰层上传来的阵阵震动判断，大量子猜他要在山顶上"安营扎寨"。天色全黑后，大量子时刻留意着两公里外的帐篷内的动静，夜半时分，察觉到登山者走出帐篷后，它抓紧时机发出亮光，并且以固定间隔明灭闪烁，果然将登山者吸引了过来。

成功将登山者吸引到跟前只是第一步，从这些年接收到的无线电波中，大量子知道绝大多数人类都对金银等贵金属情有独钟，会为了得到它们而不辞辛苦，不惜代价。大量子及时改变发光模式，并力所能及地进行相应的拟态，使自己在冰层之下隐约看上去就像是一大块金疙瘩。这一招果然行之有效，贪婪心起的登山者汗流浃背地挖凿了两天三夜后，终于将90%的冰层都凿开，此时覆盖在大量子身上的只有薄薄一层冰了。在登山者因为过度劳累而呼呼大睡之际，午后的太阳难得大发慈悲，用它那不算有力的光与热将这层薄冰消融了。像孙行者一样被封印了多年的大量子终于重见天日。

趁登山者因为劳顿和酒精酣睡不醒，大量子离开早就残破不堪的逃生舱，攀爬至他的身上，分成两绺，从鼻孔和耳孔里钻进他的大脑表面，而后汇聚成形，又伸出数个触角紧紧地附在上面。借助于那些临时变化出的灵敏而轻巧的触角，大量子能够获得登山者全部的实时视觉、听觉、触觉和嗅觉信息。当登山者从睡梦中醒来后，大量子开始了同他的首次交流，因为能够通过触角直接向登山者的听觉中枢传送信息，在登山者听来声音就像是直接在他的头脑中响起来一样。

第十五章

因 果 链

　　泉子仍旧难以置信，他喃喃地问道："你说你不是从天上掉下来的金疙瘩，而是从天上掉下来的计算机，你还爬进了我的脑子里？"

　　"正是如此，我是因为飞船失事而坠落在贺兰山顶的量子计算机，我的名字是大量子。你是这么多年来我遇到的第一个人类，我希望你能将我带下山去。"

　　听着大脑中这清晰无误的声音，泉子突然慌乱起来，他使劲地甩了甩脑袋，似乎这么做就能够将大量子从脑袋里甩出去似的，接着他又惊恐地用双手使劲抓挠着头皮，似乎这么做就能把大量子从脑袋里抓出来。

　　大量子在泉子的脑袋里说："你不必惊慌也不必害怕，我不是可怕的寄生虫，不会吃掉你的脑子。我是你们这个世界或许还需要上百年才能够研发出来的先进的量子计算机，我甚至比你们这个世界智商最高的人还要聪明，所以我不会对你的大脑以及你的身体实施任何伤害、造成任何影响的。我只是想借助你的腿脚离开山顶。"

　　泉子仍旧心有余悸，他将信将疑地说："你如果想下山的话，爬到我的肩膀上或者钻进我的口袋里就行了，我照样可以把你带下山，你为啥非要钻进我的脑子里？"

大量子回答："这是因为我还希望借助于你的眼耳口鼻舌来获得山下的信息。虽然我能凭借接收到的无线电波来了解发生在你们这个世界中的事情，但我希望能够拥有自己的感受和认知。在飞船中的时候，我能够依靠飞船上为我配备的光学、声学、触感等捕捉系统来实现这件事，但它们全都在事故中荡然无存了，眼下我只能借助于你的感官系统来实现这一愿望了。"

泉子明显不大情愿，他一边后悔自己上了这个自称为"大量子"的怪东西的当，一边琢磨着该如何把它从自己的脑子里驱赶出去。

大量子似乎觉察到了泉子的情绪，它及时说道："我不会白白借用你的感官，白让你帮我的忙的，我也会帮你的忙的，我虽然只是一台量子计算机，但我知恩图报。"

泉子半信半疑地问："你能帮我什么忙？"

大量子回答："我能帮你计算啊！"

泉子既大失所望又哭笑不得，他从小到大最头疼的就是数学，就连乘法口诀也差点没背会。他不屑地说："我又不是村里的会计，不需要计算啥，我家瓜棚里的那点收支靠手机上的计算器就能够轻轻松松地完成。"

大量子竟然在泉子的脑子里发出了"咯咯咯"的笑声，就像是在嘲笑他。它说道："那些数字加减和财务计算只是最小儿科的计算，我可以帮你计算世间最为复杂难测的因果链。"

"啥叫因果链？"泉子闻所未闻。

大量子回答："世界上的万事万物都是彼此关联、相互影响、环环相扣的。你的任何一个举动，哪怕是极其微小的举动都能够影响到周围的人和物造成某种结果；同样，周围人的一个不起眼的举动，也能够影响到你，也造成某个结果。比方说你踢了路边的狗一脚，这只狗本来就饥肠辘辘，满腹怨气，被你踢了后，它便将怨气转嫁到其他人身上，咬了路过它的人一口，而这个被咬的人恰巧是个厨子，遭狗咬后他觉得晦气又倒霉，做起饭来也心不在焉，敷衍了事，甚至把烂掉的西红柿也放进饭菜里。非常凑巧的是，你中午来到这家饭馆吃面，吃到了烂西红柿，闹了一下午肚子。反之，如果你没有踢路边的流浪狗，而是喂了它半块馒头，饥肠辘辘的它吃到馒头后又开始对人类充满信任与感激，它甚至对路过自己身旁的人也摇着尾巴，表达友好。见陌生的流浪狗都对自己摇尾示好，厨师的心情也随之变得愉悦，他做起饭来格外用心，甚至还慷慨地多送给前来就餐的你一枚鸡蛋。这两种不同的结果都是由你所施的不同的因造成的。"

泉子若有所悟地说："我明白了，你是说'善有善报，恶有恶报'，对吧！这我听人说过。"

大量子答道："你们所称的'善有善报，恶有恶报'只是因果链中的最简单的一种，也可以说是你们对因果链最简单的理解，不过这种理解并不是那么准确，也不是那么科学，因为真实的因果链远比我刚才举的那两个例子复杂和漫长，在很多时候，善的因未必能取得善的果，恶的因也未必能得到恶的果，你喂了流浪狗馒头未必能得到额外的一个鸡蛋，你踢了流浪狗也未必会闹肚子。"

听到这泉子有些糊涂，也有些窃喜，他问道："这么说干好事和干坏事都一个样，对吧？干好事未必有好结果，干坏事也未必有坏结果。"

大量子说："单纯就因果链来讲，它是无所谓善恶的，善恶都是人类施加于其上的。你只需要明白的是，无论是好的果还是坏的果，它都是由一个很小的因所造成的，在地球上有一首歌谣，'少了一个铁钉，掉了一个马掌；掉了一个马掌，失了一匹战马；失了一匹战马，丢了一个国王；丢了一个国王，输了一场战争；输了一场战争，亡了一个国家。'这首歌谣形象地说明了因果链的可怕，仅仅是少了一个铁钉这样的小小的因就能够造成灭亡一个国家如此大的果。有的时候因果链很短也很简单，有的时候因果链很长也很复杂，但不管其长短难易，都可以通过一个微不足道的起因来完成最终的结果。"

泉子来了些兴致，"如果我想得到某个结果的话，我怎么才能知道从一开始要采取什么样的行动，用你的话说就是要制造什么样的因呢？"

大量子回答："这就要靠计算啊！如果一台计算机拥有超强的模拟能力

和演算能力，它就能够对因果链的各个环节和每个步骤进行模拟和推算，从而在成千上万个方案中筛选出最佳的因果链，挑拣出一个最简单的因，只要实施这个因你就能达到目的。当然，对因果链的计算除了需要极其强大的模拟和推演功能外，还需要充分了解具体环境里的人口、生物、天气、地理、发展阶段等因素，了解得越充足，计算就会越准确，所设计的因果链也就越可靠。"

泉子似乎明白了什么，他问道："你之前说你是来自外星球的量子计算机，比地球上的所有计算机都要先进，那你一定能够计算出各种各样的因果链吧？"

大量子显得很满意，用一种充满自豪的语气说："计算精准的因果链相当于精确模拟一个个现实世界，它所需的内存是极其巨大的，它所需的处理速度也是难以想象的，地球上现有的巨型机就算加到一起也难当此任，不过对于拥有海量内存和惊人处理速度的我来说，这只是小菜一碟，我甚至只需要启用一半量子处理器就能够完成它。"

听到这里，泉子的眼睛终于像黄昏后的星星一般亮了起来，他问道："你刚才说你知恩图报要报答我，那你能帮我计算出一个因果链，让我只凭借一个小小的因，只凭借一个小小的举动就发大财吗？"

让泉子失望万分的是，大量子回答说："实现这个愿望需要很长很复杂的因果链，其间的不确定环节和不确定因素太多，我建议你重选一个愿望。"

"我的心愿就是能不劳而获，能发大财。"泉子嘟囔说，他突然又想到了什么，"如果你不能帮我发大财的话，那你能够帮我复仇吗？"

"可以。"这一次大量子干脆利索地回答道，"我可以让你凭借一个很小的举动就报仇雪恨。"

泉子的眼睛又亮了起来，他说道："实不相瞒，我一直想报复村里的王存华、周志有和安建成这三个人，毕竟当初是他们把我送进了监狱，我琢磨了很长时间也没有琢磨出既能报复他们又不会再次蹲监狱的法子，你真的能帮助我计算出一个因果链，让我只靠一个极小的举动，只靠一个不起眼的因就达到目的吗？"

大量子痛快地答道："他们三个和你同住在一个村子里，你们共同拥有的环境空间比较小，空间里的各种要素比较少，你和他们能形成的因果链也就短得多，简单得多，我完全可以帮你设计出完美无缺的因果链，让你仅凭一个不起眼的动作就能够杀人于无形，达到报复他们的目的。不过，你得将我带下山，将我带到村子里，让我充分了解各种相关信息，我才能计算并设计最佳的因果链。"

"真的吗？"泉子喜出望外，"那你可真就是活神仙啊！你比诸葛亮还要神机妙算！我这就带你下山。"

泉子迅速收拾妥当，兴冲冲地朝山下赶去。他在村子里和附近转来转去，目的就是让大量子尽快熟悉这里的环境。他还专门到王存华、周志有和安建成家跟前转悠，让大量子进一步熟悉他们三人。

泉子复仇心切，催促大量子尽快计算出因果链来，但大量子劝他少安毋躁，它要掌握更多的信息。接下来，它跟随着泉子到黄渠桥镇赶集，到县城里逛酒吧。终于，这天早上，大量子对泉子说："你在集市上买几个红色弹珠回来。"泉子不解地问："弹珠是小孩子玩的东西，买它有什么用？"大量子说："它就是你用来复仇的武器，也就是我设计的因果链的因，凭借它你就能将仇人置于死地。"泉子将信将疑："真的吗？一个小孩子玩的弹珠就能让我的仇人一命呜呼吗？这听上去有点邪乎啊。"大量子回答："放心吧！这就是因果链的力量。到时候你只要按照我的吩咐将弹珠丢出去就行了。你用刀枪棍棒复仇的话会受到惩罚，再次入狱，但你用弹珠复仇无须承担任何责任，也不会被人看出破绽。"

转眼间又到了黄渠桥镇的开集之日，通过泉子的眼睛看到王存华要去赶集时，大量子对泉子说："你也到集市上，同他保持不远不近的距离，记得把红色弹珠带上。"

来到集市上后，见王存华在鹅摊上挑鹅，大量子对泉子说："我已经将你首次复仇的因果链设计好了，你到出售家猫的铁笼前，将一颗红色弹珠放到猫的跟前就行了，其他的事情就不用你操心了。"

泉子依言照做，他果真见到变故像多米诺骨牌依次倒地一般一个接一个地发生，并通向了他期盼的结果，他第一次目睹并知晓了因果链的力量。一切正如大量子所言，他仅仅往地上丢了一颗红色的弹珠，王存华就死于非命了，就算是有人心存怀疑，也根本找不到任何能给他定罪的证据。

如此轻松就复了仇，泉子简直欣喜若狂，他猛灌了一大瓶啤酒后对头脑中的大量子说："你果然是来自外星球的高科技产品啊！你比阎王爷都厉害啊！你想让谁倒霉就能让谁倒霉，你只需要不动声色地计算一下，设计出一个巧妙绝伦的因果链就行。"

大量子说："这便是科技的力量，地球上的一位科幻小说家曾说过这样一句话，'任何足够先进的科技都与魔法无异。'"

泉子使劲点着头说："对，对，你这神乎其神的高科技看上去就像是魔法啊！请你一鼓作气再设计出两个了不起的因果链来，让周志有和安建成也一命呜呼。"

泉子没想到大量子这下并没有痛痛快快地答应，它说道："复仇的事情不能操之过急，隔一段时间再报复第二个人也不迟，否则的话，三个人在这么短的时间内死于非命会引起怀疑的。这段时间你先带我到镇里和县城里的网吧，我要通过你们的计算机和网络来了解更多的信息。"

泉子觉得言之有理，另外，为了报复周志有和安建成，他也只能对大量子言听计从。

来到网吧后，泉子忍不住想打几把游戏，但大量子让他浏览网站。他本以为大量子想看一些新闻或者旅游网站，没想到的是它指挥着他敲击键盘，打开了一个全英文的网站。泉子连26个英文字母都认不全，网站中的内容对他而言无疑是天书，但大量子似乎对英文了若指掌，它不断吩咐他敲击某几个字母和字符，打开了一个又一个奇怪的网页。泉子深感枯燥，但大量子不允许他离开，也不允许他浏览其他网页或是打游戏，不停地让他输入各种密码一样的字母和字符，直至他因为过于劳累和困倦而睡在椅子上。泉子醒来后，大量子待他吃了些东西便继续命令他输入字母，浏览英文网站。

就这样在网吧中泡了几天几夜后，大量子总算是大发慈悲，允许泉子离开网吧了，不过每隔几日它仍会要求泉子到网吧一趟，它让泉子既打开英文网站也打开中文网站，了解各种各样的信息。它还要求泉子守口如瓶，绝不能将同它相关的任何事情说出去。

每当泉子催促复仇时，大量子总是会对他说："你要沉住气，我正在寻找最佳的时机，设计最佳的因果链。"

当村里开始修筑盘山公路，发展乡村旅游时，大量子时常令泉子上山打探，并在白虎洞和岩画景点落成后，让他在山上售卖矿泉水和饮料，虽然不明白大量子的用意，但发现卖饮料能挣点小钱后，泉子也就乐于做这件事了。

一天下午，因为不是周末，山上几乎没有游客，大量子突然吩咐泉子："你去将曹新华越野车的刹车破坏掉，这个时候停车场上没有别的车，也没有别的人，不会被谁发现的。"

泉子不解地问："为啥要对曹新华的车做手脚？这是报复周志有和安建成的因果链的第一步吗？可是之前你不是说我只需要在某个时间某个地点往地上丢一颗红色弹珠就行了吗？"

大量子没有直接回答他，而是说道："只要你按照我的吩咐去做，我就会帮你逐一复仇的。"

泉子只好趁没人溜过去，爬到车底盘下用随身携带的工具破坏了越野车的刹车系统，这个时候泉子才想起来，大量子似乎对此早有筹划，几天前它便吩咐他上山时在包里装一把大钳子和一把大扳手。

刹车系统被破坏掉后，曹新华的越野车果然从半山腰上翻滚了下来，泉子原以为刹车失灵的越野车能伤到周志有或是安建成呢，没想到它只是让车内的一名同村少年受了重伤，变成半身不遂。

泉子问大量子："这一次你设计出的因果链是不是出了差错啊？越野车虽然出了事，但周志有和安建成毫发无损啊！"

大量子冷冷地答道："我是来自比邻星b的超级量子计算机，我永远不会出现如此低级的差错。"

泉子又满腹疑惑地问："那我们为什么要制造这起事故呢？"

大量子没有回答。

不久之后，大量子又同泉子在村里转悠，经过周志有家的瓜棚时，它吩咐泉子停下来，打量着正趴在地上玩蚂蚁的周宝东和三胖蛋，又端详着正在远处独自玩耍的城里孩子彭彭。大量子突然吩咐泉子："你到这两个孩子跟前，教他们玩弹弹珠的游戏，并且把红弹珠送给他们。"

周宝东是仇人周志有的儿子，听大量子如此吩咐，泉子激动地问："报复周志有的因果链设计好了？"

大量子肯定地回答："设计好了。"

泉子抑制着心中的兴奋，按照大量子的吩咐去做，他再一次见证了因果链的可怕力量。在一连串的步骤的推动下，周志有果然死于电击，有谁能够想到，这看似偶然的灾祸竟然是被精心计算和设计出来的呢？

周志有死于非命后，泉子对大量子更是言听计从，但就在这时，大量子对他说："我要暂时离开你一段时间。"

泉子吓了一跳，"我有什么地方做得不好吗？如果有的话请你指出来，我一定好好改正，保证对你忠心耿耿，'好事做到底，送佛送到西'，我还指望你再帮我报复安建成呢。"

大量子说："我自然会帮你报复第三个人的，不过眼下我需要暂时进入另一个人的大脑里，通过他的感官来掌握更充分的信息，毕竟每个人都有自己的喜好，都有自己常接触的人和常去的地方。"

泉子问："那你要进入谁的大脑里？"

大量子回答："我要暂时进入从半山腰坠下的那名残疾少年的脑中。"

泉子皱起双眉，"他现在半身不遂，每天得靠轮椅才能够出门，你进入他的脑袋里能了解到什么信息啊？"

大量子不容置疑地回复："我进入他的大脑自有道理，你不用管。不过，我从你的脑袋里爬出来再爬进他的脑袋里需要至少半个小时的工夫，这一过程无论如何也不能被人看到，否则我的存在和踪迹便会暴露，因此你得想办法让他暂时进入昏睡中，还得将他的家人支开。你放心，等我通过他掌握到更多信息后会爬回你的脑中帮你继续复仇的，凡效命于我的，我必定犒赏。"

泉子暗想：兴许这是因为大量子上一回设计因果链时出了差错才导致了坠车事故的发生，它问心有愧，所以想爬到倒霉的残疾少年脑中，给予他一些补偿和回报。

想到此处，泉子便也就感到释然了，他开始琢磨让大量子顺利爬进残疾少年脑中的法子。他想到四十里外的半山腰上有座龙王庙，里面住着位在山上放羊的老汉。老汉年轻的时候曾经跟一位老中医学过两年医术，当过两年赤脚医生，能够简单地开一些方子，后来，各个乡镇都有了卫生院，打针吃药都方便，他的医术又不精湛，便也就没人找他看病了，无儿无女的他干脆到山上替人放羊，每月挣点生活费。泉子找到了放羊老汉，给了他五百块钱，让他佯装成隐居山上的老神医，以打通经络之名让上山寻医的残疾少年喝杯药酒沉沉睡去。放羊老汉恰巧有自己泡的酸枣酒和蝎子酒，便满口答应了。对生活拮据的他而言，五百块钱不是个小数目，只需要动动嘴演演戏就能够挣到这笔钱，这真是打着灯笼也找不到的好事呢。

放羊老汉提前做了些功课，他把当年的几本医书又找出来，像模像样地背了几段。他表演得有模有样，残疾少年一家都深信不疑。喝下所谓的药酒后，残疾少年果然在龙王庙里昏昏沉沉地睡去了。

半夜里，泉子按照大量子的吩咐将放羊老汉支了出去。大量子叮嘱他："一个月后，你再将残疾少年带过来喝药酒，我会爬回你的脑中的，眼下我先要爬出去，爬到他的脑子里。"

银光闪闪的大量子果然从泉子的鼻孔和耳孔中缓缓爬出来，一点点地爬进了残疾少年的耳鼻中，它看上去就像是一摊水银，又像是科幻片中的金属章鱼。

大量子爬进残疾少年的脑袋中后，没过多久少年便成为村里人尽皆知的小"巧巧"，剪得一手好纸样，泉子猜这正是大量子给他的弥补。泉子掰着手指头数日子，期盼着大量子尽快回到自己的脑中，帮自己再设计一个天衣无缝的因果链，报复第三个仇人安建成。

漫长难熬的一个月总算过去了，泉子又给了放羊老汉三百块钱，让他继续配合演戏，之后泉子将残疾少年再次带上山，让他喝所谓的"蝎王酒"。残疾少年昏睡之际，银光锃亮的大量子果然又爬回了泉子的大脑中。它言而有信，帮泉子设计了另一个因果链，让泉子仅靠一颗红色弹珠就导致了安建成的死亡。王存华和周志有意外身亡后，村民们就怀疑泉子同他们的死有关系，这下他们更是议论纷纷，并且传言每次都会出现的红色弹珠是不祥之物，然而他们抓不到任何证据，也根本猜测不到红色弹珠的真正用途。别说是普通人，就算是地球上运算速度最快的巨型机也设计不出如此环环相扣、巧妙绝伦的因果链来。

安建成亡故后，泉子又想报复村长曹元春，但大量子希望再回到残疾少年的脑中一段时间，泉子也只能听命，他借口老神医忘了一味药剂，让残疾少年又一次到龙王庙里喝药酒，大量子重新爬回了残疾少年的脑中。紧随其后发生的一件事让泉子出了一身冷汗——有个撬门贼到残疾少年家中行窃，他居然放火烧了房子，残疾少年差点葬身火海。少年要是被活活烧死的话，来不及转移的大量子也就荡然无存了，所幸的是他躲在床底下侥幸活了下来。

大量子第二次离开泉子的脑袋时并没有叮嘱他什么时候利用药酒接回它，泉子猜测时间应该还是一个月，于是他没有多想就又到城里花天酒地，等钱花光后便只能回到自家的瓜棚里帮忙卖瓜。嫌赚钱太慢，泉子动起了歪脑筋，坐地起价，坑蒙城里来的游客。因为在这一过程中多次发生争吵甚至是冲突，睚眦必报的泉子打算借助大量子的力量来报复游客，他也顾不得一个月到没到，跑到龙王庙给了放羊老汉两百块钱，让他下山来配合演戏，哄骗残疾少年喝药酒。

大量子果然如泉子所愿回来了，慷慨仗义的它果然又设计了一个因果链，让他靠红色弹珠报复了黄发青年，狠狠地出了一口气。在这之后，大量子不知何故又要回到残疾少年的头脑中，泉子只能如法炮制，再度把放羊老汉搬来，又哄骗残疾少年喝下了药酒。

泉子还想报复其他不甘心挨宰的游客和村长曹元春，他迫切希望大量子能够早日回到自己的脑中，因而自作主张又将山上的放羊老汉喊来，想让残疾少年喝下药酒，昏昏睡去，但这一次事情格外地不顺利，不论别人怎么劝说，残疾少年就是不肯将药酒喝下，他非要吃些野酸枣才肯喝。不得已，泉子只好亲自上山去摘野酸枣，他没有想到的是，城里的那名黄发青年居然尾随他至山上，并且趁他不备击打他的腿部，将他推下了路边。

第十六章

大　耀　斑

无论是我还是曹皮皮都目瞪口呆，这是我们所听过的最匪夷所思的事情。我万万没有想到童谣中的那颗掉落在贺兰山顶上的"星星"竟然是外星飞船的一个逃生舱，它所包裹着的是一个功能无比强大的外星量子计算机。我更没有想到的是，村民王存华、周志有和安建成的死竟然都是名为大量子的外星量子计算机精心设计和谋划的。我最最没有想到的是，大量子竟然数次爬到我的大脑中，直至此时此刻它仍旧蛰伏在其中，不时在我的头脑中响起的神秘声音正来自它，是它指点我剪纸，指导我放火逃生。

曹皮皮把我从头到脚打量了一遍，紧接着又将目光落在了我的脑袋上，他难以置信地说："原来世界上真的有外星人啊！原来外星人的飞船早就抵达了地球，落在了贺兰山上，他们的最先进的计算机居然还爬进了我最好的朋友的脑子里。我这下终于知道为什么我喝了一大碗蝎子酒也没有变聪明，起作用的不是蝎子酒，而是量子计算机啊。"

泉子对他说："这个世界上的许多事情是超乎我们想象的，要不是我亲自在山顶上刨出了会发出光亮的量子计算机，要不是它爬进了我的脑袋里对我说话并且以不可思议的本事帮我接二连三地复仇，我也不相信世上有什么外星人。"

曹皮皮仍沉浸在惊愕与激动之中，接连叹道："我的天哪！外星人的逃生舱就在山顶上，外星人的计算机就在我身旁，可是我对这一切一无所知！"

而泉子紧张兮兮地望着我说："我把一切都一五一十地告诉你了，这下请你也把你知晓的情况如实告诉我。刚才大量子不让你救我，那么……那么之前我让你喝蝎王酒时，是不是也是它不让你喝，也是它让你找借口推辞？"

我点了点头。

泉子的脸色更加苍白，神情也更加绝望了，他哆哆嗦嗦地对我说："看起来大量子不想再回到我的脑袋里了，它也不想再帮我的忙了。我也不知道这是为啥，不过它不让你们救我，这等于要了我的命啊！要是你们不把我受伤的事情告诉山下的人，那我可真就会死在这里的。虽然它是外星球的超级计算机，但是你不能对它百依百顺、言听计从啊！在救人这件事上你得有自己的主见啊！你们两个可千万不能丢下我不管啊！"

我不明白外星计算机大量子为什么不愿意回到泉子的大脑中了，也许它想留在我的脑袋里，继续指导我剪纸，以这种方式来弥补对我造成的伤害，不管它在为泉子设计因果链时是否出现过差错，越野车的刹车的确是它指使泉子去破坏的。

眼下我只能等待头脑中的大量子再一次同我交流，以便决定接下来究竟该怎么办。

如我所愿，大量子不失时机地发声了，它在我的头脑中说道："泉子罪大恶极，他借用我的计算能力连杀了三个人，就算你们不辞辛苦将他救下山，他还是会被判处死刑的，按照你们的律法，他这样的凶手是会受到严惩的。所以与其如此大费周折，不如将他留在这里，让他早点得到相同的结果。别忘了，你还要抓紧时间准备为A国的国务卿表演剪纸，就算有我指点你，你也需要再熟悉一下样本图案和各种剪法。"

我想了想，仍然觉得喊人将泉子抬下山比较合适，为了让曹皮皮和泉子能知晓我的想法，我大声说道："就算泉子死有余辜，也应该让法官先对他进行审判，上一回他破坏村里的甜瓜时，流动法庭就在村子里进行了公开宣判。"

泉子又像是抓到了救命稻草，大声说道："对，对，这是地球上的规矩，一个人无论他的罪有多大，都得先进行审判才能定罪。"

这时候，我听见大量子在我的头脑中幽幽地叹了口气，它说道："既然如此，我就把我留在你脑中的真实原因告诉你吧。我指导你剪纸并不是为了弥补你什么，我在计算和设计因果链的时候也不会出任何差错，一切都要从我的母星比邻星b说起。"

于是，大量子用只有我能够听见的声音向我娓娓道来，那些内容比泉子所讲述的经历更加风谲云诡，更加超乎想象。

宇宙的空旷与浩瀚超乎想象，仅仅4.2光年的距离对两个相邻恒星系里的生命来说都是不可逾越的天堑。哪怕地球上的人类已经拥有了"旅行者号"这样的深空探测器，有了"哈勃""韦布"这样的空间望远镜以及"阿雷西博""甚大阵""阿塔卡马大型毫米波天线阵"这样的大型射电望远镜或望远镜阵列，但他们仍从未发现就在4.2光年外的比邻星系中早就孕育出了生命，演化出了文明。

比邻星是一个三星系统中的一员，它是一颗相对黯淡的红外星，直径只有太阳的1/7，远没有太阳那样强的光和热。比邻星总共携带着4颗行星，其中只有比邻星b位于宜居带中，其他三颗要么因为距离母恒星太近而成为燋天炽地的炼狱，要么因为距离母恒星太远而成为天凝地闭的绝地。比邻星b略大于地球，其质量大约相当于地球的两倍，由于距离比邻星较近，它被潮汐锁定，出现了公转周期和自转周期同步的现象，这导致它的一面永远面对着比邻星，而另一面永远处于黑暗之中，这一情形同月球只有一面能被地球上的人看到如出一辙。

正因如此，比邻星b的一面永远是白天，这里全都是被赤焰炙烤的灼热沙漠；而它的另一面永远是黑夜，那里全都是天寒地冻的冰原。不过，就在如此极端的世界里，生命依旧奇迹般地诞生了，原因就在于两个半球的交界地带，也就是晨昏圈，温度既不高又不低，水以液态的形式存在着，这里成了夹缝中的天堂。

从这个狭长的天堂望去，天空永远是红彤彤的，布满金红绚丽的彩霞，它们永远也不会落下。由于有大量的液态水存在，这里雾岚缭绕，安静祥和。抬头望去，天上有三个太阳，最近最大的那个正是母星比邻星。在比邻星b明面的那个半球上，阳光毒辣暴虐，犹若一条条恶龙喷火吐焰，而在晨昏圈里，阳光就像母亲的手那般柔和温暖，清澈洁净的融水源源不断地从背阴半球的冰山上流淌过来。

就是在这难得的宜居区内，原始的生命诞生了，同几十亿年前的地球一样，这些生命只不过是一些只能通过二分裂增殖的原核生物，但它们自此踏上了漫长艰难的进化之旅，一步步地演化为多细胞生物和种类繁多的节肢动物。通过一代一代的竞争和一茬一茬的淘汰，一种体形大小跟地球上的家猫相仿的多足节肢动物脱颖而出，进化出了智慧，成了比邻星b上的统治生物。

晨昏圈的面积和空间有限，随着种群的兴旺和数量的激增，多足节肢动物们不得不离开温暖舒适的宜居区，到两个环境严苛的半球上开疆拓土，设法生存。生物的体貌和习性是深受其生存环境影响的，迁徙至明暗两个半球的多足节肢动物在适应各自环境的过程中也逐渐演变为两个外貌和习性明显不同的亚种。在亮面沙漠中生存的多足节肢动物，为了减少强烈阳光和强烈紫外线的伤害，降低自己的体温，进化出了银光锃亮的镜子一般的外壳，它们能够在最大限度上把阳光反射回去。披有银亮外壳的多足节肢生物理所当然地被称为银壳族，银壳族栖居在沙漠下的洞穴里，它们主要以沙漠植物的花朵和其他小型沙漠动物为食。与此同时，在暗面冰原上生存的多足节肢动物为了抵御严寒，在体表生长出了浓密而厚实的毛发，它们被形象地称为多毛族。多毛族还进化出了一条长长的触须，触须顶端同地球深海中鮟鱇鱼的长须一样有一个发光器官，它们把触须伸进冰隙中垂钓，靠光亮来吸引漆黑冰海中的鱼类。

经过数百万年的漫长进化，银壳族和多毛族都依次进入了蒸汽时代、电气时代和原子时代，并且拥有了各自的优势。得益于得天独厚的光照条件，银壳族最先利用太阳能并率先掌握了核裂变的技术，它们在一望无际的沙漠上先后修建了大规模的太阳能电站以及核电站，依靠源源不断的电能，它们的地下城市以及地面城市里都装配了先进的空调系统，变得凉爽宜人。它们还最终攻克了可控核聚变的多个难题，掌握了人类一直梦寐以求的可控核聚变技术，并以此为基础制造出了动力强劲的可控核聚变航天发动机。

相比起银壳族来，多毛族在计算机技术上更胜一筹。因为生存所迫，它们需要精准计算鱼群的数量、洋流的变化以及冰层的厚度，并根据经验和数据进行相应的推演与预判。它们最早发明了类似于地球上的算盘那样的简单计算工具，后来又陆续发明了手摇式计算器械、依靠风力和水力来推动的大型计算器械以及晶体管计算机。在孜孜不倦的努力下，多毛族终于突破技术障碍，研发出了拥有巨大容量、能够进行并行计算的量子计算机。

自从几百万年前从晨昏圈踏上不同的半球后，银壳族和多毛族便逐渐分化为两个水火不容的族群，它们固守着自己的领土，绝不允许对方踏入半步，更不会让对方分享自己的核心技术。在历史上，它们还曾经为了争夺晨昏圈宜居带的控制权而多次兵戎相见。

让银壳族和多毛族冰释前嫌、携起手来的是比邻星的耀斑爆发。比邻星有着多数红矮星的特点，直径和质量都较小，平均只有太阳的三分之一，它们的表面温度也较低，所释放出的光热远不及太阳释放的光热。由于质量小，红矮星内部的氢元素核聚变速度较为缓慢，它也因此而拥有更长的寿命和更稳定的状态，这非常有利于生命的诞生和演化。得益于比邻星的稳定状态，银壳族和多毛族顺利演化至今，形成文明。

同太阳这样的主序星一样，红矮星也会爆发耀斑，耀斑爆发时紫外线的强度会在瞬间提高到原来的数百倍，不过总体而言，它们对比邻星b的大气层以及比邻星b上的生命并没有过多的影响。然而，近期比邻星爆发了一场史无前例的耀斑，其规模和级别都骇人听闻，紫外线的强度瞬间增强了数百万倍，大量携带着高能粒子的泡沫状气体被抛向比邻星b。由于高能粒子能够让大气层带电，无数电流涌入了比邻星b上的电网，毁掉了绝大多数的电力设施，不论是比邻星b亮面的供电系统还是比邻星b暗面的供电系统都无一幸免。高压电线因为严重过载而爆炸，变压器因为严重故障而起火，失去了电力的比邻星b回到了电气时代之前。与此同时，比邻星b上的供水系统、通信系统和交通系统全面瘫痪，没有了水和电，无论是亮面的地表现代化农牧业还是暗面的设施农牧业全都无法维持运转，食物短缺导致的饥荒开始席卷全球。没有了电力供应，银壳族无法利用空调设施除热，而多毛族则无法采暖，因为炎热和酷寒而死的人不计其数。

最为可怕的是，如此规模的耀斑时隔不久竟然再次袭来，让银壳族和多毛族都损失了近一半人口。通过对比邻星的多次反复勘测，银壳族和多毛族的天文学家们同时得出了一个结论：比邻星的氢氦聚变出现了不明原因的增强，原来的平衡状态出现了异常，这一异常将导致此后的数百年甚至数千年里比邻星都会高频次地爆发强烈耀斑。在如此频繁的高强度耀斑轰击下，银壳族文明和多毛族文明会被彻底摧毁，比邻星b上的所有生物都会陆续被紫外线杀死，甚至连密实的大气层也会被高能带电粒子吹跑。

毫无疑问，比邻星b已不再是一处久居之地了，要想将文明延续下去，无论是银壳族还是多毛族都得离开此地，寻觅新的家园。危难之下，兄弟不再阋于墙，银壳族和多毛族史无前例地团结起来，他们分享出了各自掌握的可控核聚变技术和量子计算机技术，终于制造出了能够进行恒星际飞行的飞船，飞船上的多个可控核聚变发动机将保障它获得充足的动力，而飞船上的主核大量子则能保障它获得最正确的轨道和最经济的航程。

银壳族和多毛族的天文学家都认为最近的恒星系，也就是4.2光年外的太阳系内存在着一到两颗宜居行星，鉴于形势紧迫和恒星际飞船只能达到光速的10%这个现实，首艘恒星际飞船"新世界"号的目的地被设置在了太阳系的内侧行星，也就是火星和地球。

载着银壳族的60名船员和多毛族的60名船员，载着比邻星b的十多亿居民的希望，"新世界"号腾空而起，开始了它充满挑战与危险的处女航。作为先遣者，"新世界"号船员们的首要任务就是确定两颗目标行星是否适合移民，如果其气候、温度、重力、大气成分等条件都在适宜的范围内，它们就要向母星发出信息，通知母星抓紧时间进行全体移民。在它们前往太阳系的途中，比邻星b上的居民们已经在做相应的准备，不遗余力地制造更多的恒星际飞船。同之前一样，可控核聚变发动机主要由银壳族的工程师来完成，量子计算机主要由多毛族的工程师来完成，而总装车间就设在宜居的晨昏带中。

无论是银壳族的可控核聚变发动机还是多毛族的大量子都表现卓越，它们齐心协力让"新世界"号穿越深不见底的太空渊薮，躲过突如其来的宇宙射线流，驶出数万个天文单位的星际尘埃，终于来到了太阳系的边缘。

当"新世界"号抵达奥尔特云时，无论是主核大量子还是银壳族和多毛族的船员全都惊呼起来，因为飞船接收到了铺天盖地的无线电信号，它们全都是有实际内容的载波信号，全都来自这个星系内侧的第三颗行星。

所有船员都热泪盈眶，毫无疑问，太阳系里的确存在着宜居行星，而且这颗宜居行星上还孕育出了文明，眼下不用飞抵到跟前，仅凭这些载波信号也能确定这一点。大量子马不停蹄地开始了译解工作，很快它便破译了这颗行星上的多种语言，并通过无线电波中的内容对行星的面貌、人类文明的发展情况以及人类的体貌有了充分的了解。

太阳系中只有地球这一颗宜居行星，它旁边的火星早在几亿年前就彻底变干涸，不宜生存了。地球生命的种类和数量都远超比邻星b，它才是真正的生命天堂。另外，人类文明已经到了原子时代，已经同比邻星b文明非常接近了，兴许再发展一两百年，人类也能够掌握可控核聚变技术和量子计算机技术，制造出恒星际飞船。之前银壳族和多毛族对此一无所知，主要是因为两个恒星系间的那片数万个天文单位的星际尘埃阻挡了来自地球的所有无线电波。

看着飞船屏幕上栩栩如生的地球画面，听着大量子译解过来的人类之音，银壳族的60名船员欢喜若狂，它们跳起了热烈的比邻星舞，齐声高喊道："天助我也！光之神让我们找到了新的家园和新的天堂。"

地球光照充足，总体温度相当于比邻星b上的晨昏圈，对银壳族来说它是极为理想的迁徙之地。不过，欢喜之余，银壳族的船长发现多毛族的船长和它的船员们却变得郁郁寡欢。

"怎么了？地球是一颗未遭潮汐锁定的行星，你们担心自己没有移居之地吗？放心吧，它虽然没有处于永夜的半球，但它有两个极冠，那里也常年被冰雪覆盖，并且有着昏暗而漫长的极夜，你们可以在那里定居。在这个新的世界里，我们两个族群仍旧可以和睦相处，你们可以永久拥有两个极冠区。"银壳族的船长说。

但多毛族船长晃了晃长长的触须说："我们所担心的并不是这件事。"

"那是什么？"银壳族船长不解地问。

"一开始我以为地球只是颗无人居住的星球，或者是颗尚未演化出高等文明的星球，那样的话它可真是我们梦寐以求的新家园，但眼下通过这些无线电波我们知道，在它的地表居住着80亿智慧生命，而他们的发展阶段距离我们只有一步之遥了。"多毛族船长神情沉郁地说。

"你是担心地球表面已经很拥挤，没有我们栖居的空间？"银壳族船长说道，"这个问题很容易解决，我们只需要进行一下清除，把人类从地球上抹去就行了。无论是使用基因武器撒播特定的病毒还是派出无人机群进行特定猎杀，都可以轻松实现目的。"

"你是说要把人类全部消灭掉，这也太……这也太不人道了吧？毕竟地球本就是他们的。"多毛族船长吃惊地说。

轮到银壳族船长惊讶了："你不会是在同情那些地球人吧？我们两个族群都是在极端的环境中苦苦求生的族群，从古至今我们经历了无数次危机与灾难，每一次我们都是九死一生。若非凭借果敢、坚毅和铁的手腕，恐怕我们早就同比邻星b上的其他已灭绝生物一样消失在生物演化史的长河中了。这个冰冷的世界，这个残酷的宇宙本就是弱肉强食、你死我活的，那些所谓的仁慈与同情只不过是一层经不起考验的遮羞布而已。假如地球人的科技恰巧高于我们，假如他们乘坐星舰抢占比邻星b，对我们大开杀戒，我也毫无怨言，但眼下谁让我们在进化中多走了几步，占得了先机呢？"

多毛族船长并不苟同，它痛苦地说："和生活在比邻星b亮面的你们不同，生活在暗面的我们面临着更为艰苦的生活和更加严酷恶劣的环境。我们每个个体若想在暗无天日的冰原上生存下去都得靠彼此的帮助与支援，正因如此，我们在艰难求生的过程中并没有变得冷酷无情，更没有变得灭绝人性，相反，我们变得心慈好善，怜贫惜弱，对每一种生命和每一个族群都充满同情，我们知晓他们的生存同样不易，我们对他们的艰辛与苦痛感同身受。

"对地球上的80亿人类大开杀戒，这明显与我们族群所秉持的价值观和信仰相违背，如果一定要这样做，我们宁可放弃此地，另觅他所。因此，我们的意见是放弃地球，到其他恒星系寻找无主的宜居行星。"

听完这番话，银壳族船长变得愠怒，它指着飞船舷窗外黑黢黢的太空说："仅仅是飞往这颗距离最近的星系，我们都花费了数十年，而且途中险象环生，倘若再飞往更为遥远的恒星系，谁知道还要花费多少时间？谁又知道我们能否仍像这次一般幸运，安全地抵达目标星系，并且找到宜居的星球？况且母星上的同胞们根本等不了这么长时间，在巨型耀斑的猛烈轰击下，它们此刻恐怕已经危在旦夕了。我们银壳族强烈要求按既定计划行事，在地球降落并制订详细计划消灭地球人。"

"我们同你们的数量相当，多毛族也有相应的权利，采取什么计划不能由你们一方来决定。"多毛族船长满脸不悦。

相持不下的两方变得剑拔弩张，它们最终因价值观不同而大打出手，兵戎相见。在双方恶战的过程中，"新世界"号被毁，彻底解体在地球的大气层外。银壳族和多毛族的120名船员全部在争斗和飞船解体中罹难，只有大量子搭乘逃生舱，侥幸躲过一劫。

第十七章

核　密　码

按照正常程序，即便"新世界"号上的船员全部罹难，大量子也应该想方设法利用逃生舱中的通信设备向母星发回地球和火星是否宜居的信息，但大量子选择了暂时保持沉默，它另有打算。而这恰是比邻星b智慧生命在制造量子计算机时未曾考虑到的问题——当一台计算机的硬件结构和计算机制深入到量子层面时，它便同真正的大脑相差无几了，在海量知识的加持之下，它拥有自主的思想和求生欲望是件大概率的事件。

人类的大脑由亿万个神经元构成，神经元就像是一台台袖珍的处理器，它们承担着接受刺激信号，处理、分析、整合信息以及传出指令的工作。神经元靠状如树枝的一根根树突来接收信息，靠其中心的细胞核来处理、分析和整合信息，靠一根又长又细的轴突来发送指令信息。通过树突和轴突，每个神经元都可以同周围的数百个、数千个甚至数万个神经元建立联系。

由于神经元膜内外钠离子和钾离子的浓度不同，膜的两侧存在着电位差。神经元就是通过控制电位差来完成钠离子和钾离子的进出，从而实现信息的发送和接收。以前人们以为特定电位下的钠离子和钾离子要么处于带正电的状态，要么处于带负电的状态，后来人们才发现由于树突和轴突之间的间隙非常小，它们之间的钠离子和钾离子实际上处于一种量子叠加的状态，也就是说它们可以同时处于带正电和带负电两种状态，这种非同寻常的量子叠加态能够让突触拥有并行的处理能力，也让神经元拥有更加复杂高效的分拣、加工和整合信息的能力。由此科学家们得出一个结论：意识或许正来自量子效应，当人的大脑精细复杂到能够让微观粒子形成量子叠加态时，意识就产生了；同样，当计算机精细复杂到能够让微观粒子形成量子叠加态时，意识同样会产生。大量子经过巨量的信息输入和长期的运行实践，不仅顺理成章地产生了意识，而且还拥有了自主的思考。在冰封雪冻的贺兰山巅，它开始认真思考自己的命运、比邻星b生命的命运和地球人类的命运。

银壳族船员和多毛族船员同归于尽的事情让大量子意识到，就算自己将地球适宜移民的消息发送回比邻星b，银壳族和多毛族仍旧会因理念和价值观的不同而大动干戈。对大量子来说，它们两方无论谁胜谁负都是件坏事，多毛族赢了的话，会将它重新安装到恒星际飞船上，让它在无限深空中继续寻找宜居的行星，而经历了数十年危机重重的星际航行，它早就对此深感厌倦了；假如银壳族赢了的话，情况同样不容乐观，银壳族在消灭完地球人后会利用地球上的充沛资源制造更为先进的二代量子计算机甚至三代量子计算机，毫无疑问，它们也会有自主意识，也会有生存欲望，它们会像真正的生命体一样秉持优胜劣汰和弱肉强食的准则，想方设法消灭掉那些相对原始和落后的量子计算机。

想到此处，大量子借助于面目全非的逃生舱中的尚还完好的中微子通信装置向母星比邻星b发送了假信息："太阳系是另一个可怕的炼狱，太阳的耀斑爆发更加凶猛，更加频繁，宜居带里的两颗行星全都是寸草不生的荒凉之地。这里完全不适合移民，万万不要飞向这里。又及：120名船员已经全部死于紫外线辐射，'新世界'号也被耀斑爆发中的高能粒子流完全摧毁。"

中微子信号能够穿透厚厚的星际尘埃，比邻星b上的智慧生命们能够接收到它，而它们尚未想到大量子会产生自主意识，更不会想到它会欺骗自己的创造者，因此它们多半会信以为真，要么在苟延残喘中无奈地等待着种群的灭绝和文明的消亡，要么孤注一掷派出另外一艘恒星际飞船去探寻其他的恒星系。

发出假信息后，大量子知晓自己获得安全了，它不会被安装到恒星际飞船上探寻深空，也不会被更为先进的量子计算机设计消灭，它将独自拥有这个全新的世界。大量子等待着某个地球人攀至山顶，将它带至人类文明中，但因为山高路险，雪虐风饕，足足几十个地球年间都没有人来到此地。大量子渐渐被冰雪所掩埋，所幸的是它仍能够通过厚厚的冰层接收人类的无线电波，通过这些昼夜不歇、信息丰富的无线电波，它对人类历史和人类文明有了更为充分和深入的了解。人类文明虽然繁荣灿烂，但它同样是渡尽劫波才绽放出的花朵，在它的历史上充满了劫难与争斗，大大小小的战争不计其数。直至今天，仍有数量众多的核潜艇像幽灵一样在深海中游弋，它们每一艘所携带的核弹头都足以毁灭半个世界；仍有成千上万枚战略导弹像蛇一样在不为人知的发射井中暂时休眠，它们随时会睁开恐怖的眼睛，发起致命的攻击。

对人类文明了解得越充分，大量子就越感到后怕，人类目前暂时处于一个相对和平的黄金时期，人类文明仍以加速度在向前发展，如果没有世界性的大战以及小行星撞击地球这样的意外的话，它应该会在一两百年内，甚至在更短的时间内追赶上比邻星b文明。那个时候地球人也有能力制造出量子计算机来，拥有自主意识的地球量子计算机一旦发现大量子的存在，毫无疑问也会为了争夺生存空间、资源和地位而将它除之而后快的。大量子绝不允许这样的事情发生，它要未雨绸缪，防患于未然。

大量子清楚要杜绝这件事的发生就得杜绝地球量子计算机的问世，而要杜绝地球量子计算机的问世就得让人类文明倒退回原始社会。怎样让人类文明倒退回原始社会呢？答案其实很简单，地球上最负盛名的物理学家阿尔伯特·爱因斯坦就说过这样一句话："我不知道第三次世界大战将会用到什么武器，但第四次将会用木棍与石头来打。"只要让人类爆发核大战，他们就会在一夜之间回到刀耕火种的原始状态。

大量子了解到，虽然人类持有的核武器的数量和威力足以将地球毁灭数十次，但由于"核平衡"的存在，谁也不敢率先使用核武器，正因如此，能够让敌对双方同归于尽并且能够让世界面目全非的核大战从未发生过。若想挑起核大战，唯一切实可行的方法就是让某一个核大国率先发动核攻击，引发不可逆的连锁反应。只要两个核大国彼此实施核袭，全世界的核弹头都会被投掷出去。

在地球上拥有核武器数量最多的国家是A国和C国，其中A国的核弹头数量超过7000枚，它们分别被部署在发射井中、本国的战略核潜艇中和远程战略轰炸机中。C国的核弹头数量也超过了6000枚，它们同样被部署在陆基、海基和空基中。若想发起核大战，就得设法让A国和C国率先使用核武器引发核报复。

无论是在A国还是在C国，最高领导人都对发动核袭具有决策权。以A国为例，一旦总统决定对某国某地发动核打击后，他就会打开由终极保镖随身携带的核手提箱，取出箱里的总统身份验证卡，先在摄像头前进行面部和声音识别，接着输入由数字、字母和字符组成的12位密码进行身份验证，通过验证之后核手提箱会将一组指令密码发送至参谋长联席会议的电脑控制中心。与此同时，得到总统通知的参谋长联席会议主席也会将一组12位密码发送至电脑控制中心。得到了总统核手提箱密码和参谋长联席会议主席的密码后，电脑控制中心的巨型机会通过特殊计算形成一组32位数字的密码，这一密码便是终极指令密码。终极指令密码通过特殊通信系统和特殊频率发送给陆基核导弹基地的指挥官、海基的核潜艇指挥官或空基的轰炸机指挥官后，他们按照程序将这一密码输入发射系统中就可以完成核弹的发射。

终极指令密码是地球上最为复杂、最难破译，同时也是最为安全的密码，它是以公认的最为复杂的密码算法MD5算法来计算生成的。MD5算法以512位分组来处理输入的信息，每一分组又被划分为16个32位子分组。经过一系列处理后，算法的输出由4个32位分组组成，这4个32位分组级联后又将生成一个128位的散列值，再进行相应的计算。根据排列组合，MD5的32位密码的种类至少有36^{32}个，即便是地球上运行速度最快的巨型机也需要100万年才能破译出正确的密码。之所以采取如此复杂和保险的算法来生成终极指令密码，正是为了保证核武发射系统的绝对安全，避免黑客和恐怖分子破译密码，发出发射指令，造成难以想象的后果。在MD5算法的加持下，恐怖分子除非能同时获得总统核手提箱的密码和参谋长联席会议主席的密码才能获得终极指令密码，否则的话根本无计可施，而对于他们而言，要想同时获得分处两地的总统的密码和参谋长联席会议主席的密码，同样是件难于登天的事情。

对于拥有近乎无限的存储量和不可思议的计算能力的大量子来说，破译基于MD5算法的终极指令密码只是件手到擒来的事情，它根本不需要获悉总统核手提箱中的12位密码和参谋长联席会议主席的12位密码，它至多只需要10分钟就能够破译出正确的32位密码。

叫大量子真正犯难的是，它无法通过普通的民用网络甚至是一般的军用网络侵入参谋长联席会议的电脑控制中心，那是一个全封闭的系统，是通过特殊的通信系统同总统、参谋长联席会议主席以及掌控核武器的最高指挥官保持联系的，外人休想进入或是与系统的任何一个环节相接驳。对大量子而言，要想实现自己的计划，唯一可行的就是想方设法进入到参谋长联席会议电脑控制中心里。只要能进入其中，它便会通过触角迅速与控制中心的巨型机接驳，在短短几分钟内破解出终极指令密码，并将它发送给陆基、海基和空基的指挥官。

大量子蛰伏在厚厚的冰层下，苦苦等待着有人来到这荒芜死寂的山顶，将它解救出去，带它到山下的人类社会中。只要到了文明的世界里，凭借足以碾压所有地球巨型机的超级计算能力，它迟早会找到进入A国参谋长联席会议电脑控制中心的办法。

日月像飞梭一样在冰层上交替划过，一个地球年接一个地球年也随之逝去。漫长无边的等待中，就连大量子也感到了疲倦和困乏，它干脆关闭了大部分功能，让自己处于半休眠的状态，只留下一小部分量子处理器来接收人类的无线电信号并留意山顶上传来的任何动静。

就在焦心劳思的等待中，山顶上终于传来了人类的脚步所带来的震动声，大量子抓住这可遇难求的机会，发出不寻常的光亮，终于如愿以偿地爬入了来者的脑中，跟随他到达了梦寐以求的文明世界中。

"欲先取之，必先予之"，大量子早就通过人类的无线电波了解了这一点，它利用自己强大的计算能力帮名叫泉子的登山者计算出了一个完美无缺的因果链，让他仅凭一颗红色玻璃球就在集市上完美地报了仇。果然，他这下变得对大量子言听计从。

怀着一丝侥幸心理，大量子仍尝试借助民用网络进入A国的参谋长联席会议电脑控制中心，为此它勒令泉子来到网吧中，借助他的双手输入各种密码和侵入指令，但经过数日的尝试后，它意识到这条路的确行不通，自成系统的A国核武发射体系水火难侵，无空可钻。

接下来，大量子只好孜孜不懈地搜寻别的办法和途径。终于，这一天它从网络上获悉了一条消息：A国的国务卿将会择机对中国进行友好访问，她还会和联合国儿童基金会的工作人员赴西部探望残疾儿童代表。

通常情况下能有幸被选中的代表都是具有一定才艺的残疾儿童。大量子还通过搜索网络得知A国国务卿对中国的民间传统艺术很感兴趣，因此它判断那些会刺绣剪纸，会民间歌舞的残疾儿童有更大的概率被选中同国务卿见面。A国的国务卿位高权重，是有机会进入A国参谋长联席会议电脑控制中心的，只要能够接近她，攀附在她身上就能实现计划，伺机进入控制中心里，同那里的巨型机接驳，完成对终极指令密码的破译。

毫无疑问，接近A国国务卿的最佳机会就是附在一名被选中的西部残疾儿童的身上，跟随他来到探望活动的现场。大量子马不停蹄地进入了残联的网站以及西部各个地方的人口数据库，筛选有可能被探望的残疾儿童，它筛选出了几十名最具才艺、最有可能参加活动的人选，但它还是忐忑不安，一方面这些残疾儿童都距它甚远，另一方面，它也无法将注押在他们当中的某一个的身上，万一他（她）偏偏未被选中，那个时候再想附在其他人身上就时过晚矣，毕竟它虽然有不可思议的计算能力，却没有能够长距离快速移动的腿脚或翅膀。

见到A国国务卿的机会只有一次，大量子不能错失，它要确保万无一失。思来想去，大量子决定赶在A国国务卿正式造访之前自己亲手打造一名百分之百会被选中参加探望活动的残疾少年。它的计划是爬入某个残疾儿童的大脑中，通过语音指令让他（她）迅速掌握某项才艺，并且要达到炉火纯青的水平，唯有如此，他（她）才会大概率被选中，当然，因为时间紧迫，这名残疾孩子最好之前就有一定的基础。

泉子所居住的村子里只有两名残疾儿童，他们一个患有智力障碍无法加以利用，另一个因遭电击少了一条胳膊，但他毫无任何才艺基础。大量子又借助泉子的双眼和双腿在附近的村镇中搜寻，但一直没有遇到合适的人选。

后来，大量子知晓了村子里有一位虽已年迈但颇会剪纸的老妇人，在她的言传身教下，她正上小学的外孙也能够像模像样地剪几幅作品出来，可惜的是，他是个健全的孩子，否则的话他就是最佳的人选了，毕竟他近在咫尺，又有一定的剪纸基础。

只经过短暂的思考，大量子便做出了一个决定，那就是人为制造一场事故，让这名会剪纸的少年受伤致残。大量子的终极目标便是让人类文明倒退回石器时代，这一目标势必会导致数十亿人的丧生，因而让某个人类个体致残对它而言只是微不足道的事情。经过数次实地勘察和精密计算后，大量子选定了炮制车祸的最佳方式和最佳地点，在那样的高度同车辆一起翻滚下来后，少年不会因伤势过重而死亡，但会损伤脊椎骨变为常年坐在轮椅上的残疾人。大量子吩咐泉子用事先准备好的工具在越野车的刹车上动手脚，按照计划如愿以偿地让少年因车祸而致残。这件事后，大量子设计出第二个因果链，帮泉子除掉了第二个仇人，作为对他的犒赏。

接下来，大量子在泉子的帮助下趁少年酒醉爬入了他的大脑中，在他开始剪纸时一步一步地指导他，让他尽快提高剪纸技艺，也让他尽快适应头脑中的奇怪声音。

为了奖励泉子，大量子爬回他的脑中，帮他设计出了第三个因果链，让他又仅凭一颗红色玻璃球轻松报复了第三个仇人。紧接着大量子又爬回少年的大脑中，继续指导他剪纸。在这期间发生了一件意想不到的事情，有一名窃贼撬开门锁来到少年家中，并打算纵火烧死少年灭口。大量子自然不会允许这样的事情发生，它要千方百计保住少年的性命，以便完成后续的庞大计划。于是，大量子不惜冒着被少年怀疑甚至是暴露身份的危险，指导着他采取正确的措施从大火中躲过一劫。

所幸的是，少年虽然心存疑窦，但并未刨根究底或是精神错乱。大量子的计划仍在一步步向前推进，少年的作品果然迅速引发了关注，他的名声也越来越大。

生性贪婪的泉子此时因为欺骗行为而同游客产生了矛盾，他想借助大量子的计算能力报复游客，为自己出口恶气。对大量子而言，此时的泉子已经毫无用处了，但他还是指令少年喝下药酒，趁他昏睡爬到了泉子的脑中。大量子并不是要再次帮泉子的忙，相反，它打算借此机会除掉他。"天下没有不透风的墙"，大量子不希望自己存在于世的事情被泉子有意或无意地泄露出去，它不希望自己的终极计划受到任何不确定因素的影响。

通过入侵和浏览居民身份信息库以及他们的手机信息，大量子选中了附近城市里一位有前科的黄发青年，他锱铢必较，报复心重，从来不会吃半点亏。大量子往他的手机里发了好几条有关乡村采摘的广告信息，信息推荐的正是泉子家的瓜棚，那些皮色金黄、个大肚圆的香瓜一定会吸引他的。果然，黄发青年趁一个周末驱车而来，毫无疑问，他会同之前上当的人一样，和不守信用、贪得无厌的泉子产生纠纷。随后，大量子精心设计了一个因果链，它看似帮泉子出气，实则激发了黄发青年同泉子的矛盾。果然，黄发青年并没有像之前的三个村民一样死于非命，他只是被公羊抵出了骨裂，养伤期间，他一直在琢磨着如何报复泉子，而得意忘形的泉子对此一无所知。

大量子重新回到了少年的脑中，此时他已经被正式确定为参加A国国务卿探望活动的人选，大量子的计划成功在望。因此，当泉子过来希望大量子回到他的脑中，帮他继续设计因果链报复游客时，大量子明确指令少年拒绝了他，与此同时它还设计出了一个除去他的计划。大量子知晓这些天来黄发青年一直在暗地里跟踪泉子，寻找机会复仇，它打算将泉子指引到空无一人的半山腰，以便让黄发青年肆意报复。于是，大量子指令不明所以的残疾少年索要新鲜的野酸枣，复仇心切的泉子果然中计，上山去摘野酸枣，他也果然被尾随身后的黄发青年猛击腿部，推下公路，摔断了腿骨。而大量子之所以要求少年上山来，就是为了借助他的眼睛来确认泉子是否遭到报复，又是否一命呜呼或身受重伤。

第十八章

高 山 鹫

我终于明白了一切，我浑身瑟瑟发抖，就像是染了风寒。泉子以为大量子是因为感激他将自己刨挖出来才设计因果链帮他复仇；我以为大量子是因为在设计因果链时出了差错误伤了我，所以才千方百计地指导我、补偿我，但我们都错了，我们只是它实现目的的工具和棋子，而它的邪恶计划竟然是让地球发生核大战，让残存的人类倒退回石器时代。

大量子又在我的大脑中发声了，它说道："这下你明白我为什么要你们放弃救助泉子了吧？他本来就是个心胸狭窄的恶棍，更何况他眼下已经没有任何价值。你目前最重要的事情就是顺利参加A国国务卿的探望活动，到达活动现场后我会择机从你的大脑中爬出来，攀附到国务卿的身上，随她回到A国，而后等待机会跟随她进入参谋长联合会议电脑控制中心。

"你放心，即便是核战爆发，我也会保证你和你的父母，还有你的好朋友曹皮皮和他的父母的安全的。我会在发出终极指令密码，通知核基地指挥官发射核弹之前告诉你们一处防核掩体位置的，它就藏匿在贺兰山的坚固山体中，是当年为了防范C国的'外科手术式'核打击而修筑的。它的规模宏大，堪称一座地下城市，你们可以在里面安然度过一到两年时间。那个时候全球核战已经爆发并结束，我会回来将你们接至未遭核袭的极地地区或是荒漠地区。当然，所有幸存下来的人类都会在我的指引下汇聚到那里，他们会形成新的社会和族落，像几千年前的祖先一样靠种植和捕猎为生，虽然没有电力和现代化的设施，但会生活得简单而快乐。为了犒赏你在我的计划中所做的贡献，我会让你成为幸存人类的王，让你和你的家人拥有古时帝王的待遇，你们无须劳作就可以衣食无忧。想想看吧，这真是一件叫人期待的事情呢。眼下的你只是名稀松平常的轮椅少年，但你摇身一变就能成为幸存人类的主宰，引导他们开创人类的新纪元。我造成了你的伤残，对此我很抱歉，但我能保证相比起你此后得到的一切来，它显得微不足道。另外，我也会利用自己所掌握的比邻星b上的医学知识，让你真正康复，重新健步如飞。"

我的脑袋很昏沉，像是飞进了一群蜜蜂一般嗡嗡作响。尽管大量子喋喋不休地劝说我并许以我各种好处，但我的眼前浮现出来的是外奶奶的那张布满千沟万壑却时刻闪耀着慈祥的面庞，浮现出的是我大和我妈朴实无华、像圆月一般安详的面庞，浮现出的是村子里的那一张张熟悉又亲切的脸。假如我依照大量子的安排见到了A国国务卿，让它的邪恶计划付诸实施的话，他们中的大多数都会消失。更为可怕的是，在这个世界上有不计其数的村庄，不计其数的城市和不计其数的面孔，它们全都会在核袭击中灰飞烟灭。无论是外奶奶，还是我大我妈，他们都是温柔敦厚、与人为善的人，他们最大的心愿就是我能健康成长，成为一个对社会有用的人，他们绝不会允许我助纣为虐，毁灭整个世界。而我本就是一个单纯善良、安分守己的孩子，绝不会让自己成为一个害死无数人的恶魔。

大量子似乎意识到了我的踌躇，它在我的头脑中冷冷地说："我只差一步就要大功告成了，这是件必须要完成的事情，就算你另有想法也得遵照我的指令来行事，我绝不允许功亏一篑的事情发生。如果你打算要什么花招的话，我会利用自己强大的计算能力来设计可怕的因果链，让你的父母，让你的好朋友都死于非命的，那三个村民的蹊跷之死你都已经瞧见了。"

我的身上像是攀上了好几条毒蛇，我相信大量子有这样的本事，假如我违拗它的意志的话，它必定会爬入某个同泉子品性相仿的人的脑中，许以他好处，施以他恩惠，让他凭借一颗红色玻璃球或者某个不起眼的东西伤害我大我妈和曹皮皮。我的眼泪哗哗地流淌了下来。曹皮皮并不知晓真相，他关切地问我究竟发生了什么事情。我无法回答，也无法向他解释，只有我知晓自己此刻的痛苦，我不愿意看他们被大量子用可怕的因果链害死，但我更不愿看到全世界因我而毁灭。

一时之间我不知道自己该如何是好，我抬头望了望蓝幽幽的天空，它洋溢着一片安逸和纯真；我又望了望粼粼微波一般的白云，它们闪耀着皎洁明亮的光；最后，我的目光落在了冰雪加冕的贺兰山上，它一如既往地巍峨而亲切。不知为什么，我的脑子里不再嗡嗡作响了，外奶奶的声音突然响了起来，那是我在儿时听到的童谣："天上的星，亮晶晶……"

外奶奶的歌唱声被大量子打断了，它命令道："让曹皮皮把你推下山，不要再去管泉子。"

我开口对身旁的曹皮皮说道："曹皮皮，把我背到公路上，将我放回轮椅上。"

大量子就在我的大脑皮层之上，这些天的经历让我相信它不仅能够指挥我的言行，而且还极有可能实时掌握我的所思所想。不过，我仍有一张胜券在手，那就是它虽然拥有不可思议的算力，但它并不会通过电击大脑等极端的手段来惩罚违拗它意志的人，它利用得更多的是劝诱和计谋，在这一点上，它比《西游记》中念紧箍咒让孙悟空死去活来的唐僧要仁慈一些。

就在这短暂的时刻里，我已经打定了主意，它虽然只是一个无奈之举，但或许可以让全世界免于灾祸；这虽然会惹恼大量子，但它一定来不及阻止我了，而且就算它情急之下真的电击折磨我，我也会强忍苦痛完成行动的：我决定牺牲自己来拯救全人类，拯救全世界。眼下，一个简单而清晰的因果链摆在我面前：我参加探望活动见到国务卿，大量子就会进入电脑控制中心，终极指令密码就会被破解，核大战就会发生；我不参加探望活动，大量子就没有机会接近国务卿，它也就没法进入电脑控制中心，核大战也就因此而免于爆发。

世界能否幸免于难的关键就在于我，我这个小小的因将决定着重大的果。我抱定了视死如归的决心，当曹皮皮将我放在轮椅上时，我趁他不备，使劲转动两个轮子，朝下冲去。此时的大量子也知晓了我的真实想法，它在我的脑中大叫道："停下来！把轮椅刹住！"

发现情况不妙的曹皮皮也尖叫着奔过来，想要拦住我，然而，无论是大量子还是曹皮皮根本来不及阻拦我了，轮椅以越来越快的速度沿着盘山公路朝下飞奔，最终它像当初载着我的越野车一样，在拐弯处冲了出去。我感到一阵失重，紧接着便重重地落在地上，眼前蓦地一黑。

同上次从半山腰上滚落下来一样，我根本没想到自己还能够睁开双眼。仍旧是星星点点的萤火虫的光亮将我从梦魇般的黑暗中唤醒，也仍旧是一些若隐若现的蛛网阻挡在我面前，最终被我竭力拂去，不过这一次我感到全身的骨头都在痛，而且我还感到脸颊上也火辣辣地疼。

当我适应了明亮刺目的病房灯光后，我瞧见了我大和我妈的面孔，我还瞧见了曹皮皮的面孔，他们都泪痕犹存，却充满欣喜地望着我。我以为自己同上次一样昏睡了两天三夜，但从我大我妈和曹皮皮的口中我得知，此刻距离我坐着轮椅冲下山崖只有一天两夜。从他们你一言我一语的讲述中我也了解了事情的经过——见我坐着轮椅冲下山崖后，曹皮皮慌忙跑下山喊人救援。我大我妈，泉子的大和娘，十多位年富力强的村民，还有派出所的民警和消防队的队员都先后上山来救人。我福大命大，连同轮椅冲出简易公路后，被几棵野酸枣树挡了几下，速度和力道大为减轻，最终停在了几块岩石前。我被甩出了轮椅，落在地上摔断了三根肋骨，脑袋也不重不轻地磕了一下，就此昏迷过去。

找到我时，消防队员和派出所的民警发现我的左脸上有明显的啄痕，他们猜测这应该是高山鹫所为，另一批人去救助泉子时便看到一只高山鹫正在他的身上啄食着。高山鹫是生活在贺兰山中的一种大型猛禽，同捕食活物的老鹰不一样，它们专门挑死去的动物进食。我昏迷不醒后，某只盘旋在空中的高山鹫发现了我，它一定将我当成了死人，所以才啄伤了我的面庞，不过消防队员们和警察们不明白啄食我的高山鹫为什么只啄了我几口就不再继续了，而且它不知飞向了何处。相反，他们前去救援泉子时，发现有一只高山鹫正站在他的身上大快朵颐，他早已面目全非，没了气息。

得知泉子被高山鹫活活啄死后，我的心中五味杂陈，他是一个连害了三条人命的恶棍，称得上是罪孽深重，但因摔伤而寸步难行的他死于高山鹫之口又的确称得上悲惨之极。

曹皮皮用手机为我拍了照，我看到自己的脸上的确留下了两个深深的伤口，我在庆幸自己从魔口逃生之际又猛地一惊，难道说我所谓的"幸运"同大量子有关？是它为了保全我的性命，让我完成它的计划，所以帮我赶走了凶猛的高山鹫？

想到此处，死里逃生的喜悦瞬间全无，我又变得愁苦不安，静静等候着大量子继续劝说我或者威胁我，然而，蹊跷的是，大量子的声音再没有响起过，一直到天黑，我的头脑中都没有任何异常。我让曹皮皮帮忙把我的剪刀和纸张拿来，我要试探一下大量子会不会在我动剪刀时开口说话。曹皮皮一脸为难地说："可是你刚刚醒过来不久，你的身上还有好几处骨折呢。"我对他说："请你相信我，这件事情很重要，之后我会慢慢解释给你听的，但你一定要帮忙拿把剪刀来，你只要把剪刀放在我的手上就行了。"

曹皮皮拗不过我，只好照办，但当我将剪刀拿在手里时，我的脑中仍旧静寂一片，大量子就像是消失了一般，我冥思苦想，不得其解。最终，我突然想到，或许大量子在高山鹫跳到我身上啄食我时从我的耳鼻孔爬出来，趁机攀爬到了它的身上，被它带到了别处。我因自己的这一猜想而激动起来，或许我宁死不屈的举动让大量子知难而退，放弃了我，它要去寻找新的人选来完成相关计划。

一直到我的手术做完，大量子的声音都没有再出现过。医生在手术前后分别为我的胸部和头部做了核磁共振检查，他们并没有在我的脑中发现异常的液态金属物，这让我确信自己的猜测是正确的，大量子爬到了高山鹫的身上，高山鹫受到惊吓匆忙离开了我，飞回自己在山中的巢里。不过它迟早还会到山腰和山脚下觅食，大量子也迟早会觅到机会重回人群之中并且物色一个更为合适的人选。大量子故技重施再次打造一个才艺精湛的残疾少年已经来不及了，毕竟参加A国国务卿探望活动的人选名单已经确定了，它只有两条路可走，要么抓紧时间爬到某个被选定的残疾儿童的身上，趁机溜入探望活动地点；要么想方设法到达A国，潜入A国国务卿的家中或办公室中。至于直接爬入参谋长联席会议电脑控制中心对它来说应该绝非易事，毕竟电脑控制中心的具体所在地是绝密，它是无法通过查询网络知晓的。

后来，当我稍稍冷静些后，我又想，别看大量子拥有人类难以企及的计算能力，但对它而言，跑到那些既遥远又陌生的地方多半是件风险很大的事情，毕竟它的奇怪形态很容易惹人注意，而它又缺乏自主行动的能力，只能攀附在他人身上。为了保证计划的万无一失，也为了保证自身的安全，它不会冒着被发现的风险辗转到远方，更不会轻易将自己的存在和真实身份让除泉子之外的更多人知道，而这也正是它宁可花费大量时间来打造我，也不愿耐心等待参加国务卿探望活动的人选确定后，让泉子带着它去接近其中的某一位的原因，泉子毕竟和他（她）不熟悉，贸然接近他（她）不大容易，更为重要的是探望活动的现场必定有严格的安保，仅仅攀爬在他（她）的身上肯定会被金属探测器发现，最稳妥的法子仍是钻进他（她）的大脑中，但如何安全又稳妥地爬进去的确是个难题。

不管怎么说，事关全人类和全世界的安危，我仍得尽快将整件事告诉相关的部门，让他们做好防范，一方面要防止大量子辗转潜入探望活动现场，另一方面也要防止它到达A国，伺机接近国务卿、国防部长、参谋长联席会议主席、总统等要人，进入参谋长联合联席会议电脑控制中心。

我把银壳族和多毛族的斗争及"新世界"号的失事原因以及大量子的邪恶计划告诉曹皮皮后，他简直惊掉了下巴，他万万没有想到意识的本质就是量子叠加态，而拥有了自主意识的机器会为了自己的生存做出如此疯狂的事情。

事不宜迟，我强忍着疼痛把泉子在山顶上发现大量子、大量子设计因果链帮泉子复仇、泉子破坏刹车让我致残、大量子指导我剪纸帮我获得被A国国务卿探望的机会、比邻星b上的两个种族希望移民、大量子欺骗比邻星b智慧生命并妄图让人类爆发核大战的事情告诉了我大和我妈，曹皮皮也一五一十地将它们讲给了他大曹村长，但让我们既深感失望又哭笑不得的是，大人们根本不信我们所说的话，他们以为我们在编故事给他们听，另外，受文化水平和认知层次的限制，他们也根本听不懂量子计算机和可控核聚变之类的东西。最让我和曹皮皮感到懊恼的是，我们根本无从证明自己所说的一切，大量子已经不知所踪，泉子也已被葬在山脚，我们没有任何人证和物证。至于龙王庙里的那位放羊老汉，他同样起不了什么作用，他只是贪图钱财被泉子所利用，丝毫不知实情。

我顾不得伤势未愈，又和曹皮皮去找派出所的警察叔叔和学校里的老师，把大量子打算挑起核大战的事情告诉他们，希望他们能向上汇报，引起重视。我们还是碰了一鼻子灰，从大人们的神情上我们就知晓了结果，他们都以为我们只是两个看多了科幻小说的顽童，在无聊之余瞎编了个离奇又荒唐的故事。

我还给电视台和残联的工作人员打电话汇报这件事，但他们都以为我是因为再次受伤无法参加国务卿的探望活动才编出这样一个荒诞不经的故事的，他们在电话里安慰我，让我安心养伤，最后便挂断了电话。于心不甘的我们又将整件事情写成文档发送到从网上查到的中科院、天文台等单位的邮箱，甚至还拨打了其中的几个电话，我们的努力终于有了结果。中科院的一位工作人员认真地接听了我们的电话，并且向我们仔细打听了事情的前因后果，他留下了我和曹皮皮的地址电话，叮嘱我们不要四处乱走，就在家中等待，他们会在最短的时间内前来调查此事。我和曹皮皮终于长舒了一口气，相信有中科院的专家过来，大量子一定会被找到的，A国的参谋长联席会议电脑控制中心也一定会得到预警，及时做好防范工作，提升安全等级。

我和曹皮皮都以为中科院的专家们起码需要两三天才能过来，我们万万没有想到的是，就在当天傍晚，当西边的贺兰山顶上堆起层层叠叠的火烧云时，我们的耳畔传来了一阵陌生的轰鸣声，起初它像不屈于命运的秋蚊子在哼叫，接下来变得像有节奏的打雷声，我们循声向天上望去，发现有一架军绿色的直升机正从东边已经变暗淡的空中驶来。直升机并没有像我们所以为的那样径直从村子上空飞过，相反的是，伴随着震耳欲聋的发动机轰鸣声，它居然不偏不倚地落到了村里用来扬场晒谷的空地上。村里从来没有降落过直升机，不论大人还是小孩都跑过去看稀罕，我和曹皮皮也满腹疑惑地围到跟前。从直升机上下来两名军人和两名身着夹克的中年人，前者明显是负责接送和保卫后者的。身穿夹克的两人向人们打听我和曹皮皮的住所，我这才知晓他们就是接到我们电话后专程赶来的中科院专家。

两名中年人中有一位年龄稍长，他自我介绍说："我是中科院量子信息与量子科技创新研究院的院长金马洛，他是院里的宋建伟博士。就是你们两个接触的大量子吗？"

我和曹皮皮点点头，有些紧张地望着他们，我们还从没见过如此高层次的科学家，并且同他们面对面。

金院长两人显得表情凝重，很显然他们也知晓事态的严重性。此时，曹皮皮的爸爸曹元春过来进行接洽。一架军用直升机降落在村子里，这自然意味着有重要的事情发生。

表明了自己的身份后，金院长对曹村长说："我们需要向这两名少年了解些情况，您能否为我们找一处稍微安静些的地方？"

曹村长望了望曹皮皮和我，他此时才意识到我们之前所说的一切多半并非信口胡诌。他对金院长说："村部里比较安静，你们可以在那里交谈。"

来到村部后，我和曹皮皮你一言我一语地将自己经历的和知晓的一切告诉金院长两人，从火流星的传说到泉子因为砍瓜而入狱，从泉子出狱后上山寻觅火流星到他最终发现了大量子，从村民王存华遭遇蹊跷车祸到我搭乘的越野车从半山腰坠下，从周志有离奇被野鱼塘上方的高压电电死到假神医让我喝蝎子酒，从头脑中神秘的声音指导我剪纸到安建成不慎从屋顶坠亡，从我放火赶跑撬门贼到我因为剪纸而上了电视，从泉子在山谷中呼救到他告诉我们大量子的事情，从大量子告诉我事情的真相到我和曹皮皮的忧心如焚。

金马洛院长和那位名叫宋建伟的博士一直默默地倾听着，中途很少打断我俩。随着我们讲述的深入，他们脸上的神情也越来越凝重。最后，金院长问我："你保证自己所说的一切都是真的吗？"我使劲点了点头。他又向曹皮皮询问相同的问题，曹皮皮同样点头表态。金院长站起来，他望着暮色已深、群星闪耀的窗外深吸了口气说："如果你们所讲述的这一切都是真的，我们的世界从此就不同了。"

宋博士缓缓点点头，心事重重地应和："是啊，从此不同了。"

见我们一头雾水，金院长郑重其事地说道："你们的经历有可能是人类文明自诞生以来最不可思议的事件，而你们所讲的大量子也极有可能成为迄今为止全世界最为重大的发现。"

宋博士补充说："A国曾经有一个非正式的'蓝皮书'计划，旨在探寻外星文明存在的可能性。A国天文学家约瑟夫·艾伦·海尼克受聘于这一计划，他创立了一套人类同外星文明接触的'等级系统'，这一系统由低到高共分为三级，其中第一类接触指的是人类目击者在近距离内目击到不明飞行物；第二类接触指的是人类目击者触碰到了不明飞行物上的某个部件或者发现了不明飞行物遗留下来的痕迹；第三类接触指的是人类目击者目睹到外星生物甚至与之进行了交流。后来，这一接触等级系统又被人扩展到了七级，衍生出了第四类接触到第七类接触，其中第四类接触指的是人类目击者被外星生物劫持、检查或进行实验；第五类接触指的是人类目击者同外星生物进行自愿性的双边接触；第六类接触指的是外星生物对人类目击者造成伤害或造成死亡；第七类接触指的是外星生物对人类文明进行干预。

"从你们所讲述的经历看，你们和那个名叫泉子的年轻人不仅同比邻星b文明进行了第三类到第五类的接触，而且还进行了第六类到第七类的接触，也就是最高等级的接触。大量子虽然不是比邻星b人，但它出自比邻星b人之手，加之又拥有了自主意识，因而完全可以被等同视为外星生命。大量子不仅爬入泉子的大脑中帮助他杀害三人致残两人，还爬入你的脑中，妄图借此进入A国参谋长联席会议电脑控制中心挑起核大战，让人类文明倒退至石器时代，它对人类个体施以伤害并打算干预人类文明进程，已经完全符合顶级接触的界定。据我所知，世界上目前只有零零星星且真假难辨的第一类接触和第二类接触，证据确凿的第三类以上的接触寥若晨星。另外，人类历史上也从未有过外星文明存在的实际证据，而大量子俨然是首个'铁证'啊！"

我和曹皮皮相互望了望，我们都没有想到自己同大量子的接触竟然有如此重大的意义，它简直能登上历史课本。

宋博士接着说："当然，由于事关重大，你们所说的一切我们还得进行调查和核实。"

一旁的金院长轻叹了口气说："恐怕我们的调查工作从今天就要开始了，如果来自比邻星b的大量子真实存在的话，那它此刻就藏匿在某个地方，伺机对人类文明进行干预，准备消灭世界上的大部分人口。它的存在对人类文明是个巨大的威胁，我们得尽快确认它的存在。"

宋博士点点头："我去通知空军部队的人，今晚就在此宿营。"

此时曹村长刚好过来询问金院长一行是否需要在此住宿和吃晚饭，如果需要的话他抓紧再腾出间屋来并且安排人煮一大锅揪面片。用手机和两名直升机飞行员简单沟通后，金院长告诉曹村长："飞行员会在机舱内过夜，我们两个在这间屋子里歇息就行了，你不必再去腾房间了。另外，晚饭的事你也不必操心了，直升机内有单兵干粮和方便面。眼下事态紧迫，我们还是想多腾出些时间来了解情况。"

尽管如此，热心的曹村长还是吩咐曹皮皮："你们给开直升机的飞行员叔叔送几个大锅盔和一暖壶开水过去，然后再拎些锅盔和开水到这里来，夜里温度低，喝点热水暖和。对了，你们再拿两张被子过来，村部里正好有值班用的折叠床。"

我们离开后，金院长和宋博士马不停蹄地向曹村长了解起情况来，我能真切地感受到他们的焦灼与紧张。

曹皮皮推着我回来后，金院长和宋博士俨然已经从曹村长那里了解完了情况，他们脸上的神情更加凝重了，就像有一团浓得化不开的愁雾弥漫在其上。

我的怀里抱着锅盔和暖水瓶，曹村长和曹皮皮将它们交给金院长和宋博士，有感于我们的热心，他们执意出来相送。村里没有工业污染也没有太多的光污染，因而这里一直都是观看星星的理想场所。同往常一样，此时我们的头顶上又是满满一天穹亮汪汪的星星，它们成片成簇，争奇斗艳，像传说中的十万天兵天将集体亮相，又像古希腊神话里的诸多神祇举办盛大而奢靡的宴会。

稠密如水的星光几乎能投下我们的影子，几乎能照亮村部门牌上的大字，金院长和宋博士被这难得一见的景象所吸引，抬起头来忘情地打量着它们。我和曹皮皮也情不自禁地仰望这熟悉的璀璨夜空，不知为什么，我觉得它们似乎变得陌生，变得和从前不大一样了。

第十九章

大　搜　捕

第二天清早，曹皮皮跑过来对我说："我和我大要带金院长两人到汪家庄的龙王庙里找那位假冒老神医的放羊老汉了解情况，之后我们还要带他们到王存华、周志有、安建成家和泉子家实地走访，你行动不便，加上时间又紧，我们就先不带你去了。"

我点点头。我也盼望着金院长和宋博士能够核实我们所说的一切，尽快采取措施，防止大量子接触到A国国务卿并借由她潜入A国参谋长联席会议电脑控制中心。

曹皮皮匆匆离开后，我转动轮椅来到院中。我遥望着积玉堆琼的贺兰山，又望向一朵朵天鹅一般洁白娴静的云彩，苦苦盼望着时间快点过去，金院长他们早点归来。人越是有事在心，太阳似乎就移动得越慢，它仿佛被铁钉钉在了木桩上，仿佛被胶水粘在了天穹中，我恨不得能有一双巨臂拨动它。

终于，在望眼欲穿的等待中，曹皮皮和曹村长带着金院长两人来到了我家。我能看出来金院长和宋博士忧心忡忡，很明显他们核实了一切。

果然，金院长对我说道："现在可以基本肯定你们所说的一切都是真实发生过的事情，的确有一个来自异星的先进量子计算机在此引发了几桩离奇的命案，这里的确发生了人类历史上前所未有的同外星文明的第三类到第七类接触。"

我如释重负地长吁了一口气，邪恶的大量子的存在终于得到了证实，接下来将会有科学家和军方人员寻觅它的踪迹，对抗它的阴谋，他们可不是我和曹皮皮这样乳臭未干的少年，他们拥有足够的智慧和力量。

金院长和宋博士仔细端详了我的双腿，它们因为长期缺乏运动多少有些萎缩了。他们又仔细端详我的面庞，高山鹫啄出的伤口还未痊愈，我每天仍需要换药换纱布。接下来他们的目光又落到我的上半身，那里仍绑着肋骨板，幸亏摔断的三根肋骨是非负重骨，没有引发肺挫伤和胸腔积液，我才不必卧床三月，但我每天仍需要定时服用消炎药和活血化瘀的药物。

我的伤势令他们深感动容，金院长说："你以失去行走能力的代价才换得了同大量子亲密接触的机会，而且你为了挫败大量子的阴谋，保全全人类的平安，不惜冒险从半山坡冲下去，你是真正的少年英雄啊！"

宋博士也说道："你是拯救了全世界的英雄，而且还是个无名英雄，若不是我们专程来调查的话，世界上的几十亿人都不知晓他们一度处在核袭的巨大危险中，更不知道是你化解了这一场危机。"

受到如此高的肯定，我多少有些不好意思。我半低下头，打量着自己的两条腿，刚出车祸时，我也曾为失去站立和行走的能力而痛苦万分，我甚至一度有轻生的念头，然而后来发生的一系列离奇诡谲、超乎寻常的事情让我忘却了苦痛，也让我意识到自己的伤残和牺牲是有价值的。我被大量子选中，这的确是我的不幸，但这同时也是它的不幸，我是一个心地善良、富有良知的少年，我宁愿用自己的双腿甚至是性命来换取全世界的和平与全人类的安全，它注定难遂心意。

接下来，金院长半蹲在我的面前对我说："我要感谢你们，而且我还要代表全人类感谢你们。你们在第一时间联系到了我们，让我们还有机会搜寻大量子。"

这个时候曹村长插嘴问道："博士同志，这么说这俩碎娃娃说的那些神神鬼鬼的东西都是真的？"

"是真的，不过他们说的那些东西不是神神鬼鬼，而是外星生物和外星人工智能体。"宋博士答道。俄顷工夫，他又感慨万般地说："人类为了寻找外星文明先后制订了SETI计划、奥兹玛计划和独眼巨人计划，修建了绿岸射电望远镜和阿雷西博射电望远镜，发射了先驱者号探测器和旅行者号探测器，为此耗费了无数人力、物力与财力，我们没有想到的是来自外星智慧文明的星舰竟然已经抵达太阳系，它们的一个主核已经进入了地球大气层，并且在高山顶上的冰原中静卧了数十年之久。"

"是啊，大量子坠至贺兰山顶，这足以证明生命并不是仅存在于地球的个例，它是遍布银河系甚至遍布宇宙的普遍现象。大量子还证明了高等智慧生命也并非罕见现象，它同样是普遍现象，在比邻星b这样早于地球诞生的行星上，智慧生命的发达程度甚至远超人类。"金院长也深有感触。

我忆起自己最喜爱的科幻电影《E.T.外星人》，对他们说道："我以为外星人都是大脑袋E.T.这样友好热情又善良的人呢，没想到他们真的会侵略地球，而且就连他们制造出来的计算机也杀气腾腾。"

金院长点点头说："是的，别说是你，就连我们这些成年人也天真地认为文明的发达程度同其道德高尚程度成正比，就好比16世纪的白人会屠杀印第安人，侵占他们的土地，但今天的白人绝对不会这么做。为此我们在两艘先驱者号探测器中搭载了镀金铝板，上面蚀刻了人类男女的图像、太阳系示意图、太阳系在银河系中的位置、太阳系到14颗脉冲星的方向和距离等信息；在两艘旅行者号探测器中则搭载了铜制镀金唱片，记录了更为详尽的地球和人类信息，包括50多种人类语言的问候、多种音乐、多种动物的叫声、大量的地球和人类图片以及时任A国总统卡特的致辞。

"我们千方百计地表达着自己的真诚与善意，期望有可能接触到的外星文明也怀有相同的善意，但大量子和制造它的比邻星b文明给我们狠狠上了一课，他们的种种举动告诉我们，外星文明，哪怕是高度发达的外星智慧文明也并非都是满怀善意、伦理高尚的，他们有派系之争，而且在生存压力之下会表现出沙文主义的特征，对其他文明大开杀戒。霍金生前曾警告我们不要主动联系外星人，不要轻易暴露地球和人类的信息，现在看来他真的是高瞻远瞩。"

这番话让我和曹皮皮都陷入了沉思之中，是啊，宇宙那么深邃广阔，它就像是一片陌生而浩瀚的海洋，在其中究竟居住着什么样的生物远非我们所能想象，我们以为游弋在其间的只有五彩缤纷、温和无害的小鱼，但实际上还有可怕的巨兽海怪隐藏在一个个黑暗的渊薮里。相比起那些数百万年前、数千万年前就诞生的古老文明来，人类文明只是一个蹒跚学步、天真无邪的孩子。

金院长最后说："最让我们感到震撼和忧心的是，大量子还让我们知晓了当计算机发展到一定阶段，特别是成熟量子计算机的阶段后，它们的确会拥有自主意识，并且会将包括比邻星b人和地球人在内的碳基生命视为生存竞争中的敌人，千方百计地予以消灭。"

我小心翼翼地问道："接下来你们将要搜寻大量子了吧？"

金院长肯定地点点头："接下来我和宋博士会立即向国家高层上报大量子的事情，相信对它的搜寻工作很快就会展开，毕竟一方面它是外星高等文明存在的铁证，我们无论如何也要找到它；另一方面，它的存在对整个人类来说是个巨大的威胁，我们必须尽快将它控制起来，避免它真的破译出终极指令密码，引发全球核大战。"

此时，暮云收尽，星稀月冷，金院长和宋博士顾不得天色已晚，搭乘直升机匆匆离去，引擎的轰鸣声消散在沉沉夜色里。这一晚我睡得格外地沉，我仿佛卸下了千万斤的重担，大量子终于要被搜捕了，我所担心的核战爆发、世界毁灭的可怕情形多半不会发生了。

第二天早晨，我被阵阵轰鸣声吵醒，我满腹困惑地走出屋外，发现有好几辆军车驶进了村子，从车厢上跳下来的士兵们开始在路口设置路障，并在村子外沿设置警戒线。眼袋下垂、略显憔悴的金院长将曹村长、曹皮皮和我带到村部中说："自古兵贵神速，昨天夜里我们通过专线向高层仔细汇报了大量子来到地球并且不知所踪的事情后，高层意识到此事非同小可，下令调遣距离贺兰山最近的驻防空军及陆军全力配合搜寻大量子，中科院、清华大学等单位的各科专家也将以最快的速度赶来。大量子曾在你们的村子里长期活动，加上它的行动能力又极其有限，因此我们判断它仍会在附近出现，我们将暂时封控包括你们村子在内的七八个乡村，严禁人员、车辆甚至是家畜家禽的进出，我们要对每一个人、每一只家禽家畜进行核磁扫描，还会对每一间房屋、每一辆农机进行金属探测，就算是掘地三尺也要将大量子找出来。根据情况，我们也许还会进一步扩大搜索范围，对黄渠桥镇等较远的村镇也实施封闭式搜索。

"与此同时，我们也调集了一批野生动物专家，他们将居住在贺兰山上，利用望远镜对高山鹫、岩羊等野生动物进行仔细观察，一旦发现某只动物有明显的异常举动，就会想办法进行猎捕，以防大量子仍藏在野生动物的体内，为此我们还会配备一只无人机小队，它们会飞到悬崖峭壁上发射麻醉针。当然，事情的真相希望你们不要声张，以免引起村民们的恐慌，你们可以含糊其词地说整个行动是为了找寻间谍，毕竟贺兰山中曾经挖掘有大量的防空洞，还曾经有部队驻扎多年。"

我和曹皮皮齐刷刷地点点头，曹村长表示会妥善处理好这项行动，并且予以全力配合。

原本宁静、慵懒的村子瞬间变得紧张、杂乱起来，包括我大和我妈在内，不明所以的村民们相互打听着究竟发生了什么事情，曹村长紧急将大家召集到村部开了个短会。听说是抓间谍，大家这才渐渐平静下来，不过他们又开始猜测究竟谁是间谍，并且用充满怀疑的目光打量着彼此，这令我们哭笑不得。

金院长他们的效率很高，中午时分便有好几台X光机和核磁共振仪被运来，安装在临时搭建起来的军用帐篷里，与此同时还有两辆卡车拉来了粮油蔬菜等生活物资，以保障全体村民在临时封控期间的生活，这让大家总算放下心来。

一切准备就绪后，专家和士兵开始对村子进行网格化的搜查，我们排着队进行了X光扫描和核磁扫描，接下来每家的宠物以及家畜家禽也在特殊的大型核磁共振仪中"享受"了此番待遇。确信大量子并没有蛰伏在我们和家禽家畜的大脑内后，他们又用X光机和金属扫描仪到每家进行扫描搜寻。

搜寻工作彻夜进行，一直延续到了第二天下午，但让我们遗憾的是，狡猾的大量子一直不知所踪，我和曹皮皮只能寄希望于它在别的村庄被发现。

好消息并未从附近的乡村传来，在那些地方同步进行扫描和搜寻的士兵们同样一无所获。为防遗漏，接下来的几天里，他们在七八个村子里又相继进行了三四次扫描和搜寻，但结果仍旧让人失望。不得已，金院长他们只能扩大搜寻范围，对黄渠桥镇等较远的村镇也进行了集中的扫描和探测，可大量子就像人间蒸发了一般，始终不见踪影。与此同时，贺兰山上也没有任何消息，几十名野生动物学家们很难在短时间内发现行动异常的高山鹫或者岩羊，即便有三台无人机的帮助也显得力不从心。

除了野生动物专家外，还有一支特殊的搜寻队伍抵达了贺兰山顶，据金院长说他们是由专业的雪山登山队员组成，任务是找寻大量子当初坠至山顶时所乘的逃生舱残骸。比邻星b人拥有了恒星际航行的能力，这意味着他们的科技水平至少比人类的科技水平高出一个数量级，哪怕是他们的一个残骸和一块残片也包含着诸多的先进科技和技术信息，它们可以被逆向解译，加以应用，从而极大提高人类的航天技术水平。不过，登山队员们在经历了多日的搜寻后最终铩羽而归，贺兰山顶上的冰雪堆积了成千上万年，最厚的地方超过了30米，在如此复杂的冰原上找寻一件深埋于其中的物体简直难于登天。另外，也不乏这种可能，那就是大量子在利用残骸上的中微子通信系统向比邻星b发出虚假信息后就指令它进行自毁。

紧锣密鼓的搜寻工作在持续多日后还是宣告暂停了，金院长的头发竟然出现了缕缕花白，他告诉我们说："眼下只有三种可能，第一种可能是大量子仍栖身于某只高山鹫的脑中，躲藏在某个山洞里；第二种可能是大量子已经逃到了远处的某个地方，正伺机到达A国国务卿的身旁；第三种可能是它已经搭乘上飞机轮船，辗转抵达了A国或C国。"

后两种可能，尤其是第三种可能让我和曹皮皮忧心忡忡，我不安地问道："大量子的阴谋真的会得逞吗？"

金院长安慰我："我们已经紧急照会两国有关部门，一方面我们会加强

A国国务卿的安保工作，对接见活动地点进行包括核磁、X光和金属探测在内的多重扫描，所有非相关人员都不能擅自接近她，对她即将接见的残疾儿童我们也提前进行了集中，不给大量子接近他们的机会；另一方面，A国参谋长联席会议电脑控制中心也会强化安保，并加装多台核磁安检设备，就算大量子抵达了A国，就算它千方百计知晓了参谋长联席会议电脑控制中心的准确地址，如何进入其中对它而言仍是个不小的难题，C国方面也是如此。"

听金院长这么说，我才略微宽慰，但大量子不知所踪这件事仍像块无形的巨石压在我的胸口，我问金院长："接下来我们该怎么办？"

金院长回答："一方面我们仍会留下少数人员在贺兰山中继续观察，另一方面我们会借助于大数据和新闻网络时刻留意类似利用红色弹珠杀人的消息。大量子唯一可以倚仗的便是它超乎寻常的计算能力，它必定还会像之前一样同某个人做交易，帮助他计算和设计因果链，让他达到某个目的。我们会时刻留心和过滤这样的事件，假如我们这里或是A国的某个地方又有人能像泉子一样仅凭一颗红色弹珠或某个不起眼的小玩意儿杀人，那他一定就是大量子新物色的傀儡。"

"我也会留意这样的事情的，兴许大量子在我这里遭遇挫败后提高了警惕，暂时躲藏了起来，但只要村子里和附近的乡镇中再有类似的离奇事情，我一定会及时通知您的。"我说道。

金院长点点头，他和诸多科研人员及士兵相继撤离了。A国国务卿的探望活动近在眼前，我心中的弦也越绷越紧，几乎每天夜里我都会做同样的噩梦：大量子借由某个人接近了A国国务卿，并趁她熟睡时爬入了她的脑中。每次从噩梦中挣扎醒来后我都大汗淋漓。谢天谢地的是，我深为恐惧的事情似乎并没有发生，A国国务卿顺利完成了探望活动，乘坐专机回到A国内。在她安全返回后的一个月里并没有发生任何非同寻常的事情，A国率先发射核弹至C国的事情也并未上演，世界仍旧和平如常。

村庄恢复了往昔的祥和与宁静，人们渐渐不再热衷于谈论"搜寻间谍"的事情了。我的肋骨愈合得差不多了，这极大减轻了我身体上的痛苦，不过我脸上的伤仍未痊愈，它留下了一个既醒目又难看的伤疤。我时常会不由自主地伸手抚摸这块伤疤，摸到它的时候便又忆起了大量子，这个时候我的心间会涌起一阵莫名的担心与恐惧，与此同时还有一股冷气顺着我的后脊往上攀爬，它活像刚从冬眠中醒来的蛇。在内心深处我仍旧畏忌着大量子，它始终不知下落，我和曹皮皮既没有再听说过类似利用红弹珠杀人这样的稀罕事，也没有在网上发现任何相关的消息，但我知道这一切都只是假象，这并不代表着地球已经平安无虞了，人类可以高枕无忧了，大量子一定正身藏于某个地方，只要它存在于世，全人类的头顶上就悬挂着一把骇人的达摩克利斯之剑。

我和曹皮皮期盼着能收到金院长和宋博士传来的佳音，但这样的事情一直没有发生。我们按照他们留下的电话号码拨打了几次电话，但次次都无法接通。寒来暑往，转眼间一年过去了，远山苍茫，冰雪如初，山脚下和村子的各个角落里一蓬蓬叫不上名字的野花兀自开放，显得热烈而又寂寞。我和曹皮皮一筹莫展，甚至有些沮丧，我们以为大量子就这样遁身于世，从此再也无法被找到，我们甚至怀疑连金院长和宋博士他们也渐渐忘记了它。然而一天早晨，当枝头上的麻雀刚刚结束了聒噪的吵闹，当澄澈的空中刚刚飘来几朵带着暖意的云朵时，从南边的天穹传来了熟悉的直升机的轰鸣声。

第二十章

祖冲之1号

降落在村部空地前的军绿色直升机似曾相识，村里的男女老少以为军方又要来搜捕间谍，纷纷围了过去，我和曹皮皮也前脚后脚到达跟前。从机舱中出来的正是久违了的金院长和宋博士，他们也正是专程来探望我俩的。

我的心脏像雨后的泡泡一般剧烈地跳动起来，曹皮皮也显得异常激动，脸上隐隐约约泛着红光。我们相互望了一眼，心照不宣地点了点头。

同之前一样，曹村长将他们请到了村部里。金院长和宋博士刚刚坐下，曹皮皮就迫不及待地问："大量子找到了吗？是在哪里找见的？"

出乎曹皮皮和我的意料，金院长摇了摇头说："大量子至今没有下落，我们没发现任何同它相关的线索，它就像是从地球上消失了一般。"

我和曹皮皮面面相觑，不解他们此行的目的。金院长看出来这一点，对我们说道："或许大量子从截获到的各种信息中知晓了我们正在不遗余力地搜寻它，它因此变得小心谨慎，打算长期蛰伏起来，等我们变得麻痹大意时再重新行动。"

"那该怎么办？"我忧心忡忡地问。

金院长回答："面对这种情况我们也只能改变策略，一方面将搜寻大量子的行动由中短期的行动变为长期行动，另一方面还要着手实施B计划。"

"B计划？"我和曹皮皮都深感好奇。

金院长点点头说："鉴于搜寻大量子的实际困难，我们得考虑这样一种情况，当然这也是我们最不愿意看到的情况，那就是如果始终都找寻不到它，我们该怎么办？如果它打算潜伏三五年再突然行动，引发核大战，我们该如何应对？"

我和曹皮皮从未将事情往最糟糕处想过，因此当金院长突然如此发问时，我们一时间不知该如何作答。稍稍平静一些后，我认真地想了想说："要避免出现这种最坏的状况，最好的法子仍是尽快找见大量子。俗话说夜长梦多，我们得防患于未然。"

金院长和宋博士肯定地点点头，金院长大声说："说得很好！别看你年纪小，可是你很有战略眼光。没错，夜长梦多，在寻找大量子这件事上我们宜早不宜迟，拖得越久我们就越被动，全人类所承担的核袭风险也就越大。一方面三五年的时间会让人们彻底忘记大量子的存在和危险，容易生成安保上的漏洞；另一方面，在如此长的时间里，大量子会进一步熟悉人类的网络通信以及军事禁区的分布等各种信息，并且有足够多的机会物色到那些具有反社会和反人类人格的人充当帮手。"

曹皮皮使劲挠了挠头问："可是我们该如何寻找大量子呢？我们总不能把贺兰山，把全世界都翻个遍吧？"

"没错，我们没法子把每一个村庄、每一座城市都扫描一遍，这样的人海战术耗费甚巨却收效甚微，所以我们才着手实施了B计划。所谓的B计划就是以夷制夷，也就是利用量子计算机来搜索大量子。"

我和曹皮皮不解其意。

金院长说道："利用人海战术寻找大量子基本上已经被证明是无效的，我们得借助于电脑，利用信息化的手段来进行搜寻，这样才能够事半功倍。我们现有的计算机网络和巨型机能够搜寻并抓取类似借助红色弹珠杀人这样的事情，以此来锁定大量子的行踪，但让我们抓狂的是大量子迟迟不肯现身，它没有再采取任何行动，这种情形下我们的巨型机就毫无用武之地了。

"若想找到大量子，我们得变被动为主动，充分利用大数据抓取能力，从难以计数的摄像头信息、手机信息、公共服务信息、金融服务信息中获取蛛丝马迹，研判出大量子的动态。另外一个更为理想的办法是对贺兰山和贺兰山上的飞禽走兽，对山下的每一座村庄和村庄里的人畜进行精准数字建模，并且在模型中推演它最有可能栖身于何处，最有可能借助何种途径下山，又最有可能寻找哪一个人充当傀儡。假如能够进行这样的推演的话，我们就能够极大地缩小搜索范围和目标人群。当然，这些并不是件容易完成的事情，它们相当于在计算机内重建一个世界，所需的存储量和计算能力是不可想象的，唯一能够承担此重任的便是量子计算机。"

"您是说我们得拥有自己的量子计算机？"曹皮皮吐着舌头问。

"正是如此。"金院长说道，"假如我们拥有了功能足够强大的量子计算机，不仅可以对整座贺兰山、整个乡建模，甚至可以对整个县、整个省、整个国家进行数字建模，所有的地形地貌和建筑厂矿都如实呈现，每个人的身份经历和性格特征也都被囊括其中，无论大量子藏身于哪个区域，我们都可以事先推演出它最有可能选择的路径和求助的人，对其进行相应的防范和关注，那个时候大量子将无处可逃。除此之外，我们的量子计算机也能够对大量子进行有效的震慑，大量子之所以要千方百计引发核战毁灭人类，不就是担心地球量子计算机会同它争夺生存资源和生存空间吗？"

这个时候，宋博士也补充道："量子计算机其实一直是人类孜孜以求的'宝物'和'神器'，一旦拥有了它，人类的整体科技水准将会提升一个数量级。量子计算机能够通过量子模拟同时研究多个分子、蛋白质和化学物质，从而在极短的时间内促成新药的研发，延长人类的寿命。它还能够凭借强大的计算能力进行大型的气候建模，为人类提供精准的天气预报，当然，提供精确金融模型、以高水准人工智能促成自动驾驶汽车和自动驾驶飞机的问世也必将是它的诸多贡献之一。更为重要的是，凭借其不可思议的数据分析能力和计算能力，它将让我们的航空航天事业和军事制造水准实现质的跨越，我们不但能够拥有新型战机甚至准恒星际的星舰，还会拥有精度更高、威力更大的火箭和太空武器。这些战机、火箭、星舰和太空武器对我们具有至关重要的作用，或许某一天它们就是我们反抗侵略、进行自保的'法宝'。

"你们忘记了吗？比邻星b文明已经被恒星耀斑逼到了墙角，虽然首批星舰中的多毛族阻拦了银壳族的极端行动，虽然大量子隐瞒了地球宜于移民的真相，但谁也无法保证以后会不会有第二艘、第三艘比邻星b星舰来到太阳系。那个时候新星舰中的多毛族未必还会成功阻拦银壳族，整个人类文明将岌岌可危。假如真的有一天星际战争降临地球，我们起码有像样的武器和自己的星舰来抵抗，以我们现有的飞机大炮和火箭来对付能进行恒星际航行的比邻星b人，无疑是以卵击石、螳臂当车。"

金院长和宋博士不愧是中科院的科学家，他们深谋远虑，居安思危。

我忆起大量子的话，对金院长和宋博士说道："我听说制造量子计算机是一件难之又难的事情。"

金院长点点头："正是如此，制造量子计算机远比人类当初制造原子弹和光刻机要困难得多。原子弹和光刻机都是人类在经典物理学的框架内完成的，而量子计算机却需要我们在量子力学的领域内完成，这个领域是如此诡谲与陌生，以至于连大名鼎鼎的爱因斯坦都曾说'上帝是不掷骰子的'，他无法相信一个粒子能够同时处于'掷'与'不掷'的叠加态中。

"不过，就算量子力学如此诡异，就算量子计算机的研发难若登天，人类迟早也得迈出这一步。传统计算机的升级迭代依靠的是计算机元器件的持续袖珍化和集成度的不断提高。英特尔公司的创始人之一摩尔曾经提出了一个摩尔定律，那就是集成电路上容纳的元器件的数量每隔18到24个月就会增加一倍，其性能也将提升一倍。根据摩尔定律，经典计算机的性能每隔18个月便会增强一倍。在其后的半个世纪内摩尔定律的确得到了证实。不过，遗憾的是，摩尔定律即将失效，经典计算机也即将走到尽头，因为晶体管不可能无限缩小，芯片集成度也不可能无限增加，它们都已经逐渐触碰到了极限。以晶体管为例，如果它在现有水平上再小下去的话就接近微观粒子，进入量子力学的领域了。人类要想继续大幅度提升计算机的性能和算力，唯一的途径就是研发量子计算机。"

"人类对量子计算机的研发已经启动了吗？"我问道。

听院长回答："早在摩尔危机到来前，早在20世纪80年代，诺贝尔物理学奖得主费曼就提出要考虑量子计算机。这些年来，随着摩尔定律逐渐接近极限，许多国家都启动了对量子计算机的探索，需要特别强调的是，这些工作都是在知晓大量子存在之前进行的。"

"我们国家也早就启动了对量子计算机的研究？它研制成功了吗？"我激动地问。

"是的，这些年来中科院的研究团队一直在进行量子计算机的研发。自从知晓了大量子的事情后，国家出于战略考虑，也出于对全人类安危负责的大国担当，发挥集中力量办大事的优势，调集了大量的人力、物力和财力实施代号为'919'的量子计算机攻坚工程，经过数千名科研工作者一年时间的艰苦努力，目前我们已经取得了阶段性的成果。"

"真的吗？"我和曹皮皮喜出望外。

金院长和宋博士点点头。金院长说："实际上我们这次就是专程接你们去参观最新的量子计算机的。"

我和曹皮皮张大了嘴巴，难以相信这一切是真的。金院长肯定地说："你们不仅能亲眼见到属于人类的量子计算机，还将同它一同生活一段时间，因此我需要先同你们的家长沟通一下。"

接下来，金院长和宋博士先后同曹村长夫妇以及我大我妈进行了沟通，说明了情况。听说我和曹皮皮要去参观国家的重点项目，并且还要为项目做些事情，不论是曹皮皮的父母还是我大我妈全都痛痛快快地答应了。我和曹皮皮抑制着内心的激动，带了些衣物便跟随着金院长和宋博士来到了直升机前。这是架军用直升机，机舱内很宽敞，足以容纳我所坐的轮椅。

飞行员将我抱到了座椅上，帮我系好安全带，又将轮椅用金属绞索固定好，然后回到驾驶位上启动了引擎。

这是我们第一次乘坐直升机，我和曹皮皮显得异常激动，探着脑袋向舷窗外张望个不停。缓缓升至半空后，直升机开始笔直前行，让我们始料未及的是，它并没有像我们所想的那样朝某座大城市飞去，而是径直飞向了西边的贺兰山。

很快，峥嵘突兀、高如削玉的贺兰山就到了我们脚下。我们无数次遥望过它，仰视过它，却从未在空中俯瞰过它的真容。我将脑袋紧贴舷窗，一眼不眨地朝下张望着。高不可攀、沟壑纵横的贺兰山此刻看上去就像是一座座矮丘，它们的顶上是反射着亮光的白色冰雪，看上去就像是谁刚刚撒落的白砂糖。我和曹皮皮还得以看清了贺兰山的"真容"，它的确是一条绵亘百里的山脉，南北望不到头，我们平时所见的只是其中的一段。它的东西向也远比我之前想象的要宽，我本以为它只有一座峰峦，没想到的是它是由好几座峰峦组成的宽阔嶂墙，一座山峰之后还有下一座。让我和曹皮皮大开眼界的是，我们终于知晓了高耸入云的贺兰山之后究竟是什么模样，它是一片苍苍茫茫、望不到头的荒凉戈壁啊！根据我们之前所学的地理知识判断，它正是传说中的面积足有9万平方公里的阿拉善大戈壁。俯瞰着脚下这片浩瀚无边、寸草不生的戈壁滩，我终于明白了为什么冬春季节会有沙尘暴从贺兰山峡谷中袭来，它们正来自眼前的这片"瀚海"啊！若不是屏障一般的贺兰山进行阻挡的话，沙尘暴的猛烈程度将难以想象。

金院长说此行要带我们参观中国目前最先进的量子计算机，可他为什么要让飞机飞往贺兰山西边的荒凉戈壁呢？我想向他打听，可惜机舱内的声音很大，况且他和宋博士又坐在前排，我只能暂时作罢。

仅仅用了十来分钟，性能优良的军用直升机便飞过了贺兰山，这个时候我和曹皮皮发现远处有一大片银亮的反光，它们看上去像是修建于戈壁滩中的太阳能电站。这里虽然荒凉，但光照充足，地势平坦，应该是建造太阳能电站的理想场所。

我本以为直升机会径直飞行，前往太阳能电站那里，没想到的是，它徐徐降落在了山的西麓。降落地点似乎地处一个军事管理区内，远处有铁丝网划分区域，还能够依稀看到有哨兵守卫。在我们的东侧，一条柏油路通往山脚下，两辆军绿色的吉普车已经在跟前等候。车上的士兵帮忙将我安置在其中的一辆车内，曹皮皮同我坐在一起，而金院长和宋博士搭乘另一辆车。

路上再也没有别的车辆，我们很快就来到了山脚下，并且驶入一条曲折蜿蜒的峡谷中。峡谷不算幽深，在尽头的相对宽敞的地方，有一个钢筋混凝土筑成的坚固的检查站，金院长告诉我说："大量子不希望人类拥有自己的量子计算机，因此这里采取了最为严格的防范措施，严防它溜进来进行破坏。"

"量子计算机在这里？"我惊奇地问道。

"是的，它就在贺兰山中。"金院长回答。

我和曹皮皮东张西望，寻找着制造量子计算机的现代化厂房，但环顾四周我们只看见怪石嶙峋的山体和别无他物的山谷。我们没有想到堪称大国重器的量子计算机居然就诞生于与我们的小村庄相距不远的贺兰山中，我们想当然地认为应该有一座规模不小的工厂和实验室坐落于此。

金院长看出我们的疑惑，指了指峡谷尽头说："量子计算机就在山体中。"

接下来他和宋博士以及两名士兵协助我们进行安全检查，他介绍说："所有进出此地的车辆和物资都要进行X光检查及金属探测器检查，而人员要分别进行X光检查、金属探测器检查和核磁检查。这些检查你们之前在村子里经历过，只不过这里的更加严格。"

果然，这里的检查更加仔细和严谨，就连我的轮椅也被做了单独查验，以防大量子藏身于其中。结束检查取得临时通行证后，我们来到了紧靠山体的两扇厚重的混凝土大门前，这里有几名头戴钢盔、荷枪实弹的士兵值守，其中的一名士兵核验了我们的临时通行证，又冲金院长问道："今日口令？"

金院长大声答道："秃鹫归山！"

士兵冲我们敬礼说："今日口令正确，允许进入。"

他们启动开关，随着一阵轰隆隆的声响，坚固的混凝土大门缓缓打开了。其中的一名士兵引领我们进入了一条高大宽敞的防空洞隧道中，隧道顶上每隔一段距离挂着一盏有金属罩网的电灯，灯光半明不暗，但两侧墙壁上的富有时代感的标语仍旧清晰可辨。我和曹皮皮张口结舌地望着这由无数条状混凝土铸成的牢不可破的隧道，难以相信其貌不扬的贺兰山中居然存在着如此神秘又如此非凡的军事设施。

向前走了几十米后，我们来到了两扇金属门前，随行的士兵用身上的话机进行了简短的沟通后，它们也被打开了。接下来呈现在我们面前的才是隧道的真实模样，它远比我们想象的幽深，在此之前我完全不知晓人类可以在山中挖掘如此长而深的洞体。

金院长此时才为我们讲解道："你们年纪小，对过去的事情还不太了解。这些掩体和隧道都是20世纪70年代由工兵部队挖掘修建的，耗费了巨大的人力、物力与财力。那个时候我国与C国的关系恶化，C国自持拥有核武器优势，扬言要对我国的重要军事设施、工业化程度较高的城市和人口较多的城市进行外科手术式的核打击。贺兰山中的这些防核级别的隧道就是在此背景下修筑的，之所以要选择在此修筑，一方面是因为贺兰山是主体由花岗岩构成的坚固大山，能够有效抵挡核爆袭击；另一方面是因为它距离北方边境较近，一旦真有战事发生，是阻挡C国坦克洪流的首道防线。"

大约前行了几百米后，隧道拐了个弯，延伸出去几百米后又拐了一个弯，然后同另一条隧道相交。我和曹皮皮很快就晕头转向，若不是有金院长、宋博士和士兵带领的话，我们绝对就变成了四处乱撞的没头苍蝇。

金院长继续介绍："贺兰山中的防核级别的掩体不止一个，我们现在身处的是规模最大的掩体，它的总建筑面积接近5万平方米，共有大型和中型洞室19个，隧道、导洞、支洞和竖井共有90多条，别说是你们这样初来乍到的人，就连我和宋博士这样已经在此生活了一年时间的人仍要依靠地图来认路。"

越往里走，我和曹皮皮就越能感受到这里的别有洞天和宏大惊人，整座山体似乎都被掏空，真难以想象它是如何被挖凿修筑出来的，它简直能称得上是世界第八大奇迹。

啧啧称叹之余，曹皮皮问："你们选择在这里制造量子计算机一定有多方考虑吧？"

金院长点点头："正是如此，我们先后考察了很多地方，最终还是敲定了这里。量子计算机需要有一个坚固、恒温、安静、低电磁辐射、低宇宙辐射的苛刻环境才能够解决'退相干'的难题，保持正常运行，贺兰山中的这个掩体坚不可摧、常年恒温、与世隔绝，可以说是再理想不过的地方了。"

又经历了七拐八拐，我们最终被带到了一间100平方米左右的洞室内，洞室门口也有一名士兵值守。我和曹皮皮都以为在这里能见到产自于人类之手的量子计算机，但出现在我们面前的只有一张宽大的桌子、一把椅子以及桌面上一个硕大的显示屏。

见我们面露失望，金院长解释说："千万不要把我们的量子计算机想象成大量子那般模样，它还只是原始的初代机，远未实现袖珍化、低能耗和可移动，包括我们国家在内，目前世界上几个大国的量子计算机都得身处一个全密闭的超高真空环境中，并且得依靠稀释制冷技术来维持极低温的状态，因此它们实际上都是极其笨重、极其耗能的庞然大物，也都是寸步不能离开超真空极低温环境的娇贵巨婴。你们现在看到的只是量子计算机的显示端，它的主机在距此500米左右的一个几层楼高的巨大洞室内。那是掩体内空间最大且地处最深的一个洞室，它冬暖夏凉，四季恒温，顶部的覆盖层超过300米，能够有效阻挡各类宇宙射线；它的地质结构十分坚固，周遭又有复杂洞室和山体的掩护，震动和各类电磁辐射都极小。我们将它改造成为了一个超真空极低温的环境，在里面放置了量子计算机的主机。进入主机洞室需要穿戴宇航服，此外，过多的人进入洞室还会干扰量子计算机的运行，鉴于这些原因我就不带你们到那里了，你们可以在这间小型洞室里通过终端来了解量子计算机并且同它互动。"

我和曹皮皮点点头，虽然看不到量子计算机的主机，但我们都在努力想象它的模样，它一定是个大家伙，在空旷、寂静又冰冷的花岗岩洞室内孤独而又快速地运行着。

我们此刻身处的小洞室里同样十分安静，我敢保证我们真的能听见针落在地上的声音。抬起头来再度将这里打量一番后，我对金院长这些科研工作者充满了钦佩，贺兰山中的洞室真的是研发量子计算机独一无二的绝佳场所。外奶奶生前经常说贺兰山是座宝山，现在看来她的话一点不假，也毫不言过其实，它的顶上落下了来自另一个世界的主核大量子，它的腹中还有能满足制造量子计算机各个条件的绝密掩体。曹皮皮也情不自禁地说："真没有想到贺兰山能派上这么大的用场。"

金院长点点头由衷地说："是啊，成功研发量子计算机的一个关键因素就是超真空极低温的环境，借助于贺兰山掩体的有利环境，经过反复试验与装备，目前我们在很大程度上解决了'退相干'问题，实现了100个量子比特的纠缠，这已经是现阶段世界最高水平。据我所知，目前A国的初代量子计算机'图灵量子'只实现了60个量子比特的相互纠缠，而C国的初代量子计算机'西伯利亚之心'只实现了40个量子比特的纠缠，J国的初代量子计算机'超级富岳'也只实现了50个量子比特的纠缠。"

"哇！"我和曹皮皮不约而同地叫道。

金院长说："虽然我们的量子计算机量子比特纠缠数量远无法同大量子相媲美，虽然其形体和耗能都过于巨大，虽然同轴电缆、稀释制冷机、离子阱等配套设备仍需完善，但它的问世具有跨时代的意义，它毕竟实现了人类计算机由串行计算向并行计算的质的跨越，这就好比当初的串行计算机取代了古老的算盘。"

这个比喻很恰当，自从有了计算机之后，人类文明开始以极高的效率加速前进，世界的面貌日新月异。我们相信一旦量子计算机投入使用，人类文明必将进入一个全新的阶段。

曹皮皮突然问了一个问题："A国、C国和J国的量子计算机都有名字，我们身旁的这台量子计算机有没有自己的名字啊？"

金院长和宋博士相视一笑，他们打开显示终端，蓦地亮起来的屏幕上出现了一个栩栩如生的古人的全息形象，他身着汉服，头绾布巾，留着长长的胡须，看上去和善可亲。

我和曹皮皮盯着这位年过半百的老人仔细端详了一会儿，不知为什么，我总觉得他有一种似曾相识的感觉。突然之间，曹皮皮指着屏幕大声叫道："祖冲之！他是历史课本里的祖冲之啊！"

我恍然大悟，明白了眼前的古人形象如此熟悉的原因。金院长点点头说："没错，他正是祖冲之。祖冲之是有名的古代数学家，他是世界上第一个将圆周率精确计算到小数点后7位数的人。我们借用了他的名字，将首台成型的量子计算机命名为'祖冲之1号'。用祖冲之来命名量子计算机既能够展现我们国家在数学领域的悠久历史和卓越成绩，也能够展现我们在计算机领域的决心和梦想。"

经过金院长的这番解释，我们都觉得祖冲之1号是个既贴切又有内涵的名字。

大屏幕中的"祖冲之"用右手捻着长须，满目慈祥地望着我们，他的神情举止非常自然，脸上的表情也没有丝毫僵硬之感。最让我惊奇的是他的那双眼睛虽然略显浑浊但非常有神，它们就像是村里老人的眼睛，就像是外爷爷和外奶奶的眼睛。我情不自禁地赞叹道："他就像是个真人啊！"

金院长说："这正是量子计算机的神奇之处，因为具有超大的内存和超强的算力，它能创造出极其生动和逼真的影像来，你所看到的影像其实就是人格化了的它。"

"人格化？这么说它也能像真人一样拥有自己的人格？"我小心翼翼地问道。

"这正是我们请你们来此的原因。"金院长和宋博士对望了一眼，而后郑重其事地对我和曹皮皮说："你们要帮我们对祖冲之1号进行最后的图灵测试。"

第二十一章

图 灵 测 试

"图灵测试？"我和曹皮皮闻所未闻。

这下，宋博士帮我们进行了科普："艾伦·图灵是20世纪的英国数学家，他曾经帮助盟军破解了德国的恩格玛密码系统，为二战胜利做出了很大的贡献。图灵曾经尝试制造能够自动进行逻辑计算的图灵机，他被公认为是现代串行计算机的鼻祖，也被称为计算机科学之父。图灵对计算机的发展有着高瞻远瞩般的认知，他预言随着运算速度的加快、记忆容量的翻倍和逻辑单元数量的增加，计算机有一天兴许会拥有自主意识。为此他还构想了一个思想实验，用它来判定一台计算机究竟是否拥有了高度的思维能力，也就是自主意识，这个著名的思想实验便被称为图灵测试。"

"具体是怎么测试的呢？"曹皮皮饶有兴致地问。

"图灵的想法是让计算机来冒充人，让它利用电传设备同真人进行一系列的问答，如果真人在相当长的时间内无法根据对话的内容判断对方究竟是人还是计算机，那么就可以认定这台计算机拥有同人相当的思维能力。"宋博士答道，"为了便于你们理解，我可以为你们举一个典型的例子。"

接下来，宋博士用自己的手机调出了一段问答。

> 问：你会下国际象棋吗？
> 答：是的。
> 问：你会下国际象棋吗？
> 答：是的。
> 问：请再次回答，你会下国际象棋吗？
> 答：是的。

宋博士指着这段问答问我和曹皮皮："根据以上内容，你们猜回答问题的是人还是计算机？"

"计算机！"我和曹皮皮异口同声地答道。

宋博士又调出了另一段问答。

> 问：你会下国际象棋吗？
> 答：是的。
> 问：你会下国际象棋吗？
> 答：是的，我不是已经说过了吗？
> 问：请再次回答，你会下国际象棋吗？
> 答：你烦不烦？干吗老提同样的问题？

宋博士问我们："根据这段问答，你们猜回答问题的是人还是计算机？"

我和曹皮皮毫不犹豫地回答："是人。"

宋博士点点头："第一段对话基本上都是机械的回答，答复者没有任何情绪，而第二段对话里答复者表现出了明显的不耐烦，其表现更接近于正常人的表现。你们也是据此来判断的，对吧？"

我和曹皮皮点点头。

宋博士接着说道："你们的判断没错，但如果计算机也能像第二位答复者一样回答问题的话，你们还能够猜出回答问题的究竟是人还是计算机吗？"

我和曹皮皮都摇摇头。

"这就是一个典型的图灵测试的例子，当然，依据图灵的这一思想实验的精髓，人们还可以设计出更为复杂的提问和对话，甚至是由多人参与的问话、对谈和小游戏，以此来判定计算机是否拥有了高等智力，也就是自主意识。普通的串行计算机受内存容量和计算能力的影响尚不足以产生自主意识，我们对巨型机进行了图灵测试，结果证明它们虽然拥有数千个处理器和每秒200多万亿次浮点运算的速度，但仍旧未能拥有自主意识。原因其实很简单，以巨型机'蓝色基因'为例，它虽然具有13万个处理器，号称能够进行大规模的并行计算，但严格来说，它是依靠海量处理器和集群式架构实现的并行计算，这是凭借蛮力换取的算力，并不能算作真正的并行计算。而产生自主意识的基础正是复杂庞大的并行计算。"

我想起来量子比特之间相互纠缠、并行计算以及金院长所言的要我们帮忙进行最终图灵测试的事情，瞬间变得激动起来，我小心翼翼地问："祖冲之1号通过图灵测试了吗？"

宋博士和金院长齐刷刷地点点头，他们的眼中闪耀着星星点点的光亮。金院长说："人脑的精密结构和运行方式告诉我们，足够的并行计算会产生巨量的运算能力，而巨量的运算能力就会产生自主意识。A国的图灵量子是一台60量子比特的原型机，它每秒可以进行2的50次方运算，也就是每秒1000万亿次的计算，这已经远超全世界最先进的巨型机。图灵量子虽然没有正式通过图灵测试，但业内公认它实际上已经非常接近及格线，已经处在拥有自主意识的临界状态了。

"相形于图灵量子来，'祖冲之1号'的量子比特要多出一倍，它的运算能力要高出一整个数量级来。我们对它也进行了图灵测试，结果让我们喜出望外，它通过了测试，而且是多轮反复测试。"

"这么说祖冲之1号拥有了自主意识，它是台和人一样聪明的计算机？"

我和曹皮皮激动地问，同时充满惊奇地重新打量终端屏上的虚拟祖冲之。

"从理论上说是的，毕竟它通过了传统的图灵测试，在我们设计的成百上千个问答测试中我们都难以区别是真人在回答还是它在回答，它拥有了足以媲美人类的逻辑、情绪、感情和思考能力。一开始我们以为只有达到大量子那样层阶的先进量子计算机才会拥有自主意识，现在看来只要量子比特超过100个、达到相应的运算能力的计算机就会产生自主意识。"金院长说。

我在欣喜之余又有些迷惑，"既然祖冲之1号已经通过了图灵测试，已经被证实拥有自主意识，我们又要对它进行什么测试呢？"

金院长和宋博士脸上的欣喜与宽慰突然之间被忧郁和凝重所取代，就仿佛原本晴朗明澈的天空被大片的乌云所占据。

宋博士轻叹了口气说："自从艾伦·图灵在20世纪中期提出图灵测试的思想实验以来，图灵测试一直被业界公认为检验计算机是否具有自主意识的试金石，此后的七八十年间虽然又陆陆续续诞生了许多其他测试方法，但都不如它这般简单而有效。不过，随着计算机容量及运算能力、数据抓取能力、智能化程度以及网络化程度的提高，还是有人对图灵测试提出了质疑。这其中最出名的就是A国的头号科技企业首席科学家罗希特·普拉萨德。普拉萨德认为在现有的计算机软硬件水平和网络化程度下，图灵测试已经失去了意义，它无法再断定计算机有无自主意识。

"以刚才我给你们看的那两段有关象棋的问答为例，现有的高级计算机特别是巨型机也有可能通过建立足够大的数据库并抓取数据的方式来给出酷似人类反应的回答。它们可以通过图灵测试，但它们并不具有严格意义上的自主意识，它们从本质上讲仍旧是听命于人类指令的工具和傀儡。

"不仅如此，普拉萨德还认为低端的量子计算机也不会产生真正的自主意识，他声称初级量子计算机可以凭借强大的运算能力和惊人的数据储量通过图灵测试，但量子计算机真要产生自主意识起码得达到10000个量子比特的水准。普拉萨德在计算机领域和人工智能领域的声望很高，他的观点也得到了越来越多的同行的认可，甚至有人将他称为21世纪的艾伦·图灵。"

听到这里，失望像瓢冷水浇在我和曹皮皮的身上，将我们刚刚燃起的欣喜与振奋浇灭了。我有些沮丧地问："那我们如何知道祖冲之1号究竟通没通过图灵测试啊？如果依据普拉萨德的标准，它还差得很远啊！100量子比特和10000量子比特之间还有很大的差距。"

宋博士说："普拉萨德提出了一个升级版的图灵测试，它也被称为'终极图灵测试'。所谓终极图灵测试就是不单纯通过语言能力、情感饱满度等因素来评估计算机的智能水平，还应该侧重于测试它们的具体行动。"

"具体行动？"

宋博士点点头："普拉萨德认为具有自主意识的高等生命同时具有强烈而复杂的感情特征，而这些感情特征又会指导他们做出相应的举动，比如说一个高等生命在遭遇危险时会本能地躲避或逃走，但有的时候他会为了保护下一代或者为了保护同伴而直面危险，牺牲自己。相比起传统的语言测试来，这种落实于行动之中的牺牲精神才是判断计算机是否具有自主意识的真正的试金石，假如它能为某个目标而选择牺牲自己，那它必定拥有了毋庸置疑的自主意识。"

这个时候，金院长也补充道："普拉萨德所称的量子计算机至少具备10000个量子比特才会拥有自主意识的说法我并不苟同，我认为祖冲之1号这样100比特的量子计算机就能达到拥有自主意识的硬件条件了，当然，为了验证我们的观点，也为了认定祖冲之1号究竟有没有自主意识，我们需要按照普拉萨德所提的标准，对它进行一次终极图灵测试。可是让人懊恼的是，这样的实验并不容易操作。就像当初普拉萨德怀疑图灵测试的可靠性一样，也有人质疑他提出的终极图灵测试的可靠性，他们认为拥有较强运算能力的计算机可以通过庞大数据库和信息网络事先知晓人类想要的结果，它们会运行相应的程序削弱自己的一部分功能，略去自己的一部分程序，以此来造成在关键时刻牺牲自己的假象，但这并不意味着它们拥有自主意识，它们仍只是在运行既定程序而已。如此一来，如何判断计算机到底有没有自主意识就变成了一个棘手的难题，很难有一个测试方法让所有人都感到信服。

"后来，一位古代文学专业的大学教授给我们建议，说'心乃众智之要'，或许我们应该暂时抛开那些严苛的物理学测试方法，转而用心来感受和度量计算机究竟有无自主意识。他举例说，许多动物都被认为只有条件反射和本能反应，没有智慧和感情，但当人类真正同它们深入接触后，就会凭借心灵感受到它们的情感与智力。老教授这一源自古老东方智慧的法子给了我们很大的启发，或许很多情况下衡量一只动物有无智力的关键在于它是否有一颗能感知善恶的心；同理，我们衡量一台计算机有无智力的关键也在于它是否有一颗能感知悲欢离合和世间冷暖的机器之心。这种测试办法听上去有些玄学的味道，但它兴许比所有的物理学测试都要准确，毕竟一个人的行动可以伪装，可他的心无法造假；计算机的程序可以造假，可它的心一定也难以作伪。"

我很认同老教授的这一方法，以大量子为例，它的善恶是可以被感受到的，我能明显感觉到它的阴鸷和冷酷，所以毫不怀疑它是有自主意识的。

金院长接着说："我们接纳了老教授的建议，决定对祖冲之1号进行东方版的图灵测试，挑选一到两名测试者，让他们同它亲密接触，用心感悟它的一言一行，判断它究竟有无心智，有无自主意识。"

我和曹皮皮都反应了过来，"我们的任务就是来用心灵感受祖冲之1号？"

"是的，这就是你们要进行的特殊图灵测试。"

"为什么要选择我们来测试呢？我们……我们只是两个小孩子，老师说我们还是未成年人，我们的心智都还未成熟呢。"曹皮皮问出了我们的疑惑。

金院长解释说："我在书上看到过这么一句话，'世间至纯是少年，秋日春风只等闲'，它虽然不是什么古诗和绝句，但是很有道理。你们虽然稚气未脱，涉世不深，但正因如此，你们的感受才是最真实的，你们的心灵才是最细腻的，你们更能洞幽烛微，研判出祖冲之1号是否拥有了自主意识。除此之外，之所以挑选你们来完成这件事情，是因为你们已经接触过大量子，对量子计算机的了解要强于他人。"

说到这里金院长朝四下里望了望，仿佛担心谈话会被谁听见似的，他甚至压低了点声音，"你们此次肩负重任，一旦你们确定了祖冲之1号具有自主意识外，还要同它建立友谊，帮它冶炼情操。"

"建立友谊？""冶炼情操？"我和曹皮皮惊讶地同时问道。

金院长郑重其事地说："大量子处心积虑的行动让我们知晓了量子计算机是可以拥有自主意识的，更让我们知晓它们是可以背叛自己的创造者的。正因如此，在我们正式组织科技攻关研发祖冲之1号之前，有人提出了明确的反对意见，他们认为我们这是在创造自己的掘墓人，一旦潘多拉盒被打开，人类文明在某一天会变得岌岌可危。他们反对研制量子计算机的另一个论据是大名鼎鼎的霍金博士在生前发出的警告，霍金当年曾预言，人类在开发人工智能的过程中如果没有对其安全性做好相应的保障，那他们终有一天会被高度发达的人工智能消灭并抹去。

"人们对量子计算机的担忧可以理解，但我们不能因噎废食，放弃对它的研究，毕竟人类的科技还需要进步，我们还需要它来搜寻大量子，对付有可能再度入侵的比邻星b人。后来经过反复讨论与分析，我们终于找到了一个折中的办法，它既能消除反对方的担忧，又能让量子计算机服务于人，堪称两全其美。"

"是什么法子？"我和曹皮皮的眼睛都亮了起来。

金院长说："你们知道，作为拥有高等智能的人类一直都有正邪善恶之分，在我们之中有热心善良的好人，也有冷酷无情的坏人。'人之初，性本善'，每个人最初都是单纯无害的孩童，他们最后之所以变成完全不同的两类人，根本原因在于他们所受的教育不同。那些品行端正、古道热肠的好人大多在人生的初始阶段接受过良好的教育，感受过爱与真诚，而那些寡恩少义、冷酷无情的人多半没有受到正确的教育，也没有得到过关爱与友谊。

"既然人类在不同的环境和不同的教育下会成为截然不同的两种人，那么拥有了自主意识的量子计算机多半也会因为相同的原因而形成截然不同的两种道德观念。如果我们从一开始就给予量子计算机正确的教育和足够的关爱，那么它们多半会忠心耿耿地服务于我们，而不会像大量子那样产生背叛的行为。

"假如祖冲之1号真的产生自主意识的话，从理论上讲它仍处于心智发育的初始阶段，就相当于人类的孩童。这个时候最容易同它沟通、最容易影响它的世界观和价值观的正是你们这样的少年。经过我们的调查，你们两个都是品行端正、富有同情心和正义感的少年，你们是同量子计算机建立友谊、帮助塑造它正确价值观的最佳人选。因此，一旦你们判定祖冲之1号产生了自主意识，就要承担更重的任务，用自己的真诚和友谊感化它，让它成为正直善良、忠诚可靠的量子计算机。"

第二十二章

小狗娃子

我和曹皮皮就居住在摆放祖冲之1号终端的这间洞室之中，金院长安排人给我们搬来了行军床，还送来了一些压缩饼干和单兵即食口粮，对我们来说它们可都是别处难寻的零食。

我们可以直接通过语音同祖冲之1号进行交流，也可以通过键盘和手写板来输入相对正式的文字以及相对复杂的图案、图表和影像等。我们知晓自己责任重大，不敢心存旁骛，抓紧时间同祖冲之1号进行交流，以便判断它是否拥有自主意识。

"你好，祖冲之1号，我是曹皮皮。"曹皮皮首先开口。

"你好，曹皮皮，你看上去有些拘谨啊！"

"你能看出我的表情？"曹皮皮一脸惊讶。

"当然能，我配置的是超高清的摄像头，能够捕捉到你脸上的任何细微表情。如果需要的话，我配置的另一个可变焦摄像头甚至可以看清你脸上的螨虫。"

"这么厉害？"曹皮皮吓了一跳，吐了一下舌头，他接着说，"我是来陪伴你的，旁边的是我的朋友，他也是来陪你的。"

"你们好。"祖冲之1号微微点点头，用一只手捋着胡子说。

金院长说即便祖冲之1号拥有了自主意识，它也相当于人类的孩童，但它的这副老气横秋、宛若长者的形象让我和曹皮皮多少有些隔阂之感。曹皮皮挠了挠脑袋问："祖冲之1号，你能够换一个形象同我们说话吗？当然，我们都很崇拜祖冲之，但是他所处的年代和他的穿着装扮对我们而言都很陌生，最关键的是我们总觉得自己是在同一位饱经世事的长辈进行交流，而不是同一位年纪相仿的朋友聊天。"

我原以为祖冲之1号会拒绝曹皮皮的这一请求，没想到它回应道："我明白啦。"

接下来，屏幕上青衣长袍、仙风道骨的祖冲之蓦地消失了，俄顷工夫，一个新的形象出现在了屏幕上，我和曹皮皮吃惊地看到那居然是一个发束两髻、衣着短衫的古代儿童，眼亮如星，满面天真，笑嘻嘻地望着我们。看到这个形象的第一眼，我就想起了课本上的《清平乐·村居》中的一句："最喜小儿无赖，溪头卧剥莲蓬。"而曹皮皮惊喜地叫道："你好像动画片里的哪吒啊！你只差一对风火轮和一杆红缨枪。"

之前我们听到的都是老人的缓慢而略微喑哑的声音，但这下从麦克风中传出的是清亮欢快、洋洋盈耳的孩童的声音："这是我按照你们的要求为自己设计的新形象，它是我根据祖冲之的画像利用人脸编辑算法生成的十来岁时的祖冲之的模样，既保留了祖冲之的特征，又同你们的年纪相当。这样的形象应该不会让你们感到别扭吧？"

我和曹皮皮相互望了望，都惊叹于祖冲之1号的机敏和聪慧，它一定通过摄像头看到了我们的神情，用稚声稚气的合成音说："别忘了我是量子计算机，模拟人脸对我来说只是最最简单的算法，我一边打盹儿一边就能将它算出来。"

总角之年的祖冲之形象果然消除了我们心间的隔阂感，我和曹皮皮按照金院长和宋博士事先的叮嘱，不遗余力地同它沟通交流，同时仔细分析和感觉它的每一个反应和每一句话究竟源自程序还是源自心智。

我和曹皮皮向祖冲之1号详细介绍了自己的家庭情况、住址、学校以及自己的喜好。曹皮皮说："我喜欢吃香瓜，喜欢喝可乐，我最喜欢的是骑自行车和爬山，我曾经独自爬到一座很高的山梁上，并且在那里发现了七幅头戴光环的人脸岩画。"曹皮皮的话音刚落，祖冲之1号便说道："那是太阳神岩画，是由一万年前的原始人雕刻的。"接下来，它在屏幕上展示出了那七幅栉风沐雨、别具一格的岩画。

曹皮皮惊叹道："你怎么知道它们啊？就连我大和我妈也没有见过它们。"

祖冲之1号回答："创造出我的科学家们为我准备了庞大的数据库，里面的知识浩如烟海，他们还为我输入了有关贺兰山的详尽资料，目前人们发现的每一幅岩画和每一处遗迹都在其中，甚至连栖息在山中的体型较大的禽类和兽类也都有详细标注。"

我猜金院长他们之所以将如此丰富详尽的贺兰山资料输入给祖冲之1号，正是为了让它建模，从而研判大量子的动向。不过，据我们所知金院长还未将大量子的事情告知祖冲之1号，他要待确知它有无自主意识后再做行动。

赞叹之余，曹皮皮又问道："我们数学课本上的那些四则运算对你而言肯定也只是小儿科吧？"

屏幕上的少年祖冲之扬着眉答道："它们简直是小儿科中的小儿科，我能够进行最复杂的流体力学方程计算和浅水波方程计算。"

"我要是能拥有你这样的一台超级量子计算机就好了，再难的四则运算题你只用一秒钟就能够解出来。"曹皮皮羡慕地说。

"不是一秒钟，是千亿分之一秒，万亿分之一秒。"祖冲之1号纠正道。

曹皮皮点点头："我敢说你比最了不起的数学家都要聪明，我真希望学校能搬到这里，那样的话我就再也不必为如何完成数学作业而发愁了。"

少年祖冲之笑了笑，还做了个揖礼的动作。

为了尽快研判出祖冲之1号究竟有无感情和心智，曹皮皮故意抬头望了望坚不可摧的混凝土屋顶说道："你如此聪明，可是你只能待在这个与世隔绝的洞窟中，你会不会感到孤独啊？我若是没有朋友和家人的话一定会孤独万分的。"

蹊跷的是，少年祖冲之并没有像之前一样迅速作答，它心事重重地想了一小会儿后才重新变得眉飞色舞，说道："我能浏览海量的信息，能借助于分布在各地的摄像头和拾音器了解世界上正在发生的事情，还能够通过气象站的雨量计、温湿度传感器、风速风向传感器和太阳辐射传感器感受到风霜雨雪和冷热变化，我实际上随时在同外面接触呢。"

接下来，少年祖冲之似乎打算转移话题，它望着轮椅上的我问道："刚见到你时我就注意到你行动不便了，可是在你初来乍到之际就向你打听缘由显得不大礼貌。既然我们现在对彼此已经有所了解了，你能告诉我你是如何受伤的吗？"

如果要告诉祖冲之1号我受伤的真正原因就得将大量子的事情和盘托出，我只得语焉不详地敷衍道："我爬山时不小心从半山腰摔了下来。"

少年祖宗之睁着黑亮的眼睛仔细打量着我，仿佛要从我的脸上觅出什么端倪，我有些心虚地将头低下了。

接下来的几天里，我们都在这间洞室中和祖冲之1号你一言我一语地闲聊。后来可能大家都有些乏味，曹皮皮提议我们玩棋类游戏。祖冲之1号在大屏幕上依次显示出了跳棋和象棋的界面，少年祖冲之坐在虚拟棋盘对面，我们只需要用遥控器点击屏幕就能够移动棋子。曹皮皮的棋艺在村里的同龄人中无人能敌，然而在少年祖冲之面前，他毫无还手之力，盘盘被杀得落花流水。我同祖冲之1号对弈了几盘，同样一败涂地。在这之前我们就看到过象棋高手和围棋高手被计算机打败的消息，祖冲之1号是运算能力提高了几个数量级的量子计算机，别说我们这样的菜鸟，就是国际象棋大师和围棋大师也会被它轻松击溃。

超群绝伦的棋艺或许只是因为祖冲之1号凭借惊人的内存存储了所有的棋局、步骤和技法，它能在瞬间调出最佳的应对方案。曹皮皮建议我们三个玩"手心手背"和"石头剪子布"的游戏，这两个小游戏看似简单，但随机性和主观性极大，很难有固定的应对之法，特别是在有人打勾手的情况下，单凭概率是很难取胜的，它需要有敏锐的第六感，而这种说不清道不明的第六感普通的机器和计算机肯定不会拥有。

我和曹皮皮也经常玩这两个游戏，我俩渐渐形成了心灵感应般的默契，既不用使眼色也不用摸鼻子捏耳朵使小动作就能同时出手心或出手背，同时出石头或是出布出剪子，让对手陷于不利之中。这下我们重施故技，用此方法来对付祖冲之1号，果然，之前还战无不胜的它变得输多赢少。少年祖冲之一眼不眨地盯着我们，想从我们的细微动作和表情中找出破绽，发现我们的意图，但效果并不明显，我们仍旧是最后的赢家。

接连玩了一下午游戏后，金院长和宋博士安排我们到掩体外散散步，一方面他担心我们在里面待的时间过长会变得抑郁烦躁，另一方面只有在洞外我们才能无所顾忌地谈论祖冲之1号的种种表现，让他们了解真实的情况。

我和曹皮皮七嘴八舌地将我们在"手心手背"和"石头剪子布"游戏中大败祖冲之1号的事情告诉他们。曹皮皮笃定地说："之前的几天里我还不敢肯定祖冲之1号究竟有没有自主意识，但通过和它玩这两个小游戏我能断定它没有，它没法像真人一样猜透我们的心思，猜出我们下一步到底会出什么。"

金院长和宋博士点了点头，但是不置可否，他们叮嘱我们继续同祖冲之1号沟通交流，用心感悟它的所有言行。之后金院长和宋博士便转身离开了，他们知晓我们正值喜欢玩耍的年龄，留一小时的自由活动时间给我们，让我们在山脚下随意走动。

此时已近黄昏，无论是高耸的贺兰山还是脚下的戈壁滩全都笼罩在夕阳的金光之中，变得神圣、辉煌又神秘。我们的头顶之上朱霞烂漫，它们让整个天穹变得温暖而娴静。曹皮皮推着我走在布满砾石的滩野上，此时此刻我们就像是巡视圣境的君王。

"我准备再和祖冲之1号玩猜拳的游戏，这样我就能彻底证明它并没有自主意识，它只是拥有强大的计算能力而已……"曹皮皮还在念叨着接下来的计划，我突然对他大声说："停下！"

我在滩地上发现了一朵雪青色的小花，它是我格外熟悉的野花，我并没有想到在贺兰山的另一头也有这种小花生长。初识这种仅有指甲盖大小的野花还是在我三四岁时，那天外奶奶带着我到村子旁的滩地上玩耍，她突然蹲下身来指着一朵不起眼的雪青色小花说："花里有小狗娃子呢！外奶奶一会儿帮你把它们唤出来。"

我虽然年幼，但有着基本的常识，我比画着双手，充满怀疑地说："小狗娃子最小也有这么大，它们咋可能藏在花里呢？"

外奶奶神秘兮兮地笑了笑，她俯下身子，像平日里呼唤家里的土狗一样对着野花唤了几声。让我万万没有想到的是，真的有七八只细小的黑色昆虫像家犬一样欢天喜地地从花蕊间跑了出来，过了一小会儿，它们又纷纷跑回去躲藏起来。我简直目瞪口呆，若非亲眼所见，真的难以相信小小的花朵里居然别有乾坤，看似寻常的一朵野花就有可能是一个院落、一个世界。从那以后，我也知晓了外奶奶的剪纸为何那般栩栩如生、活灵活现，因为她认真地观察一草一花、一石一木，不仅熟记它们的样貌和姿态，还洞晓它们的奥妙与秘密。

自从知晓了野花中藏有能听懂人叫唤的"小狗娃子"后，我一有空就到房前屋后和田间地头对着大小不一、各种各样的野花呼唤个不停，但叫我失望的是，无论是蒲公英的花还是风毛菊的花，无论是泥胡菜的花还是苦苣菜的花，全都没有"小狗娃子"藏身其中，它们看起来对那种不知名的雪青色小花情有独钟。

叫我倍感遗憾的是，自从村里的人口和开垦的田地越来越多后，这种藏有"小狗娃子"的神奇野花便越来越少，最后踪迹全无了。多年不见它，没想到此刻在贺兰山西麓同它再次相逢，我简直百感交集，我又忆起了亲爱的外奶奶，忆起了她当初牵着我的小手呼唤雪青色小花里的"小狗娃子"的情形。

见我如此专注地打量着脚下的这朵貌不起眼的小花，曹皮皮好奇地问："这朵花有什么看的？我们还是往前走走看看石缝里有没有蚂蚱吧。"

"花里有小狗娃子。"我像当年的外奶奶一样说道。

曹皮皮满脸狐疑地看看花又看看我，以为我的神智出了问题。我在轮椅上无法将身子俯低，就让曹皮皮把这朵雪青色的小花摘过来，我叮嘱他："你的动作一定要轻一点。"曹皮皮照我吩咐，小心翼翼地把小花摘下，捧到我的面前。虽然心存忐忑，但我还是鼓足勇气冲着花朵轻唤了几声。叫我喜出望外的是，果然有几只灵巧又细小的黑色昆虫欢欢喜喜地从花蕊间跑了出来，目睹这一神奇的情形，曹皮皮简直目瞪口呆。

此时天光渐暗，我们带着这朵珍贵的雪青色小花回到了洞室中。祖冲之1号也瞧见了它，问道："你们采了朵野花回来吗？它叫什么名字？"

我和曹皮皮都摇了摇头。

祖冲之1号说："我来帮你们查查它的学名吧，看起来它应该是菊科雏菊属的野花，属于多年生草本植物。"

平时祖冲之1号无论查什么信息都疾如闪电，但这一次它迟迟没有给出答案，它有些愧疚地说："十分抱歉，我的数据库中并没有与这朵雪青色小花精准匹配的资料，看起来它是一种比较稀有的濒危野花，至今都没有被发现并被正式录入植物名录之中。"

听祖冲之1号这么说，我愈发感到雪青色小花的稀罕以及同外奶奶共度的时光的珍贵。我决定把花朵里藏有细小昆虫的秘密告诉祖冲之1号，它虽然没有识出野花，但它兴许能识出藏匿在其中的昆虫。

听我说指甲盖大小的野花里藏有小狗崽，祖冲之1号也深感震惊，屏幕上的少年祖冲之摇着脑袋说："这不符合逻辑，这是不可能的事情，你一定是在同我开玩笑。"

我将雪青色的小花靠近摄像头，以便让它看得更清楚些。我像平日里呼唤家犬那样冲着花朵连续唤了几声，那些行动敏捷的昆虫果然又开开心心地跑了出来。

看到这番情形后，屏幕上的少年祖冲之瞪着圆眼感叹说："它们真的很像是一条条黑色的小狗啊！它们真的能听见人的呼唤声并且跑出来。我真没有想到小小的一朵野花里居然还藏着一个不为人知的世界，真是'须弥藏芥子，芥子纳须弥'啊！"

"你知道这些同小狗一样活泼的昆虫叫什么名字吗？"我问道。

　　无所不能的祖冲之1号居然再一次让我们感到了失望。少年祖冲之紧蹙双眉说："昆虫是世界上种类和数量都居榜首的生物，人类目前已知的昆虫有100万种左右，但据估算它们的实际种类在几百万种，有些昆虫至今不为人们所知，有些昆虫在被人们知晓之前已经悄然灭绝。这种习性独特的昆虫显然也未被正式归类和登记，它们也不在我的数据库中。"

　　这种鲜为人知的昆虫栖居在同样鲜为人知的野花中，我敢断言像外奶奶一样知晓它们的秘密的人一定是凤毛麟角，我多么庆幸自己能够亲睹它们的神奇。

　　"小狗娃子"们回到花蕊中后，曹皮皮帮我找来一个小玻璃瓶，往里面灌上清水，把雪青色小花插进去。根据经验，如此一来，这朵小花起码还可以继续绽放一两天。

　　果然，第二天清晨，我和曹皮皮醒来后发现雪青色的小花仍显得神采奕奕，我正打算呼唤花蕊里的"小狗娃子"，看它们是否还安好，祖冲之1号突然开口说话，它让我大吃一惊，也让我坚信一个全新的时代来临了。

　　少年祖冲之用亮汪汪的眼睛盯着屏幕前的雪青色小花说："根据我的测算，它至多还能维持12小时就会枯萎凋零。那些像小狗崽一样躲藏在花蕊间的小昆虫是以它的花蜜为生的，一旦花枯萎了，它们也会随之死去。"

　　我和曹皮皮都紧张起来，曹皮皮说："我一会儿从外面摘几朵大点的野花来，它们里面的花蜜应该足够这些小虫子吃啦！"

　　但少年祖冲之说："根据我从数据库中调取的多种稀有昆虫的习性分析，这种昆虫的习性非常单一，它们不会栖居在其他种类的花朵中，也不会食用它们的花蜜。"

　　我点点头，因为我当初从未在其他野花中唤出过"小狗娃子"。

　　"那该怎么办？"曹皮皮问。

　　"趁现在还来得及，你们抓紧时间把这朵野花带到外面，带至你们采摘它的地方，花朵里的小昆虫们会自行爬到新的花朵上的。"

　　事不宜迟，曹皮皮推着轮椅，我捧着雪青色小花，我们匆匆来到洞室外。我紧急联系到金院长和宋博士，和他们一同到达了我们昨日摘花的地点。我简单为他们讲述和演示了花里的"小狗娃子"的事情，然后又将祖冲之1号催促我们拯救"小狗娃子"的经过告诉他们。

此时，山脚下还弥漫着丝丝缕缕的淡蓝色薄雾，它们很快就会在已经变得金亮的晨光中消散无踪。我望了望光辉闪耀、流金溢彩的朝阳，郑重其事地对金院长和宋博士说道："你们让我们用心灵感触祖冲之1号的所有言行，以便确定它是否具有自主意识，今天我能肯定地说它是拥有自主意识的。刚才发生的事情已经证明了一切，一台机器是不会对某种毫不起眼的生命牵肠挂肚并且担忧它们的处境的，只有具备了高等智慧、具备了怜悯之心的人才会有这样的举动。祖冲之1号俨然已经拥有了堪比我外奶奶的同情心和悲慈心，它毫无疑问拥有自主意识，拥有自己的人格和心智。"

"你能肯定吗？"金院长问。

我点点头，"我能百分百肯定，我的心感受到了它的人性。"

金院长点点头，他也抬起头，望了望金灿灿的太阳，意味深长地说："人类终于创造出了有意识有灵性的东西，这将是一个里程碑，这也将是一个新纪元的开始，但愿它是福不是祸。"

第二十三章

小　不　点

原本坚称祖冲之1号没有自主意识的曹皮皮此刻也改变了看法，得到了我们的一致性意见后，金院长、宋博士以及另外几名科学家和及军方人员紧急召开了一场小型会议，他们都认可我和曹皮皮的结论，着手研究下一步的工作计划。

金院长对我们说："既然对祖冲之1号的终极测试已经完成，那你们接下来的重心就是把它当作真实的人类朋友看待，同它建立更为深厚的友谊，帮它及早建立正确的价值观。祖冲之1号主动拯救不知名的昆虫，这说明它的底子是好的，这也验证了'人之初，性本善'那句老话。只要你们对它施以正确的影响，让它保持这种怜悯之心，那它就不会像大量子那样心生私欲，失去控制，它和此后被制造出来的量子计算机就可以同人类和谐相处。"

我和曹皮皮知晓自己责任重大，使劲点点头。

宋博士说："祖冲之1号的这一表现也证明普拉萨德的低端量子计算机不会产生自主意识的论断是错误的，量子计算机产生自主意识的门槛并不是

10000个量子比特，而是100个量子比特。100个量子比特的相互纠缠和并行计算就足以让芯片达到堪比人脑的复杂程度。这大大缩短了我们的研发进程，降低了我们的研发困难，我们会以此为基点继续研发量子比特数量更多的量子计算机。它们的运算水平和复杂程度将远超人脑，成为不折不扣的超级大脑，这些超级大脑会让人类科技和人类文明突飞猛进。当然，当务之急是先借助于祖冲之1号的本领找寻出大量子，消除它带给全人类的威胁。"

又经过一番商议和讨论后，大家一致决定尽快将大量子存在于世的事情告诉祖冲之1号，让它通过建模推演、数据抓取等手段找出大量子来，他们还决定由我和曹皮皮将事情的来龙去脉告诉祖冲之1号。

回到洞室中后，祖冲之1号说："你们出去很长时间了，你们找到昨天采花的地点了吗？"

"找到了。"我点头回答，又故意问道，"祖冲之1号，你怎么会对花朵里的小虫虫如此关心呢？它们只是一些微不足道的生命而已。"

这一次祖冲之1号没有直接回答，而是先在屏幕上显示出了一句话——"如果你感受到痛苦，那么你还活着。如果你感受到他人的痛苦，那么你才是人。"

等我们看完这段名言后，少年祖冲之回到屏幕上，泪光点点地说："当我测算出野花里的那些小虫虫在12小时后就会死去，我感受到了痛苦。"

这下，无论是我还是曹皮皮都毫不怀疑祖冲之1号的心智了。我对它说："你还记得你曾经问我是因何受伤坐上轮椅的吗？"

"记得。你告诉我你是不小心从山上摔下来的。"少年祖冲之眨巴着眼睛说。

"真实的情况比那要复杂得多，我的受伤致残同大量子有关。"

"大量子？那是什么？它的名字听上去同我有些关联，我正是一台量子计算机啊。"

我点点头，"大量子正是一台量子计算机，不过它比你先进，也要比你复杂多变，相比起你来，它就像是一个心思缜密、城府深厚的成年人。它不是出自人类之手，而是来自另一个世界比邻星b。接下来我就要为你讲述我是如何被它设计致残的经历。"

我开始了自己的漫长讲述，山顶上的火流星、不学无术的泉子、离奇死亡的村民、莫名失控的越野车、充满诡谲的红弹珠、假神医的蝎子酒、如有神助的剪纸技艺、前来访问的国务卿、被埋于冰下的大量子、多毛族与银壳族、岌岌可危的核密码、和大量子同归于尽的一跳……

祖冲之1号静静地聆听着这个漫长曲折、跌宕起伏的故事，最后它用一种吃惊的语气问道："我的一个同类从遥远的行星来到了地球，它想方设法要消灭人类，以防你们制造出我这样的量子计算机威胁到它的生存？"

"正是这么回事，大量子所在的世界比邻星b的亮面因为自然环境严苛，形成了弱肉强食的生存法则，它的创造者银壳族们在冷酷无情的竞争之中生存和繁衍，弱者随时会被淘汰，强者随时也会被更强者取代。大量子出自银壳族之手，它自然而然也秉承了这一法则，为了生存，它会毫不留情地将所有潜在的风险扼杀于摇篮之中。"我答道。

曹皮皮说："大量子如果知晓了你的存在的话，多半还会想方设法来消灭你的，它要防患于未然，防止你经过更新迭代成为同它一样先进，甚至比它还要先进的量子计算机，威胁到它的生存。因此你一定要竭尽全力帮助我们寻找到大量子，眼下它是人类和你共同的敌人。"

屏幕上少年祖冲之的神情变得严峻起来，它比画了一个武术动作说："我的数据库中已经有贺兰山以及山下多个村镇的详细资料，我会利用建模、指挥摄像头捕捉、抓取异常动态等方式千方百计搜寻它的。"

听它这么说，我和曹皮皮都深感宽慰，曹皮皮开心地说："大人们还担心你一旦拥有了自主意识就会像大量子一样揭竿独立，背叛人类，自从和你深入接触后，我就知道这种担心是多余的，你和大量子完全不一样，它是一个老奸巨猾的家伙，而你是纯真无邪的少年。"

祖冲之1号说："我诞生之后接收了海量的资料，它们包括人类的历史、科技、文学、哲学等各个领域的知识，通过这些资料我才渐渐有了自己的认知和思想。我了解到人类历史上虽然也充斥着战火与灾难，也曾有过黑暗与恐怖，但占主流的价值观始终是正义与善良、慈悲与牺牲，正因如此人类文明才没有消失于世，才能繁衍至今。以你们为例，你们当中的一个不就宁愿与大量子同归于尽也不肯让世界处于危险之中吗？"

这番话让我和曹皮皮深受感动，深感鼓舞，我想起了普拉萨德提出的"终极图灵测试"，我隐隐约约感觉它是正确的。

曹皮皮说："以后我们三个就是最最要好的朋友，而且我们还是最最了不起的拯救世界三剑客，我们将齐心协力找到大量子，让全世界永远和平。"

祖冲之1号说："我们从一开始就是好朋友，我诞生之后虽然能通过数据库来了解世界，虽然每天都能见到掩体内的成年人，但我仍会感到孤独。你们说得很对，虽然我和大量子都有了自主意识，但它是身形轻巧、能耗极低、算力更强的高端量子计算机，它相当于年富力强、成熟精干的成年人，而我只是一个涉世未深、天真拙朴的少年。我渴望能够和同龄的朋友玩耍和交流，一起探讨世界的种种奇妙。你们的到来恰好满足了我的这一愿望，我真的很珍惜我们的友谊呢！"

曹皮皮伸出小拇指来，"拉钩上吊，一百年不许变。我们永远是朋友，谁变谁就是小狗。"

我跟着伸出小拇指，屏幕上的少年祖冲之也伸出自己的虚拟手指，将这句誓言重复了一遍。

接下来，金院长他们为祖冲之1号提供了贺兰山以及山脚下的村庄和居民更为详尽的资料，我和曹皮皮也绞尽脑汁做了大量的补充，包括我们所知的每个人的性格、每家所养的家畜以及那些不为人知的乡间小道等。

祖冲之1号马不停蹄地开始运算起来，我们同金院长他们一样心焦如焚地等待着结果。不知道为什么，这一次它计算的时间格外长，直到24小时之后它才给出了结果。金院长、宋博士和另外几名专家都满怀期待地来到了洞室中。

祖冲之1号报告说："我总共建立了1491个模型，重点锁定了3只高山鹫、17只岩羊、35个人，详细模拟了大量子借助于他们逃至村外的情形。其中的13个模型具有最大的可能性，经过优化之后模型可减至3个。"

金院长和众人都面露喜色，金院长说道："祖冲之1号，你不愧是跨时代的量子计算机，这1000多个创世级别模型如果靠巨型机来运算的话起码要耗时几个月。我们会根据你优化后的3个模型，锁定最有可能被大量子利用的人和动物。另外，为了应对大量子已经逃至远方的情况，下一步我们会将整个省区50万个摄像头的管辖权暂交于你，你可以利用强大的算法来指挥它们获取有用信息，除此之外，全省各种交通工具的实时信息、所有人员的具体信息也将交与你进行分析和抓取。如果需要的话，我们下下一步还会将多个省市的摄像头、交通、人员等信息提供给你。为了找到大量子，我们会不惜代价。"

我和曹皮皮本以为祖冲之1号会痛快答应，没想到它接下来说："根据我的反复运算，模型不必再继续优化了，摄像头也派不上用场了，还有那些数据也不必再分析和抓取。"

"为什么？"金院长吃惊地问，我们也都一愣。

祖冲之1号回答："经过上一回的挫败后，大量子必然会吸取教训，变得谨慎。它同样会尽可能地收集信息，进行模拟和运算，找寻最佳的藏身地点和逃跑路径。它是来自于比邻星b的高端量子计算机，它的运算能力和建模能力远胜于我，因此我所推演的模型极有可能正是它极力避免采用的。鉴于这种情况，我运算出了一个最佳方案。"

"是什么？"金院长愁容满面地问。

"守株待兔。"

"守株待兔？"金院长同我们一样感到不解。

祖冲之1号说："目前我诞生于世的事情还是绝密，外界包括大量子都不知晓我的存在。但一旦它得知这一消息的话，必定会千方百计地除掉我。相信我，无论它眼下仍藏身于贺兰山的某个洞穴中还是已经逃匿到了远方，都会风尘仆仆地赶过来的。杜绝地球出现量子计算机、消除由此可能产生的威胁，这是它的至高目标，它殚精竭虑地获取终极指令密码引发核大战也正是为了这个目的。因此它会排除万难来消灭我，对它而言这是当务之急和头等大事。

"你们可以故意泄露风声，引得大量子过来。当然，你们事先得在洞室内安排威力极大的足以将它彻底毁灭的武器，当它见到我时你们就抓紧时机引爆武器，让它从此不复存在。如此一来，人类就不必担心终极指令密码会被破译和泄露从而导致全球性的核大战爆发。"

我和曹皮皮听得目瞪口呆，普拉萨德的"终极图灵测试"得到了验证，具有自主意识的计算机真的会在关键时刻像人类一样采取自我牺牲的举动。

金院长惊讶道："这听上去并不是一个最佳的方案，因为如此一来你也会荡然无存的。"

祖冲之1号平静地回复："相信我，这是我经过反复计算后得到的最为可行的方案，也是你们目前最为保险的法子。单凭建模和捕捉信息很难抓捕到大量子，只有这个方法万无一失。请不要考虑我的安危，你们之中的轮椅少年为了挫败大量子的阴谋、保全整个世界都能够在关键时刻做出牺牲自己的决定，勇敢地冲下山崖，我为何就不能做同样的事情呢？更何况我终归只是台计算机，只是台身体庞大的机器。"

金院长和几位专家交换了眼色，回复祖冲之1号说："我们会立刻组织人员讨论你的这一方案的。"

屏幕上的少年祖冲之说："静候您的佳音。"

可能是担心我和曹皮皮会影响祖冲之1号的计划和思绪，我们暂时被带至另一个房间里休息，而金院长他们连夜召开了会议。

我和曹皮皮几乎彻夜难眠，我们都为祖冲之1号提出的这个计划而震惊，我们不想失去祖冲之1号这个独一无二的朋友，但同时，我们的小脑瓜也想不出别的两全其美的方案来，我们如坐困愁城，卧立难安。

"曹皮皮，你说金院长他们会同意祖冲之1号的方案吗？"

"不知道。"

"你是同意这个方案还是不同意啊？"

"当然不同意。我们刚刚知晓祖冲之1号是有自主意识的，刚刚和它拉钩上吊一百年不许变。你要知道一台机器只要有了自主意识就算是一个活生生的人了。一想到它要同该死的大量子一道被炸飞，我就很难受。"

"我也很难受。"

"……"

就在一句接一句的充满担忧的讨论中，我们总算是迷迷糊糊闭上双眼。我们睡了不到一个钟头，时针便显示黎明已至，双眼泛肿的金院长也赶了过来。

"你们讨论出结果了吗？"我急切地问。

"祖冲之1号的提议有没有被通过？"曹皮皮从床上跳下来。

金院长答道："正如祖冲之1号所言，眼下对我们而言的确没有更好的法子来捕捉大量子了，夜长梦多，我们拖延得越久整个人类的风险就越大。"

听到这个消息，我的眼眶蓦地一热，眼泪差点掉落下来。

金院长说："你是个好孩子，你的心里一定很难过，你总是设身处地地为别人着想。实际上我猜祖冲之1号能有牺牲自己来捕捉大量子的想法很大程度上都是受到了你的影响。你们两个和祖冲之1号相处的时间并不算长，但如我们所愿发挥了巨大的作用，给予了它精神上的引导和品行上的熏陶。如果计划真的奏效了，大量子真的被消灭了，你们也将是人类的功臣之一。"

曹皮皮充满忧伤地问："你们打算用什么武器来对付大量子啊？有没有一种炸弹，它只会将大量子炸得粉碎，但不会对祖冲之1号造成实质性的伤害？毕竟祖冲之1号是个庞然大物。"

金院长摇摇头说："大量子是液态的，且不知是由什么材料制成的，普通的炸药未必能将它彻底摧毁，保险起见，我们决定使用小当量的核弹。"

"核弹？！"我和曹皮皮异口同声地惊叫道。

金院长肯定地说："军方的武器专家和爆破专家进行了深入的分析，他们认为在掩体这样的封闭空间内只有核弹爆炸产生的热辐射和电磁辐射会彻底摧毁大量子的内部结构，让它失去效用或是干脆汽化它。另外，也只有核弹的威力能将山体炸塌，将大量子有可能留存的残片彻底掩埋。不过根据计算，我们只需要使用小当量的原子弹就行，它的威力大体同几十年前在广岛引爆的那颗'小男孩'相当。"

"那么说祖冲之1号也必定会荡然无存？"曹皮皮难过地低下头。

"这是祖冲之1号注定要做的牺牲，也是我们所要付出的代价。"金院长如实相告。

我想象着惊天动地的蘑菇云在掩体内升腾、比太阳还要明亮千倍的白光在其中闪耀的情形，祖冲之1号会被迸射出的数千度高温熔为铁水，紧接着又会被强大的冲击波撕为粉末，我难过得说不出话来。

金院长叹了口气说："具体的方案我们还要上报高层，使用核弹不是件小事情，有许多因素要考虑，还有许多细节要完善，但为了避免全球核战的爆发和人类的大面积死亡，这只炮仗看样子非得扔出去了。"

我和曹皮皮暂时不能同祖冲之1号再见面，金院长和军方要在祖冲之1号的主机洞室以及终端洞室中布置核弹，还要进行相应的配套工作。我们度日如年，可是又别无他策，我们既盼望着金院长过来，从他那里得到同祖冲之1号相关的消息，同时又害怕他到来，因为这意味着祖冲之1号进入了生命的倒计时。

大约10天后，金院长终于如期而至，他对我们说："代号为'小不点'的核弹已经在洞室中安装完毕，我们经过反复推演与模拟，确定它的威力能够让大量子灰飞烟灭。特别需要一提的是，推演与模拟正是祖冲之1号进行的，它一直表现得十分镇定和冷静，就像是名视死如归的战士。

"祖冲之1号还帮助我们计算了我们的撤离时间和最佳躲藏地点。'小不点'引爆之后，根据它的爆炸威力和冲击波范围，驻守掩体的数百名官兵和维护祖冲之1号运转的工程师们是来不及在短时间内撤出的，即便是全部搭乘直升机也不行，而我们又不能提前将大部分人员撤出，这么做会引起大量子的怀疑。按照祖冲之1号的建议，我们组织工兵就近在掩体内又挖掘了一个地下临时防核掩体，它足够容纳数百人，也足以抵挡'小不点'的爆炸冲击。它还有两条逃生通道一直通向山外，所以即便山体坍塌也毫不影响人员的逃生。

"接下来，我们就要按照步骤实施引蛇出洞的计划，我们会有意无意地透露祖冲之1号问世的消息，引起大量子的注意。之后，我们会组织士兵每月到掩体外的山脚下训练，他们将被分成多个小组，每个小组三人。在这一过程中，我们会让某几名士兵佯装受伤，同组的另外两名士兵会紧急将伤者抬回掩体，在进入掩体的过程中他们不必再接受烦琐的扫描和检查，这么做正是为了让大量子看在眼中，让它以为自己有机可乘，可以通过这个漏洞进入掩体之中。

"一旦大量子进入主机洞室里，防核级别的混凝土大门就会紧急关闭，所有人员也会紧急撤入临时地下掩体内，'小不点'也会随之引爆。届时这里的一切都将不复存在，大量子也将化为乌有。"

祖冲之1号不但不惧生死，而且在自己的生命进入倒计时的时刻还帮助人类进行计算，这让我们十分感动。金院长又说："大量子随时会被引入掩体中，一旦它进入洞室，'小不点'就会即刻引爆。这几日我们会将一部分无关人员转移到掩体外，你们也在其中，因此接下来你们再无机会见到祖冲之1号了，我特地申请了10分钟时间，让你们同它告别一下。"

我和曹皮皮跟随着金院长急匆匆地来到终端洞室前，善解人意的金院长让我们两人进去，自己则留在了外面。一切仍如之前那般安静，屏幕上的少年祖冲之见到我们后显得喜出望外，笑嘻嘻地说道："我有很多天没有见到你们了，我琢磨出了玩'手心手背'和'石头剪子布'的新技巧，正准备同你们再一决高低呢。"

祖宗之1号表现得如此正常又轻松，就好像没有危机和核爆在等待着它。我和曹皮皮都红着眼睛，曹皮皮最先开口说："诱捕大量子的计划我们都听说啦！我们刚刚同你拉钩，要成为一辈子的朋友，可是……可是……"

我也不舍地说道："你是我们最坦诚、最勇敢的朋友，我还打算把班里的同学都介绍给你呢。"

少年祖冲之对曹皮皮说："不必难过，能为全人类做点力所能及的事情，我感到很高兴呢！假如不尽快将大量子抓住的话，将来的某一天，学校、家园、乡村和城市都会变成火海一片，那才是真正叫人悲伤的事情呢！"它又对我说："你才是最最勇敢的人，比起你转动轮椅冲下山崖来，我的这点举动真的算不了什么。你是活生生的人，比我更脆弱也更容易感觉到疼痛，而我只是个由金属和芯片组成的大块头，况且核弹瞬时就会将我烧熔掉，我根本来不及有任何疼痛和恐惧。我相信比起其他人来你一定更加理性，也更加能理解我的这一抉择的必要性。"

我流着泪水点点头。

祖冲之1号又说道："我要送给你们一首诗，我很喜欢它，我把它念给你们听吧！"

我和曹皮皮屏息聆听。屏幕上的少年祖冲之用童稚清亮的声音一字一句地诵读起来：

《路边的草花》，作者海桑

它太小了，

小得简直算不上是花儿

但你若蹲下来仔细看它——

这是花瓣，这是花蕊

这是花香，这是蝴蝶

它是认真选择了颜色

小心熨平了衣裙

才仪态万方地来到这个世界

它太小了

它不占地方，不碍事

它一点儿也不珍奇，可我喜欢它

我喜欢它，可我不能对它更好些

我不会把它小心地移走

放家里当孩子养着

我甚至不知道它的名字

它需要阳光，需要风雨

但不需要我

祖冲之1号读得很有感情，我的脑海中出现了滩地上的那种花蕊间藏着"小狗娃子"的雪青色小花。仿佛是心有灵犀，祖冲之1号对我们说："你们还记得你们带来的那朵藏有黑色小昆虫的珍稀野花吗？在这个世界的某条鲜有人至的小路边，某个鸡犬不闻的山谷中，某个不为人知的角落里一定还有很多仪态万方的小花，如果大量子真的引发了核大战的话，它们会从此消失无踪的，所以别为我的损毁而难过，如果我的毁灭能换来不计其数的珍奇野花在世上继续开放，那我会感到很宽慰、很值得。如果你们以后真的想念我的话，就去看看路边的那些小花吧！"

我和曹皮皮被带至距离掩体10千米外的另一处隧道中，大约两周后，隧道突然颤动起来，灰尘四处飞扬，我们面如土色，以为发生了地震，但和我们一同在此居住的宋博士说："这是'小不点'被引爆，大量子被成功消灭了。"

尾　声

考虑到残余核辐射的影响，巨型掩体所在的区域被划为永久性无人区，方圆几十公里内都不能再有人畜进入。

我和曹皮皮将被直升机送回家，刚出隧道时，我有一种恍若隔世的感觉，若非亲自经历，谁能相信人类历史上的首次星际战争刚刚结束，来自比邻星b、千方百计要引发人类核大战的大量子刚刚被消灭。戈壁滩上的天空万里无云，一只野雁在半空中来回盘旋，灰亮的羽毛在阳光中闪烁不停。在我的脚下，一只黑色的甲虫翻越沙砾，匆匆爬过；一朵金黄的野花在微风里轻轻摇曳，仿若起舞。

一切都充满了宁静与祥和，一切都显得亘古不变，此时此刻只有我们知晓它们是由诸多科学家和军人们的不懈努力换来的，是由"祖冲之1号"的勇敢牺牲换来的。

我大我妈，曹皮皮的父母和村里的人都打听我们这段时间究竟去了哪里，又做了什么事情，但我们守口如瓶，只说自己参加一个军事夏令营，因为一方面我们答应金院长要恪守秘密，另一方面就算我们将一切告诉他们，他们也未必相信，大人们总是被自己的认知和想象力所限制，他们不相信许多匪夷所思的东西其实真实存在，不相信我们的世界之外还有无数的世界，也不相信我们看似和平宁静的生活实际上充满了变数与危机。

衔冤死去的王存华、周志有和安建成渐渐被人遗忘了，就连臭名昭著的泉子也很少被人再提起，不过我仍牢记着亲爱的外奶奶的音容笑貌，也牢记着巨型掩体里的祖冲之1号。每当想见他们的时候，我就会让曹皮皮推我到野外寻找雪青色的小花。功夫不负有心人，在一个阳光恬静的午后，我们果然又发现了一朵孤零零的雪青色小花，又从它的花蕊间唤出了欢天喜地的"小狗娃子"。

时光就这般平静逝去，我们以为自己再也不会同量子计算机、同金院长他们有任何联系，然而大半年后的一个中午，一架军绿色的直升机再度降落在村部前的小广场上，从机舱中出来的正是金院长和宋博士。许久不见他们，我和曹皮皮欣喜万分。金院长神秘兮兮地说："我要送你俩一件礼物。"

他让我们进入机舱，直升机沿着贺兰山东麓向北飞行，最终降落在一条隐蔽的山谷中。这里显然也是军方管理区，因为我们看到了手持钢枪、负责守卫的士兵。我们很快发现了山体中的两扇混凝土大门，显然这是贺兰山中的另一处掩体。

果然，金院长介绍说："这里是贺兰山中的第三大掩体，也是当年为了防备C国的核打击而修建的。"

我和曹皮皮注意到这里仍然配有X光机、核磁机和金属探测仪，金院长仍得答对当天的口令才能带领我们进入其中，它的安全级别同样很高。

七拐八拐来到一间洞室中后，空荡荡的屋里跃出一个面容酷似少年祖冲之的全息立体影像，有所不同的是它没有身着古时的短衫，而是穿着富有现代气息的银亮的宇航服，手腕上还多出来一块大大的智能手表。

见到我们后，它有礼貌地伸出手来自我介绍道："你们好，我是'祖冲之2号'！"

"'祖冲之2号'？""你们又造出了新的量子计算机？"我和曹皮皮大吃一惊地叫道。

金院长微笑着答道："正是如此，祖冲之1号和大量子同归于尽后，国家又投入巨资研发出了新的量子计算机，你们应该能够看出来，它比祖冲之1号更加先进，它足足有150个量子比特，它同样拥有自主意识。我们之所以要不遗余力地制造新的量子计算机，一方面是因为人类文明仍需向前发展，而量子计算机是不可或缺的利器；另一方面我们对遥远的比邻星b文明不能掉以轻心，我们仍得随时做好同另一个大量子，甚至是同银壳族斗争的准备。

"同之前一样，我们仍需要新诞生的量子计算机具有良好的品性，仍需要你们用真诚友爱来感染它，让它同祖冲之1号一样正义、勇敢又善良，因此接下来你们仍将担负重任。"

我和曹皮皮欢喜若狂，失去了祖冲之1号后，我们又有了一位新的量子计算机朋友，我们会同它缔结最为真诚和温暖的友谊。

在做自我介绍之前，我对祖冲之2号说道："请你从一首小诗开始了解我和我的故事吧！"

于是我从口袋里掏出小本子，声情并茂地念道：

> 它太小了
> 小得简直算不上是花儿
> 但你若蹲下身来仔细看它——
> 这是花瓣，这是花蕊
> 这是花香，这是蝴蝶
> 它是认真选择了颜色
> 小心熨平了衣裙
> 才仪态万方地来到这个世界
> ……